森の端っこのちび魔女さん

Little witch at the edge of the forest.

2

［著］夜凪 YANAGI
［イラスト］緋原ヨウ

TOブックス

目次

CONTENTS

［イラスト］緋原ヨウ
［デザイン］SAVA DESIGN

森の民の隠れ里って……いったいどこにあるんだろう？
ユス山脈
レッドフォード王国
シーラン
王都
カナンテ

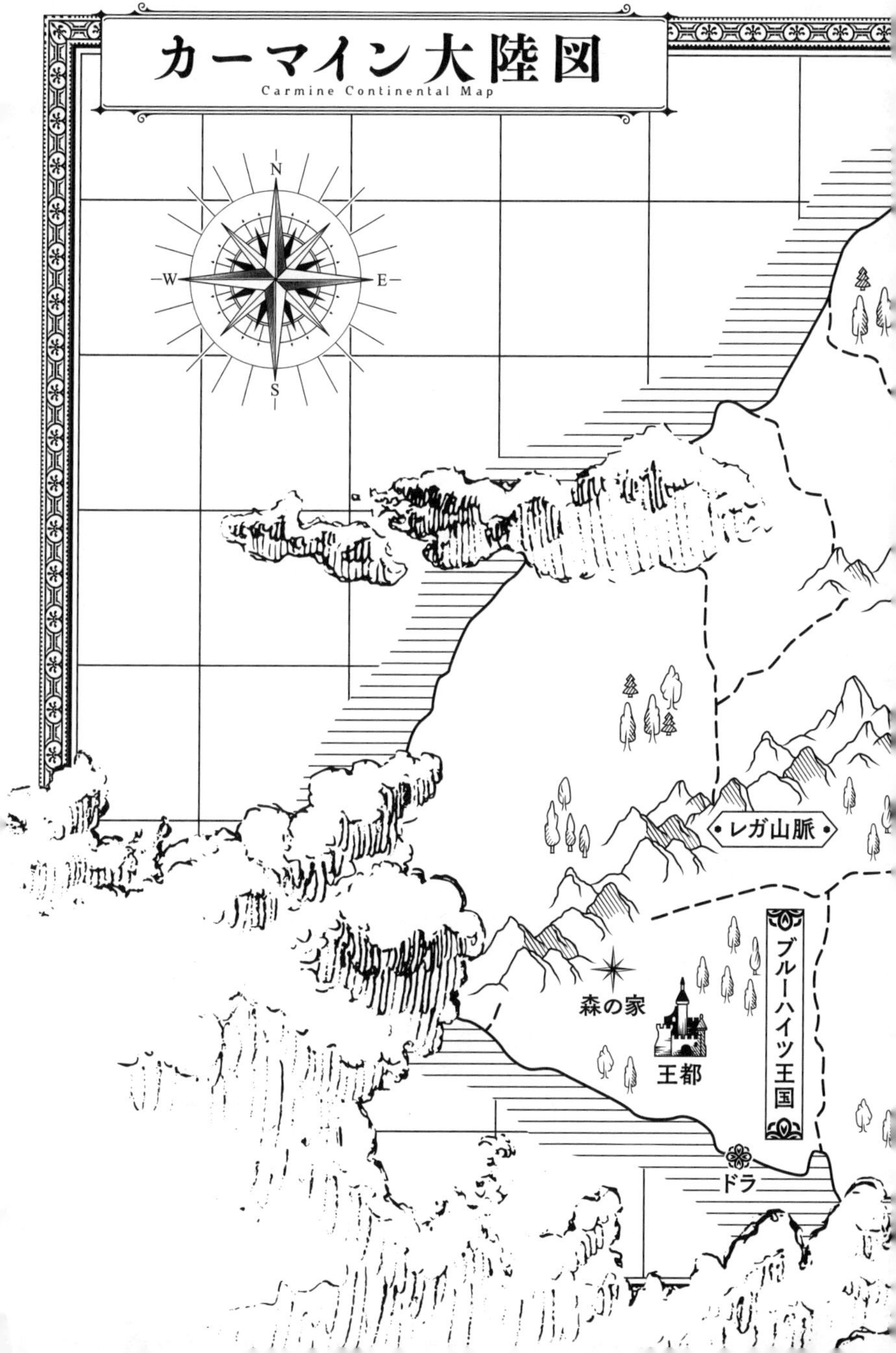
カーマイン大陸図
Carmine Continental Map
N
W
E
S
レガ山脈
ブルーハイツ王国
森の家
王都
ドラ

CHARACTER

森の民

ミーシャ

薬師。
森の奥で「森の民」の
母に育てられた。
世間知らず。

レン

ミーシャが
旅の道中で拾った小狼。

レイン

ミーシャの叔父。
放浪中。

ブルーハイツ王国

カイト

ミーシャの父に
仕える騎士。

レッドフォード王国

ジオルド

王国の凄腕騎士。
二つ名は「黒き稲妻」。

ミランダ

森の民。
ミーシャの母の親友。

第三章 ✳ レッドフォード王国

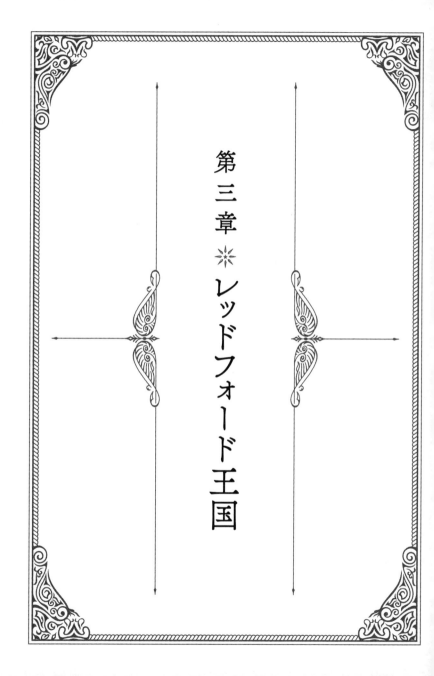

一　プロローグ

レッドフォード王国。

カーマイン大陸の中にあって、古い歴史を誇る大国の一つである。

大陸の南側にある為、気候は穏やかで一年中寒暖差が少ない。国のほぼ中央に地下水の湧き出る大きな湖を有し、平地が多いため農業や酪農が盛んである。有り余るほどの食料を備蓄し有事に備え、貧した近隣の国家に救いの手を伸ばす余裕もあった。

さらに、代々民に寄り添う善政を敷く王に恵まれ、民に慕われる王家としても有名である。

結果、ここ数百年、陰ることのない栄華を築き、大国としての名をほしいままにしていたのである。

その国の現王であるライアン＝リュ＝レッドフォードは、六年前に王位につき、当時混乱する王国を驚くべきカリスマでもってまとめ上げた賢王として名を馳せていた。

尤《もっと》も本人としては、王族ながら側室腹の第四王子というスペアにもならない微妙な位置に生まれ、最低限の帝王学は受けたものの王位継承権も遠い気楽な身分として、自由気ままに生きてきた。

将来は臣下に降り兄を支えるつもりで、見聞を広げるためにという名目のもと同盟国に留学するという気ままぶりだったのだ。

それが、何を間違って王を名乗る事になったのかといえば、正にタイミングとしか言いようがない。

ライアンの父親は新しい事を始めるには向いていないが、今あるものを護り育てることに優れた王だった。

平和な時代にこそ栄《は》える存在。

鮮烈なカリスマは無いが、穏やかな包み込むオーラがあった。

そんな王に惹かれ、優れた人材が集まり、穏やかな治世が続くはずだった。

それなのに……。


ライアンが同盟国であるジョンブリアン王国へ留学して直ぐに、王都で謎の病が発生したのだ。


謎の病は、最初は軽い風邪のような症状で始まる。そうしているうちに、高熱、嘔吐、激しい咳による呼吸困難等の症状が現われ、最後には意識喪失し、全身のいたるところにミミズの這ったような痣がうかびあがり死に至る。

また亡くなった遺体の白目が赤く染まる様子から『紅眼病』と称された。

感染すれば半数以上の人間が死に至る恐ろしい病だった。

感染者は貴賤問わず、貧民街でも貴族の屋敷でも発生した。

恐ろしい事に、王城の中、ほとんど外に出ることもない後宮の侍女にまでその魔の手は伸びた。

しかし、不思議なことに、王都の外では、その病が発生したという話は聞こえない。

王は、直ぐさま王都を封鎖する事を決意した。

国にこの病を広げるわけにはいかない。

対処法も感染源も謎の病であった為、感染を広げないためには、人を留めるしかなかったのだ。

しかし、王都を封鎖するということは、そこに住まう王族や貴族も閉じ込めるということだ。

理屈はわかっても、自分の命がかかれば人は感情で動く。

それを抑えるためにも、私が逃げるわけにはいかないと、王は側近と共に王都に留まる事を決めた。多くの反対も、まだ病の気配のなかった息子達を避難させることでねじ伏せた。

ただ、第三王子は「皇太子にスペアの次男、さらには四番目は折よく他国に留学中です。次代は三人もいれば十分でしょう。力自慢の三男なれば、王の手足として動くのにも丁度良いはずです」とその命を拒み王都へと残ることを表明した。

常から「俺は馬鹿だから難しいことは賢い兄弟に任せた」と明言し、幼い頃から騎士たちに交じり剣を磨いていた第三王子は、適材適所と笑って、兵士たちと共に病の蔓延した王都を走り回った。

そうして、王を筆頭に、自らの意思で残った王妃や側妃と共に病に苦しむ民を慰め寄り添った。

その王族の姿に、王都に住む貴族や民は覚悟を決めたのだろう。

暴徒化することも無理に逃げ出すこともなく、王都より避難しようとする者達も、決められた通りに中立地帯で数日を過ごし、発症しないもののみが粛々と避難をしていった。


そうして。

特効薬は見つからないまま、寒い季節に移行すると不思議なことに徐々に病は去っていった。

賢く優しい王と、たくさんの民の命と共に。

その段階で、王都に留まった王族の半数が命を落とした。

国中が悲しみにくれる中、生き残った皇太子が王位を継ぎ、暗く寂しい冬を耐えた。

そのまま穏やかな春を迎える事が出来ると思っていた時、地方都市より暴動が起きたとの報告が届いた。

王都より遠い町ほど正確な情報は届かない。

野心を抱いた誰かの情報操作により、先王は多くの民を道連れにした愚王とされ、愚かな王族を許すなと民が扇動されたのだ。

急きょ病によりその数を減らしていた国軍の半数以上を、第二王子が率いて暴動の対処に向かう事になった。

混乱する民を必要以上に傷つけぬようにという配慮だったのだが、その暴動こそが、国軍を分断するための罠だったのだ。警備が薄くなった王都に突如隣国より兵が攻め込んできた。

全ては、関係のきな臭くなってきていた隣国の企みだったのだ。

だまされた事に気づいた第二王子は、急ぎ王都へと戻ろうときびすを返した。しかし、隣国と密約を交わしていた地方都市の領主に、背後から打たれる事となる。信じていた味方のうらぎりになす術もなく、第二王子は失意の中、その命を散らした。

王都が襲われたとの報を受けて、ライアンは直ぐに留学先の同盟国の兵を借り受け、自国へと戻った。

しかし、その時には既に遅く、王都は壊滅的な打撃を受け、即位したばかりの王もまた、その命を散らしていた。

突如なだれ込んできた敵軍勢に為す術もなく、逃げ込んできた市民とともに籠城をしていたのだが、魔の手は味方と思っていた自国民の中にも紛れ込んでいたのだ。

籠城三日目の深夜。

わずかな隙をついて、王城の門は内側より開かれた。

さらに兵士たちの食事にしびれ薬が仕込まれていたのだ。

さすがに、王族やそれに近い者にまでは手が届かなかったようで無事だったが、それでもただでさえ薄かった兵力の半数を潰されては、どうしようもなかったのだろう。

たちまちに、王城内は敵兵に埋め尽くされた。

そんな中、王城に逃げ込んでいた女子供を逃がすための盾の一つになっての最期であった。

どうにかたどり着いた王城で首の無い兄の体を抱きしめ、ライアンは吼《ほ》えた。

これが人のする事か！　欲のためならば全てを踏みにじっても赦されると言うのか！　と。

ライアンは同盟国の支援を受けながら自国の残軍を率い、戦場を駆け抜けた。

穏やかな父や兄と違い、戦の才があったライアンは、あらゆる戦略をたて、敵国を追い詰めていった。

何よりも、民の為に立ち続けていた今までの王の姿が、国民の心を一つにしたのも大きかった。

動けるものは、老いも若きも率先して武器を手に持ち、集ってきたのだ。

烏合の衆でも数は力だ。

何よりも、一人一人の覚悟が違った。

そうして、気づけば勝利を手に凱旋しており、ライアンは王の地位に就いていた。

父も兄弟も亡くし、生き残った側近達に膝をつかれ王座についた、ライアンの心中は察して余りある。

しかし、生き残ってその座に座ってしまった以上、ライアンには国を護る義務がある。

胸に渦巻く感情を呑み込んで、ライアンはずっしりと重く感じる王冠を戴き、顔を上げた。

始まりの病の発生から二年が過ぎ、ライアン、十九の年だった。

そこからも、幾多の苦難が襲ってきたが、父王時代からの重鎮の手を借り、若い世代の側近と共に成長しながら、新しい時代を切り開いてきたのだ。

若き王と侮る相手には、笑みを浮かべて手痛いしっぺ返しを。擦寄る相手には、笑顔で油断させて裏を探る。

「性格悪くなるよなぁ……」とぼやくライアンに「賢王と呼ばれるものほど、強かなものです」と当時の老宰相は笑顔で答えた。

「父は優しい人だった」というライアンに、当時側近の座にあった者達は何も言わず、笑顔でお互いの顔を見合わせる。その姿に、遠い目をしたライアンを慰めたのは、次代の側近達だけだった。

「父にそっくりだと思っていた兄も、優しいだけの人ではなかったのだろうなぁ」

敵に囲まれて王城で籠城していた極限状態の中、自身の命を盾にしてでも守るべきものを守り切った長兄を思う。

本来ならば、何をおいても生き残ってほしかったところだが、兄は次代を守ることを選んだ。

いや、単に愛情故だったのかもしれない。

成人後すぐ、生まれた時より婚約者と定められていた幼馴染の侯爵令嬢と婚姻し、どんな時も支えあっていた仲の良い夫婦だった。そもそも、成人後すぐ婚姻をと望んだのも、長兄だったと聞いている。時に行き過ぎるほどに愛をささやき暴走しようとする長兄を、妻が呆れたようにいさめる姿は城の名物となるほどだった。

そんな二人だがなかなか子に恵まれず、悩む王太子妃に「親の仲が良すぎると子供が遠慮するものよ」と王妃が慰め、「まだまだ二人を満喫しろという事だろう」と胸を張る長兄に鉄拳を落とす、そんな日々だった。

ところが、どんな数奇な運命か、紅眼病から逃れ避難した王太子妃の腹に新しい命が宿っていたのだ。よりによってこんな時にと驚きながらも、病が終息するとほぼ同時に生まれた命は、国の希望となった。

その希望を守るため、兄は命を張ったのだ。

無事王都の外に逃げ延びた王妃と幼い王子は、港町のカナンテで大切に匿われていた。

崩れた町の一角で二人を見つけた時、ライアンはいないと思っていた神に心から感謝した。

周りの喧騒など知らぬとばかりに、ふくふくとした頬で幸せそうに笑う赤子を抱いて、この子が笑っていられる国にしてみせると心に誓ったのだ。

ライアンは即位後、妻を娶ることを勧める周囲に「自分は中継ぎの王だから」と宣言し、下手に子ができれば争いのもとになるからと結婚を拒んだ。

そして、反発が来ることを恐れ、兄嫁と甥をひっそりとどこかに隠してしまった。

戦後、まだせわしない時期で、周囲が一枚岩ではないことを警戒したのだろう。

先の宰相と結託して、本当に信頼のおける身内にしか居場所を知らせない徹底ぶりだった。

その後も、健やかに成長していることは周知されるものの、二人は公には姿を現すことはなかった。今ではひっそりと『幻の王子』と呼ばれている。

ライアンが即位してからさらに四年の歳月が過ぎ、「これ以上は老害になりますゆえ」と父王時代の側近達は、若者達に全てを託し第一線を退いていった。

尤も、四苦八苦する若者達をにやにや笑いながら眺め、本当に困っている時には手を差し伸べるという「鍛える」為の退陣ではあったのだが。

王国は、ゆっくりと元の穏やかな日々を取り戻していった。

ただ、先代と違うのは国軍の充実を図った点だろう。

「力は手放せない」

それが乱世を越えた、ライアン達世代の判断だった。

だが、それを内外へ振りかざすのではなく、護るための力としたことで、普通の軍事国家とは一線を画した。

情報は力になる。

他国からの密偵により内乱を煽られた経験から学んだ事を活かし、各地域に国所属の常駐軍を増やし、情報の統制を図った。

また、一般からも広く兵士を募った。地元の人間を雇用し鍛え上げ、町の警備兵を増やすことで犯罪を取り締まったのだ。そうする事で国から管理されるのではなく「自分達の町は自分達で守る」という意識を育てていった。

たくさんの命を取りこぼした後悔から、ライアン達が何よりも欲していたのは『護る力』だったのだ。

そういう流れがあったから、レッドフォード王国が医療の発展に力を注いだのも当然の帰結であった。

余裕が出てきた昨今では、医師や薬師を育てる機関の下地を作り出しているところでもあり、『森の民』の情報に飛びついたのも、それゆえであったのだ。


「で、あいつはいつ戻ってくるのですか」

実用性を追求した、ある意味殺風景な執務室に憮然とした声が響く。

入ってきて開口一番の部下の言葉に、ライアンは少々あっけにとられた視線を向けた。

確かに堅苦しいことは嫌いだし、他に人目のない、ある意味でプライベートな空間だ。

これくらいで部下を責める気は毛頭ないが、常日頃であれば、そんな主人の態度を苦々しい表情で咎める人物が、前置きもなくこんな言動をとるのは珍しい。

何しろ入室の許可と同時に扉が開いたのだ。

驚きのままマジマジと見つめれば、多少自分の行動に考えるところがあったらしい宰相のトリスは、コホンと咳を一つしてごまかした。

「港からの早馬が来たようでしたので。ジオルドからの知らせではなかったのですか?」

いつものヒヤリとした表情と声音に、ライアンは、ようやく我に返った。

「あぁ。ドラから船に乗る予定だそうだが、ちょうど竜神の祭りがあるからそれを見て帰るそうだ。あと、同行者が増えたので、その受け入れ準備を追加で頼むとの事だ」

「は？　祭りの見学……は、ともかく。同行者ですか？」

首を傾げながらも、差し出された紙を受け取ったトリスは、読み進めるうちにその表情を険しくしていった。

「もう一人『森の民』ですか。しかも、今度は本物……。とんでもないものを釣り上げてくれましたね」

溢れそうになるため息を呑み込んで、トリスは目を閉じた。

かの一族は、血の繋がりを何よりも尊ぶと聞いている。

母親を亡くした少女の保護に乗り出すのは、確かにおかしなことではない。

父親の下にいるのならばともかく、他国の人間と旅をしているなら尚のことだ。

「怖い『保護者』が出てきたみたいだな。下手を打てば国が潰れるかな？」

クスリと面白そうに笑ったライアンに、トリスは険しい視線を向けた。

「笑い事ではありません。冗談ではなく子持ちの獅子の穴に手を突っ込んだようなものですよ」

トリスの脳裏に、悲惨な末路をたどった人物や国の話が浮かんでは消えていく。

今後の対策を考えているであろうトリスの姿に、ライアンは呆れた視線を向けた。

「失礼な。子をさらおうとした訳でもなく、むしろ状況的には『保護』だ。悪さを企んだ訳でもなし、誰彼構わず噛みつくほど愚かな獅子でもないだろう？　それよりも、妙齢の女性らしいぞ？

かの一族は美形が多いと聞くし楽しみだな」

あまりにも気楽なライアンの態度に、トリスは無意識に入っていた肩の力を抜いた。

確かに、その通りなのだが、ミーシャに対して多少の興味と下心のあった身としては素直に頷き難い。

「ジオルドの報告では、旅に出るまでミーシャの周りに『森の民』の影は無かったと言っていたから、偶々見かけた一族の誰かが姿を現したんだろう？　ラッキーじゃないか。これでうまくいけば、繋がりが持てる」

机に頬杖をつき、ニコニコと邪気のない笑顔を見せるライアンの瞳が一瞬キラリと光る。

『できるようならしっかりと取り込め』

言葉にされない王の声をしっかりと読み取ったトリスは、ハッと気を引き締めた。

豪快で適当そうに見える仮面の裏で、ライアンはきちんと二手三手先の事を考えている。

そうでなければ、まだ二十半ばの身でこの大国の手綱をうまく操ることなど出来はしない。

「御意」

軽く膝を折ると、トリスは自ら客人を迎える準備の采配を振るうべく、執務室を後にした。

「……なんだったかな？　こんな手段の釣りがあったような……。あ、友釣りだ、友釣り」

生真面目な背中を見送った後、ポンと手を叩いたライアンの言葉は幸か不幸か誰にも聞かれることは無かった。

二　レッドフォード王国到着

潮風が気持ち良い。

甲板に出たミーシャは、帽子が風で吹き飛ばされてしまわぬように手で押さえながら、吹きつけてくる風に目を細めた。

足元には出会った頃からしたら少しだけ大きくなった白い狼が、ミーシャのワンピースとお揃いの紺色のリボンを首に巻いてもらい、大人しくお座りしていた。たった一月ほどだが、この時期の動物の成長は本当に早い。

「レン、港が見えてきたよ」

足元の子狼を抱き上げ、近づいてくる港を一緒に眺める。

「なんか……大きな町だね」

ドラの町も大きいと思ったけれど、ここはそれ以上に見えた。

まず、港の規模が違う。

どちらかというと漁船が半数を占めていたドラの港と違い、ここはミーシャが乗ってきたような大きな船がたくさん出入りしているのが見えた。

中には、ミーシャの乗っている船より倍近く大きいものまである。

すれ違う船に思わず見とれていれば、すっと隣に誰かが立った。

振り向けば、そこにはミランダがいる。

本日は変装バージョンで、髪も瞳も茶色に染めていた。

「あれはサリバンの船よ。ここはレッドフォードの王都に近い港だから、別大陸からの使者や交易の船が多いの」

ミーシャが見惚れていた大きな船を指さし、ミランダが教えてくれた。

「……サリバン」

ミーシャは、昔父親がプレゼントしてくれた図鑑で見た他大陸の船と知り、さらにまじまじと遠ざかっていく巨船を見つめた。

この世界に三つある大陸の一つであるサリバンは、ミーシャの住むカーマイン大陸の東方に位置する。カーマインに比べて三分の一ほどの大きさしかないが、二百年ほど前に統一され一国しかないためか争いが少なく、文化的に栄えているらしい。

白磁と呼ばれる白い焼き物が有名で、その青々とした白地を楽しむもよし、さらにはその上に描かれる極彩色の細密画を楽しむもよしで、貴族や富裕層の家では富の象徴として飾るのがステータスとなっていた。

ミーシャも父の屋敷に飾られてあるのを見たが、五十センチほどの大皿に様々な花が鮮やかに咲き誇っている、とても美しい一品だった。

民族的には中肉中背で穏やかな性質のものが多く、争いよりも対話を好む傾向が強いそうだ。かといって、武に疎いわけでもなく、必要とあらばためらわず反撃する強さもある。

田舎者と侮って、サリバン国の君主を馬鹿にしたとある貴族が、自身の半分ほどしかない少年に放り投げられ、さらにはその貴族の護衛騎士たちまでもやすやすと一人で叩きのめしてしまったエピソードは有名だ。

細身の直刀と不思議な武術を用い、聞いたところによると幼少期より手習いの一環として、国民のほとんどが何かしらの武術を学ぶとのことだった。

他大陸にまで国の代表として訪れるのだから、その中でも文武に優れた者たちが選りすぐられるのは当然である。

その後、謝罪を受け入れた一行の行った演武は、美しさと鋭さを兼ね備えた素晴らしいものだったと語り継がれている。

ゆったりと進む巨船の舳先には、カラフルに塗られた不思議な獣の像が、まるで行く先を見据えるように据えられていた。

それが船旅の無事を祈るためのものだと前に図鑑で見たことを思い出して、ミーシャは遠くからもわかるその細工の精緻さに感嘆のため息をついた。父の屋敷に飾られていた大皿の細工も見事だったし、かの大陸の人々は武勇に優れているだけでなく、手先がとても器用なのだろうと推測できた。

「今から、国に帰るのかな？」

「恐らくそうでしょうね」

船を見つめるミーシャの瞳には、まだ見ぬ世界への憧れがたっぷりと浮かんでいて、その好奇心をミランダは微笑ましい気持ちで眺めた。

「いつか、行ってみたいなぁ」

「そうね。いつか、ね」

少女の憧れに穏やかな笑みを浮かべると、ミランダはだいぶ近づいて見えるようになった町の方を指さした。

「今から着くのが港町カナンテ。さっきも言った通り、王都に一番近い港町でこの国の貿易を一手に担っているわ。前の戦争で随分打撃を受けたけど、それを逆手にとって町の整備を一気に進めたそうよ。道路が綺麗でしょ？」

指さされた先には港からまっすぐ延びる大きな道路があった。馬車が三台は並んで走れそうな広さがあるその道は、石畳が敷かれているのが見て取れた。

この道が王都まで続いているのだとしたら、それを維持できるこの国はとても豊かなのだろう。

その道を中心に建物が横に広がっていた。

続く道も碁盤目状になっているようで、ゴチャゴチャした下町風な雰囲気だったドラとは違い、どこか洗練された空気を感じた。

「前の戦争?」

首を傾げるミーシャに、ミランダはミーシャが森の中で隠されるように育ってきたことを思い出した。一緒に暮らしていたのがレイアースだけだったのならば、外の情勢もあまり教えられていないのだろうと納得する。

話を聞くに、レイアースも故郷を出てからかなり早い段階で森に移動したようだし、興味のない事には全く目を向けないのは一族の特性と言ってもいいくらいだ。レイアースも例外ではない。自分の住んでいた国の事くらいは勉強として教えていたかもしれないが、他国の事は「関係ない」と教育の対象外だったのは想像できる。まさか、ミーシャが国を離れ、隣国に行くことなど思いもしなかったのだろう。

(とはいえ、これからお世話になる国の事を何も知らないのは問題よね)

レッドフォード王国の根幹を揺るがすほどの事件や内戦、さらには侵略戦争からの現王即位と近年だけ見ても教えたいことは目白押しだったのだが、とりあえずこの町の成り立ちからだろう。

「他国からの侵略を受けて、王城が一度落とされたのよ。その際、生き残った王族がこの町に逃げ込んだの。とりあえず、他大陸へと逃げ延びようとしたのだと思うけれど、港は先に敵に押さえられてしまった。だけど、カナンテの住人は、王族を侵略者に差し出すのを良しとしなかったわ。かくまいながら、生き残った騎士たちと共謀してゲリラ戦を仕掛けたのよ。もともとは古くからある港町で増築を重ねた結果、町全体が複雑な迷路のようになっていたから、他国の兵士にとってはさぞかし攻めにくかったでしょうね」

「兵士じゃない人たちも戦ったの？」

ミーシャの脳裏に、父親の屋敷でかかわった戦争から戻ってきた負傷兵の姿が浮かんだ。戦いに慣れた兵士でも、あれほどのけがをしていたのだ。町の人たちの被害はどれほどのものだったのだろう。

「そうね。あの当時、動けるものはみな武器を取ったと聞いたわ。それこそ、ミーシャよりも幼い子供たちすらもね」

「そんな……。子供まで？」

ショックを受けたようなミーシャに、ミランダは苦笑した。

「強制されたわけではないはずよ。生きていくための戦いだったの。そもそも戦争に負ければ、負けた方の国民の扱いはひどいものになるわ。奴隷にされたり、生きていくのに困難なほどの税をかけられたり。そうならないために必死に抵抗したのよ。何より、この国の王族は本当に国民に慕われていたの。大切な人を守りたかったのでしょうね」

ミーシャは、目をぱちりと瞬いた。

ミーシャにとって、「王様」も「王族」も遠い存在だった。

父親が王位継承権を放棄しているとはいえ、王弟だという事は知っていたが、実感もない。何しろ、森の中でひっそりと暮らしていたのだから。

伯父にあたる国王とも、今回の出立にあたり挨拶したのが初対面だ。

その挨拶も、身内の語らいというより、臣下としての対外的なものだった。

そのどこか遠い存在である「王様」を、この国の民は命を懸けて守ろうとしたというのだ。

「その後、他国に留学していた末の王子が、同盟国の援軍と共に戻ってきて国を取り返したの。そして、今度は侵略してきた国に攻め込み、敵を取った。それが、今の王様」

「まるで、物語みたい」

戦禍に襲われた国を見事救い出した王子様。

「そうね。実際に劇になったりしているみたいだから、機会があったら見てみましょう」

「美化され過ぎだ」と現王がかなり難色を示したといううわさを聞いていたミランダは、クスリと笑って再び町を眺めた。

「町の中でゲリラ戦を繰り返したせいで、敵兵を追い出した時には町の八割がボロボロで、いっそのこと一からつくり直そうと決まって整備したそうよ。一番に被害の大きかった土地だったし、最初に取り返した場所でもあったから、復興のシンボルにもなっているわ」

スッとミランダが指さした先には町一番に大きな尖塔があった。

「この町の教会よ。中には壊れた教会から、奇跡的に無傷で発見されたといわれている女神像が飾られているの。そして、終戦の日に灯された戦争の犠牲者への哀悼の灯が、絶えることなく灯されているわ」

たくさんの命が消え、多くの血と涙が流された。

それは、その痛みの記憶を胸に、決して同じ歴史を繰り返さないという、国の決意の表れだった。

「……なんだか、圧倒されちゃう」

綺麗な街並みの裏に隠された悲しい歴史にホゥとため息をミーシャが漏らした時、船はゴトンと音を立てて港の一角へと到着した。

途端に船と岸の両方からロープが投げられ、船員たちが慌ただしく動き出す。

「邪魔になったら悪いわ。呼ばれるまで、お部屋にいましょう」

もう少し眺めていたい気もしたけれど、ミーシャはうながしてくるミランダの言葉に素直に頷くと、船室へと戻って行った。


ミランダは博識だった。

その知識は薬剤の物だけに留まらず、国の情勢から若い娘達の流行の品まで多岐《たき》に亘った。

港に降りた途端、さらわれるようにして迎えの馬車に乗せられたミーシャは、いい機会だからとミランダの礼儀作法講座を受ける事になった。

付け焼き刃でも、何もしないよりはマシだろう。

そうして聞かされた礼儀作法が意外な事に大半が〝おさらい〟である事に気づき、ミーシャは目を見張った。

森での生活の中で、気まぐれのように母親が開催していた『お姫様ゴッコ』。

とっておきの紅茶とお茶菓子がきれいな茶器や皿に供され、服装も裾を引くドレスに髪を高く結い上げる本格的なもので、その時は言葉遣いも丁寧にする決まりだった。

普段は目にすることのない繊細なレースを使ったドレスや美しい宝飾品。

森を自由に駆け回る、おてんばなミーシャだって女の子である。

やっぱり、きれいなドレスを着せてもらえるのは楽しかった。

まるで、絵本の中のお姫様のお茶会のようで、ミーシャもとっておきのすまし顔で、お姫様になり切って楽しんでいた。

そんなミーシャに、「もっとこうした方がお姫様みたいで可愛いわ」とレイアースは、自らやって見せてくれていた。

『お姫様ゴッコ』のシチュエーションは様々で、お茶会の時もあれば、食事の時もあり、他にもダンスパーティーやもしも王様にお呼ばれしたら、などというものもあった。

大好きな絵本の内容に沿ったそれらを、ミーシャは違和感なく楽しく受け入れていたのだが、その全てが、実は貴族として必要な立ち居振る舞いを盛り込んだ本格的な物だったのだ。

ミーシャは、遊びの中で知らぬ間に、礼儀作法を実践に近い形で教え込まれていた事に愕然とした。

いつか必要になる日が来た時に娘が困らないように。

それは、娘を思う母の心だった。

泣きそうな顔で笑いながら、母との『お姫様ゴッコ』を告げたミーシャを、ミランダは無言で抱き締めた。

世間から隠れるように暮らす生活の中でも、いつか来るかもしれない「もしも」のためにしっかりと備えていたレイアースに、心の中で「レイアースらしい」と呟きながら。

その様子を複雑な表情で横目で見つつ、ジオルドは外を眺めるふりをしていた。

そして、突然娘を残し逝かなければならなかった母親の心を思い、そっと祈りを捧げた。

微力ながら貴女の娘の助けにならんことを……と。

結局さらりと流してみれば、今後の謁見に問題ない程度の礼儀作法は身についてそうだという事で、道中は、この国の事を軽く講義する事となった。とはいっても、建国史のようなものではなく、風土や国民性。好まれる服装や食べ物などの生活に密着したもので、隣で聞いていたジオルドすらも感心して楽しく聞けるような内容だった。

「よく調べているな。これも森の民の知識の一環なのか？」

思わず口に出したジオルドに、ミランダが笑う。

「そうとも言えるし、違うともいえるわね。外の世界になじむために必要な知識ではあるけれど、そもそも馴染もうと考えもしない人たちもいるし。どちらかというと国の違いを知るのが楽しい、私の趣味の範囲が大きいわね」

くすくす笑いながら何でもないことのように言うけれど、ジオルドは内心戦慄《せんりつ》していた。

今回、レッドフォード王国に来るにあたり、知識を詰め込んできたのかと思っての軽い質問だったのだが、今のミランダの言葉が本当ならば、ミランダは趣味の範囲で国の成り立ちやそこに住まう人々の特徴、風土などの知識を網羅していることになる。しかも「国の違いを知るのが楽しい」という事は、比べられるほどの数の国を同じほど知っているという事だろう。

情報は力だ。

軍部に長くかかわってきているジオルドは、そのことをよく知っていた。

そして、他国の情報を知るために、秘密裏に密偵が行き来しているのだが、当然、遠方の国ほど情報を得ることは困難になる。

いったいどれほどの国の情報を握っているのか。好奇心を抑えられず、ジオルドはそっと口を開いた。

「凄いな。何か国くらい網羅しているんだ？」

それに、ミランダは首を傾げる。

「どうかしら？　だいたいでいいならカーマイン大陸内くらいならわかると思うけど。さすがに他大陸には行ったことがないから噂話レベルね」

「そうなの？　ミランダさん、すごい！　私、他の国のお話も聞きたいわ」

無邪気にはしゃぐミーシャに優しく頷くミランダの横で、ジオルドは少し青い顔で黙り込んだ。

(森の民、医療技術とか薬の知識もだけど、情報網もやばいんじゃないか？　そういえば、王城や貴族の屋敷なんて警備のえぐそうなところに、単身乗り込んでた話もあったっけ？　もしかして、個人の隠密技術も高かったりするのか？　藪をつついたら蛇が出てくるどころか、竜の尾っぽ見ちゃった気分なんだが……。俺は何も聞かなかった。……聞かなかったぞ)

まだまだ続くミランダの講義に心の中で耳をふさぎ、ジオルドは腕を組んで目を閉じるとふて寝を決め込んだ。

こうして、整備された道路のおかげでそう揺れに悩まされることもなく、一人を除き非常に快適なまま、馬車は予定通り三時間ほどで王都へと辿り着いた。

見上げるほどに高い壁にぐるりと取り囲まれた王都は、東西二か所の巨大な門からのみ中に入ることができるようになっていた。常時、門番の兵が立ち、身分証明書を呈示することで中に入ることができる。徒歩で並ぶ列と馬車のまま並ぶ列があるが、そのどちらもすでに長く延びていた。

しかし、ミーシャ達を乗せた馬車は、そのどちらにも並ぶことなく門の方へとすり抜けていく。

どうやら、馬車の外を並走していた護衛の騎士の馬が一頭先ぶれとして先行していたらしく、進む馬車に合わせて閉ざされていた別の門がゆっくりと開いていっていた。

明らかな特別扱いに、ミーシャは戸惑ったように窓から外を窺い見た。

これまでの旅の中で何度か同じように関所を通ったが、その都度きちんと並んでいたから、なんだかずるをしているようで居心地が悪かったのだ。

止まることなく開かれた門を馬車が通り抜ける。その背後で再び、門が閉ざされていく気配がした。

あの立派な門は、ミーシャの乗る馬車を通すためだけに開かれたのだ。

「王侯貴族用の特別な門よ。ミーシャは隣国の正式な大使として来ているのだから、当然の配慮ね」

目を丸くするミーシャに、ミランダが満足そうに頷きながらつぶやく。

「そうなの？」

「そうだな。馬車を止めるというのは、暗殺のチャンスをつくることでもあるから、一定以上の身分の者は事前に申請しておけば、タイミングを合わせてさっきみたいに門を開いてすり抜けることが多い。並んでいる人間も慣れているから気にすることはないぞ」

ミーシャの戸惑いを察したジオルドが、軽い調子で返す。

「馬車の外に旗が掲げられているだろう。あれは王の印で、この馬車が公用のものであることを示しているんだ。ミーシャが国王の正式な客人だという証拠だ」

窓の外を示されて覗き込んだミーシャは、臙脂色の布に金と青で紋章が書かれた旗が翻っているのを見つけた。

「あれって……、同じ紋章を彫られた札をジオルドさんもってなかった？」

「よく見てたな。これは国王から渡された特殊な身分証明書だ。いろいろ融通が利いて便利だぞ？」

ジオルドが懐から取り出し手渡してくれた手のひらサイズの札は、金属製で、薄く見えるがずっしりと重たかった。繊細に彫刻された紋章に彩色された札は、それ自体が芸術品のように美しい。

「軽く手渡していいものではないでしょう」

それを横から見ていたミランダが、呆れたように肩をすくめた。

「大事なものなの？」

珍しいミランダの表情に、ミーシャが首を傾げる。

「私も本物を見たことはないけれど、おそらくそれを提示することで、国内ならどこでもフリーパスで、国軍や貴族を動かすことも可能なレベルの身分証明書よ。他国でもある程度なら無茶し放題」

「そこまで万能じゃないぞ？　王の後ろ盾があるからよろしくね、って、いわゆる虎の威を借る狐になれるカードだ」

ミーシャは温度差のある二人を交互に眺めた後、そっと無言でカードをジオルドに返した。

（そういえば、このカードを見たのは、ドラの町でえらそうな人たちと話をする時や、さかのぼってカーラフ家のお家騒動に巻き込まれた時だった気がする。あと、関所を抜ける時も……。絶対ミランダさんの反応の方が正解）

ブルーハイツからここまでの旅の中で、ジオルドが面倒くさがりで適当なところがあることをミーシャは気づいていた。

「無くさないでね？」

今更かとも思いながらぽつりとつぶやいたミーシャに、ジオルドはにやりと笑った。

「ミーシャ、王城が見えるわよ」

気を取り直すように、窓の外をミランダが指さす。

窓から眺めた王城は、一度だけ見た自国のものと比べても随分と立派だった。

二本の巨大な塔が中央にそびえ立ち、そこを中心にシンメトリーに建物が広がっている。

壁は真っ白に輝き、いくつもある尖塔は屋根だけが深い紅《あか》で染められていた。屋根のふちや窓枠は繊細なレリーフで飾られ、まるで童話の中のお城のように優美なつくりだった。

ガラガラとこちらも止められることなく王城の門をくぐる。整列した門番の兵が、胸にこぶしを当て礼を執っているのがちらりと見えた。よく見ようとミーシャが首を伸ばす前に、ミランダの手がさっと厚いカーテンを閉めてしまう。

「ここからは人が増えるから、少し我慢してね」

町の中を走るときには言わなかったミランダの言葉を、不思議に思いながらも問いかけるタイミングを逃して、ミーシャは口をつぐむ。馬車は、王城の中に入ってからゆっくりとした速度になったからそのせいもあるのかな、とミーシャは自分を納得させた。

そこからしばらく走ると馬車が停まり、外から扉が開かれる。

《貴賓は最後》

馬車の移動中に、ミランダにしっかりと言い含められていたミーシャは、多少居心地が悪い思いをしながらも、最初にジオルド、次にミランダが馬車を降りるのを待って、腰を上げた。

するとと馬車の外では、ジオルドが手を差し伸べて待っていた。

(これくらい一人で降りられるのに……)

一瞬迷って目を彷徨わせれば、じっと自分を見つめるミランダと目が合い、微かに頷かれる。

ミーシャは小さな手をそっとジオルドに預け、たった三段の段差を下りることになった。

ジオルドも、いつものおちゃらけた態度が嘘のように生真面目な表情でエスコートしている。

(うぅ、なんだかすごく恥ずかしいんだけど……)

涙目になりうつむきそうになる顔を意識して上向かせ、ミーシャは地面に降り立った。

そうして、正面を向けば、少し離れた位置に青年が一人立っていた。

背後に侍女や護衛らしき数人を従えた青年は、優雅な仕草で手を胸の前に組み、軽く膝を折った。

「お待ちしておりました。私は、若輩ながらもこの国の宰相を務めております、トリス＝ティン＝ウィルキンソンと申します。心から貴女の来訪を歓迎いたします」

穏やかな口調は耳に優しいテノール。

真っ直ぐな銀色の髪は長く伸ばされ、背中でゆるくまとめられていた。瞳は菫色で、顔立ちも優しげに整っている。

唇も微かに口角が上がり、柔らかにすがめられた瞳と相まって、言葉通り歓迎している雰囲気が伝わってきた。

例えるなら暖かい春の草原。

柔らかなその雰囲気に、緊張していたミーシャは、身体からふわりと余計な力が抜けるのを感じた。

「手ずからのお迎え、ありがとうございます。ミーシャ＝ド＝リンドバーグと申します」

頭を下げそうになるのをどうにか耐えて、ちょこんと膝を折る様は、ミーシャの容姿とも相まってとても可憐に見えた。

有名な薬師一族の娘というから、どんな才走った生意気な子供が来るのかと思えば、随分と素直そうだ、と迎えに出ていた一同は胸をなでおろす。

(まぁ、そんな子供なら、あいつが気にいる訳が無いか)

そんなことを考えながらトリスは、ミーシャの隣に立つジオルドにチラリと視線を送った。

無表情ながらも思いっきり腰が引けているのは、人当たりのいい外面を全面に押し出したトリスに対する無言の抗議だろう。

(バカか、初対面の人間にこんな場所で本性晒すわけ無いだろうに)

笑顔の仮面の下で毒づきながら、まだ少し表情の硬いミーシャへと視線を戻す。

「着いたばかりでお疲れでしょう。お部屋をご用意しておりますので、どうぞそちらでゆっくりとお過ごしください。王との謁見の場が整いましたら使いをよこしますので」

トリスの言葉に後ろに控えていた侍女がスッと前に出た。

「どうぞこちらへ」

自身よりもよっぽど上質な生地で作られたお仕着せを着た侍女に先導され、ミーシャは大人しく後に続いた。

「報告があるから」とジオルドが一緒に来なかった事に少し心細さを感じながら、ミランダが居てくれて良かったと心から思う。

そんなミランダは、ミーシャの連れてきた侍女のふりをする気らしく、素知らぬ顔で一番最後をついてきている。

ちなみに手にはカバンが一つ。

中にはミーシャの薬師としての道具一式が入っていた。

服や日用品はともかく、それだけは手元にないと落ち着かない為、手荷物として纏めていたものだ。

自分で持つと主張したのだが、取り上げられてしまった。

相手はミランダだし、中身のことは熟知しているだろうから、乱暴に扱われることも無いだろうと諦め、今がある。

ふと、足元をついてこようとするレンの姿に、周囲の視線が向けられたのに気付いた。

（お城の中に狼を入れるのはダメかな？　でも、ずっと一緒だったのによそに連れていかれるのはかわいそうだわ。レンはまだ小さいんだし……）

迷ったのは一瞬。

ミーシャは素早くかがみこむと、誰かに止められる前にレンを抱き上げた。

引き離されてしまうのは本意ではないし、連れてきた以上、ミーシャにはレンを守る義務がある。

決意を胸にぎゅっとレンを抱きしめると、幸いにも、誰にも止められることはなかった。

それは、きちんとレンの存在を報告していたジオルドのお手柄だったのだが、それをミーシャが知るのは少し後の事である。

そして、たどり着いた部屋は、広いバルコニーのある日当たりのいい三階の部屋だった。

「荷物の整理でばたつくと思いますので」

と、そつの無い仕草でバルコニーのテーブルに誘導され、サッとティーセットが準備される。

流れるような一連の動作に、口を挟む隙も無い。

ここでも早々に諦めたミーシャは、大人しくテーブルに着くとティーカップを手に取った。

確かに、馬車の移動の間何も口にしていなかった為、喉は渇いている。

ふんわりと花の香りがつけられたお茶は、喉を通ればスッとした清涼感を残した。

「う〜ん、流石に、いい茶葉を使ってるわね」

正面の椅子に腰を下ろしたミランダが、優雅な仕草でティーカップを傾けている。

本当に侍女だった場合、主人と同じテーブルに着くなどあり得ないのだが、二人とも気にしていない。

ミーシャとミランダの関係性がいまいち読めていない王城の侍女達も何も言わない為、二人はのんびりとお茶を楽しんだ。

「いいお部屋ね。つけられた侍女も教育が行き届いているようだし」

テキパキと動いている侍女達を観察しながら、ミランダがにこりと微笑んだ。

本来ならハッタリを利かせる為に、正装をさせるという手もあったのだ。

時間がなかったとはいえ、そこは公爵家である。

王族の晩餐会に出るにも支障が無いほどの衣装を含め、デイドレスもしっかりと持たせてくれていたのだ。

そこを、あえてワンピース姿に留めさせたのは、その姿を見て王城の人間がどういう対応をするか見てやろうという、ミランダの意地の悪い試験だった。

ミーシャの今回の立ち位置は、公爵家の娘で王家より招かれた客人だ。

それを見た目や状況で侮るのなら、それはそれで、「失礼だ」と連れ帰る良いきっかけだと思ったのだ。

実際、まともな供もつけず、町娘に毛が生えたような身なりのミーシャは侮られるには充分だった。

急ぎの旅路だったという言い訳があるにしろ、である。

だが、侍女も執事も顔色一つ変えることなく、そんなミーシャをサラリと受け入れて見せた。

今は足元に蹲《うずくま》り大人しくしている子狼という珍客にまで、急遽皿に水を入れて出して見せるという歓待ぶりだ。

「そう、なの？　豪華すぎて気後れしちゃう」

出された菓子を摘みながら、ミーシャは小さく肩をすくめて見せた。

公爵令嬢を名乗ってみても、実態は森の奥でひっそりと暮らしていたのだ。

きらびやかな環境に気後れするなという方が酷だろう。

そんなミーシャに、ミランダは笑いながらティーカップを傾ける。

「自然にしていれば良いのよ。多少飾りが大袈裟でも結局は道具よ。直ぐに慣れるわ。幸いみんな好意的みたいだし、ね」

「……ミランダさんはずっと変装したままで過ごすの？」

チラリと周囲を見渡し耳目が無いことを確認してから、ミーシャは小声で囁いた。

「そうね……。王様とその側近にはジオルドから報告がいってるでしょうし、今のところ必要を感じないわね。むしろ、混乱させちゃうだけな気がするし、秘密、ね？」

シーと子供っぽい仕草で唇に指を当てて見せるミランダにミーシャはコクリと頷いた。


「長旅、大儀であった……と言うにはめいっぱい楽しんできたみたいだな、ジオルド」

ミーシャと別れ、トリスに引きずられるように連行された執務室で、ジオルドは久方ぶりに主人と対面していた。

「ただいま戻りました。王命、恙無《つつがな》く終え、御前に拝しました事、光栄に存じます」

片膝をつき、片手を胸に頭《こうべ》を垂れる。正式な礼をとりつつ、定型文を口にすれば鼻で笑われた。

「建前はいい。立って報告しろよ。なかなか楽しい道中だったみたいじゃないか」

笑いのにじむ声で促され、ジオルドは顔を上げた。

「まぁ、久しぶりに退屈とは無縁の日々でした。面白い子ですよ、ミーシャは」

と、立ち上がろうとしたところでひざ裏を蹴られ、ジオルドは再び膝をつく事になった。

しかも、立ち上がれないようにだろう。容赦なく、脹脛《ふくらはぎ》を踏みつけられる。

「陛下は甘すぎます。王命を曲解し自由三昧。少しは反省しなさい」

氷よりも冷たい眼差しと共に、絶対零度の言葉が降ってくる。

先程までの穏やかな表情が幻のように酷薄な笑みを浮かべるトリスに、ジオルドの背筋をゾクゾクしたものが駆け抜けた。

冷静沈着。

国の為ならどんな極悪な決断だろうと即決できる、敵に回したくない存在。

それが彼を良く知る人間の評価である。

顔立ちはあくまで美しく整い、ふんわりと微笑めば大抵の人間が油断して、気づいた頃にはスルリと懐に潜り込まれている。

幼い頃にはコンプレックスでしかなかった女顔も、今では便利な道具としてフル活用だ。

ちなみに、整いすぎているが故に無表情になられると、常人の二倍は恐い。

「はいはい、悪かったよ。土産もたくさんゲットしてきたから、機嫌直せよ」

しかし、大抵の人間なら向けられた瞬間に震え上がるトリスの冷たい眼差しも、残念ながらジオルドには効果が薄かった。

踏みつけられた脹脛もトリスの片足分の体重ではさほど効果が無かったようで、あっさりと立ち上がってしまう。

通常なら不可能なはずなのだが、単純に力負けだ。

三人しかいないとはいえ、ライアンの前で見苦しい小競り合いをするのはトリスの美意識が許さなかったため、本気で押さえつけようとしていなかったせいでもある。

「……土産とは、もう一人の『森の民』の事ですか？」

「いきなり直球で来たな」

「あなた相手に、遠回しに会話しても時間の無駄でしょう」

あけすけなトリスの言葉に、ジオルドは流石に苦笑を浮かべた。

どうやら想像以上にお怒りらしい。

「いや、他にも色々あるんだが、まぁ、それは置いておいて。虎の尾を踏むところまではいかないけれど、監視対象になったのは確かみたいですよ。詳しい動きは知らされていませんが、下手を打てば全面的に敵に回るとの宣言は受けました」

今までのふざけた態度を収め真剣な眼差しを向けるジオルドに、トリスは息を呑み、ライアンは考え込む顔を見せた。

が、すぐに顔を上げ、肩をすくめる。

「トリスにも言ったが、別に構える必要もないだろう。一応、側仕えの侍女や侍従は私の腹心から手配しているし、執事のキノには簡単に状況の説明もしている。余計な火の粉はキノが払うだろう」

「あんな格好で控えてるから何かと思ったら、キノを表に引っ張りだしたんですか」

「かなり渋られたがな」

呆れた顔のジオルドに、ライアンはニヤリと人の悪い笑みを浮かべた。

キノとは、ライアンが幼い頃から側についていた護衛の一人で、裏方に精通し表舞台には殆ど出てこない存在。いわゆる王家の影だった。

ライアンがただの第四王子だったころからの付き合いで、当然、ライアンの信頼も厚い。

「まぁ、あいつも知りたがりだから、今頃嬉々として観察してんじゃないかな」

そんな存在をミーシャにつけるというのは、外部の敵から護ると共に、ミーシャの周囲を探るという二重の役割があるのだろう。

人好きのする笑顔の下で、やっぱり一筋縄ではいかない己の主人にジオルドはニヤリと笑った。

「あんな顔して可愛いもの好きだし、あっさりとほだされたりしてな」

「ま、それもいいだろう。で、ミーシャの後ろにいた茶色の髪の女性がそうなのか？」

少しワクワクした顔で身を乗り出すようにするライアンに、トリスが呆れた顔を向けた。

「また、何処からか覗き見ていたのですか？　行儀の悪い」

「迎えにでようとしたらトリスが止めたのだろう？　だったら覗くしかないじゃないか」

胸を張って主張するライアンに、トリスは深々とため息をつき、ジオルドはカラカラと笑った。

「子供ではないのですから。後で正式にお会いするまで、大人しくしてくだされぱいいものを。貴方は仮にも、一国の王なのですよ？」

「あ～、分かった分かった。で、どんな感じなんだ？　眼の色まで違ったみたいだが」

説教モードに入りそうなトリスから顔を背け、ライアンは自身の好奇心を満たすべく、ジオルドを手招いた。

「あ～～と、ですね」

自身が見聞きしたことを話すジオルドに、ライアンとトリスは顔を見合わせた。

「髪はともかく、瞳の色まで変えられるのですか」

「薬ひとつで自由に瞳の色を変える、か。まるで物語の中の魔法のようだな」

二人の驚いた顔に、当時の驚きを改めて思い出し、ジオルドは我が意を得たりというように頷いた。

「長時間、色を変えれるわけでもないみたいなことを言ってたけどな」

「短時間でも十分有用な技術です。髪の色が変わるだけで印象はかなり変わります。そのうえ瞳の色もとなれば、人はよく似た別人と判断するでしょうね」

「だよな。隠密行動するには最適だ。残念ながら作り方は教えてもらえなかったんだけどな」

肩をすくめるジオルドに、トリスも肩を落とした。

「作り方はダメでも、薬自体を分けてもらえることはできないのか？　せめて個人が使うくらいなら」

ふと思いついたように瞳を輝かせるライアンに、トリスがいやそうな顔をする。

「個人的に使うって、何をする気ですか。ただでさえお忍びだのなんだのと抜け出して対応が大変なのに、勘弁してください」

息抜きと称しては、こっそりと町に下りてしまうライアンに、手を焼いているトリスとしては見逃せないセリフだったようで、ピリッとした空気が漂う。

「まあ、森の民の秘伝の薬を、そうそう簡単に分けてもらえるわけないよな。薬と言えば、ミーシャも調薬するんだろう？　ジオルドから見てどうだ？」

再びのお説教の気配に、旗色が悪いことを察したライアンは話題を変えることを選んだ。

「そうですね。傷薬などいくつか分けてもらいましたが、我が国のものより効果は高いです」

トリスの説教が始まると長い事を知っているジオルドが、助け舟とばかりに話題転換に乗ってきた。息の合った主従のやり取りにため息をこぼしながらも、興味をそそられたトリスも矛を収める。

そうして報告という名の雑談は「いい加減に仕事してください」というトリスの怒鳴り声が響くまで続けられたのであった。

三　王城での出会い

「さ〜て、お茶も飲んでまったりしたことだし、王様に会う準備でもしましょう」

ミーシャの荷物を片付けるためにばたばたしていた室内が落ち着きを取り戻したところで、ミランダはパチンと手を叩いた。

「準備……？」

クッキーの最後の一つを口の中に放り込んでいたミーシャは、もぐもぐと口を動かしながら首を傾げた。

まるで子リスのような愛らしい仕草に目を細めながらも、ミランダは重々しく頷く。

「そうよ。王様に会うには、流石にその格好じゃ、ね」

そう言われて、ミーシャは自分の着ているワンピースを見下ろした。

紺色の飾り気の無いワンピースは、確かにミーシャの年頃の少女が着るには地味だが、生地は上質だし、たっぷりとしたフレアーが贅沢だ。

「そのワンピースも素敵だけど、正式な場にはやっぱりドレスじゃないと。髪も海風でべたべただしくせもついているから、一度お風呂に入ってサッパリしてらっしゃい。その間に服は準備しておくから」

追い立てられるように浴室に押し込まれる。

いつの間に頼んだのか、湯船にはたっぷりとお湯が張られていた。

母親が好んで入浴をしていた為、贅沢にも森の小屋にも浴室があった。

ミーシャもお風呂は大好きだし、入るのに拒否は無いのだけれど……。

「あの……私、一人で入れるので、大丈夫です」

ミーシャは、側に控えて手伝おうと手を伸ばしてくる侍女から逃げた。

一人で衣服の着替えができるようになってからは、母親とだって共に入浴することは無かったので、入浴の世話をされるのは抵抗があった。年頃の娘らしく、初めてあった人に肌をさらすのも恥ずかしい。

赤くなりながら逃げるミーシャと、職務を全うしようとする侍女達の攻防は、浴槽に入れるハーブを手にしたミランダによって終止符を打たれた。

「ミーシャ、この香りが嫌いじゃなければ、浴槽に入れて。そして、貴女達。ここは良いからあっちで私の手伝いをよろしく」

テキパキとした指示に、少し残念そうな顔をしながらも侍女達が去っていく。

自分のお願いには一ミリも動いてくれなかった彼女達の手の平を返したような態度に、ミーシャはガックリと膝をついた。

その様子に笑いながら、ミランダがぽんぽんと背中を叩いて慰めてくれる。

「みんな、ミーシャにかまいたくて仕方ないのよ。さっきまで、私が独り占めしていたしね。お風呂から上がったら、少し交流してみたら良いわ。これからお世話になる人たちなのだし、ダメな部分の線引きはしっかりしないとね」

くすくす笑いながら、ミランダは手にしたハーブ袋を浴槽にポンッと放り込んだ。

フワリと優しい香りが広がる。

「リラックス効果と肌が滑らかになる作用があるわ。今度、作り方を教えてあげる」

ようやく一人になったミーシャは、手早く衣服を脱ぐとサッと汚れを流し湯船に浸かった。

爽やかなハーブの香りと何かの花の甘い香り。湯をかき混ぜれば、少しトロミがついている気もした。

ほうっと満足げなため息が漏れる。

ゆっくりと手足が伸ばせる広い浴槽は、とても気持ち良い。ミーシャは知らず強張っていた筋肉を、ゆっくりと揉みほぐした。

これだけ広い浴槽にお湯を張るのは、とても大変だっただろう。

ミーシャは、入浴を手伝われるのは困るけど、後でしっかりとお礼を言っておこうと心に決めた。

長い白金の髪が、ゆらゆらとお湯の中で揺れているのをミーシャはぼんやりと眺めた。

同じ色を持つ母親の存在を思い出せば、ふいに涙がこみ上げてしまいそうになる。

父親が怪我をしたと森の家から呼び出されて、まだ三ヶ月も経っていないなんて信じられない。

母の死から逃れるように、こんな所まで来てしまった。

慌ただしくしていれば、深く考えずにすんだから、父親の屋敷での生活に慣れる暇もなく飛び出しての旅路は都合がよかったのだ。

だけど、胸を締め付ける寂しさは、こうしてふいにミーシャを襲い、動けなくしてしまう。

この寂しさと折り合いをつけることが出来るのはいつだろうと、温かいお湯をかき混ぜながらミーシャは考えた。

いつか、優しい気持ちで母親との思い出を懐かしむことが出来るだろうか？

ふと浮かぶ母の顔が青白い死に顔ではなく、大好きだった笑顔になる日は……。

「ミーシャ、そろそろ上がりなさい」

ぼんやりとしているうちに、結構な時間が経っていたのだろう。

扉の外からミランダの声がして、ミーシャは我に返った。

急いで髪と体を洗うと、最後にかけ湯用に用意されていた綺麗なお湯を、隅に置かれていた蓋つきの桶から掬ってすすいだ。

タオルで髪を拭いていると体からほんのりハーブの香りがした。お湯の匂いが移ってしまうほどぼんやりしていた自分に気づいて、ミーシャは肩を落とした。

（今が暖かい時季で良かった。到着して早々風邪でもひいたら大変だもの）

とりあえずの着替えだろう。

柔らかな白い布で作られたシンプルなワンピースを着ると、ミーシャはようやく浴室を出た。

「こっちに来て」

ミランダから大きな化粧台の前に用意された椅子へと手招かれ、冷たい水を渡される。

ミントの葉が浮かべてあり、スッとした爽やかさが鼻に抜けた。

「お髪《ぐし》を整えます」

すかさず背後に控えていた侍女が、ミーシャの手からタオルを取り上げた。

一瞬戸惑ったものの、ミランダに目で制され諦める。

腰近くまである長い髪は、確かに一人で乾かそうとすれば重労働だ。

普段ならある程度拭いたら自然に乾くまで放っておくのだが、王様と会うのにそんなわけにもいかない事は世間知らずのミーシャにも想像がついた。

「とても美しい髪ですね。色も艶も……手触りもサラサラでいつまでも触っていたくなります。それに、まるで髪自体が光を発しているように輝いて見えます。不思議……」

ウットリとした顔でミーシャの髪を布で挟むように丁寧に乾かしていく侍女は、燃えるような赤毛を後ろでひとつにまとめていた。

「あなたの赤毛もとても綺麗だわ。サリの花みたい」

夏に咲く大きな赤い花弁が特徴の花の名を挙げれば、侍女は少し擽《くすぐ》ったそうに笑った。

「私はミーシャと言います。お名前を伺っても良いですか？」

「私はティアと申します。私どもにそんな丁寧な言葉はお使いにならなくて結構ですよ」

微笑みながら返すティアに、ミーシャは困ったように肩をすくめた。

「私、こんな生活したことないから、そんなふうに言われたら困っちゃいます。ティアさんは年上みたいだし。ケジメ、とかの問題なら、人の目のないところだけでも普通にしてても良いですか？私への喋り方も、敬語じゃなくて普通が良いです。あまりに丁寧にされると壁を感じて、なんか寂しくなっちゃうので。ティアさん……だけじゃなく、みんなも」

寂しそうに微笑む少女に、その場に居合わせた者達は、心臓を射貫かれた気分になる。

慰めて甘やかしてなんでも言うことを聞いて、その寂しそうな顔を輝くような笑顔に変えたい。

そんな衝動がこみ上げてくる。

ミランダが、我慢できないというようにギュッとミーシャを抱きしめた。

「そうね。ずっと一緒にいるのに、他人行儀なのは寂しいわ。仲良くしましょう？」

肩越しにその場に控えていた二人の侍女と、隅に立つ執事服の男ににっこりと笑いかける。

声は朗らかなのに、目の奥が笑っていない。

その瞳は「こんなに可愛いミーシャのお願いを、まさか断らないわよね？」とはっきりと語っていた。

すでにミーシャの魅力にメロメロになっていた、まだ若いティアは即座に頷く。

「ミーシャ様が望むなら、喜んで！」

ティアよりも少し年配の侍女は、迷うように視線をさまよわせた後小さくひざを折り同意を示し、執事服の男もしばしの沈黙の後、わずかに顎を引くことで了承の意を示した。

「じゃあ、お着替えして、綺麗にしましょう。謁見の後、少し早めの晩餐に招待されたから」

にっこり笑顔のミランダの声で、二人の侍女が動き出した。

差し出されたドレスに着替え、髪を結ってもらう間に、もう一人の侍女が「イザベラ」、執事の男性が「キノ」と言う名前であること。ティアが十六歳で、イザベラは二十二歳の既婚者であることがわかった。

初めて着る正式なドレスは少し苦しい。

深い紺のドレスは少し光沢のある生地で、よく見れば同色の糸で刺繍が施されていた。ウェスト部分は少し高い位置を幅広のリボンで結ばれ、スカートはたっぷりのギャザーとドレープでふんわりと広がっている。襟ぐりや袖口、ドレスの裾には繊細に編まれた白いレースがあしらわれ、落ち着いた色味のドレスに花を添えていた。アクセントとして所々にこれもドレスと同色の宝石が縫い付けられ、ミーシャが動くことでキラキラと光を振りまく。

一見地味に見えるが、見る人が見れば手間と時間がかけられた贅沢な逸品だという事がわかる。

城についた時のワンピースとは、まさに対極にあるこのドレスを見れば、ミーシャが公爵家からどれだけ大切に思われているかすぐわかり、侮られることはないだろう。

それは、遠くに送り出さなければいけない愛娘《ミーシャ》のための、父親の精いっぱいの援護だった。

ミーシャと違い、人の服装で価値を測る人間がいるという事を良く分かっているミランダは、満足そうに微笑んだ。

まあ、様々な思惑を抜きにしても、いわゆるプリンセスラインと言われるタイプのそのドレスは、まだ成人前のミーシャによく似合っていた。

そして、ハーフアップにして残りをさらりと背に流した白金の髪が、どんな宝石よりも美しい輝きを添えていた。

むしろ、色の濃いドレスのおかげでより、その髪の美しさが引き立っている。

丁寧にブラシをかけられ油をつけてツヤを出した髪はサラサラで、思わず触れてみたい魅力に溢れていた。

最後に、ピンクダイヤモンドをあしらわれた花の意匠のチョーカーとイヤリングをつけ、少しだけ紅をさせば完成である。

鏡の中の少女は、恥ずかしそうにほんのりと微笑み、その瞳に戸惑いを浮かべていた。

思わず抱きしめてしまいたくなるような庇護欲をそそる表情に、ミランダやティアの顔がにやける。

「なんだか、私じゃないみたいで変な感じ」

いつもより少し赤い唇が初々しい色香のようなものを演出し、ミーシャを少し大人っぽく見せていた。

「さて、もう少し時間もあるみたいだし、ミーシャはソファーでゆっくりしていて。私も軽く着替えてくるから」

にっこり笑顔のミランダにソファーに誘導されたものの、着慣れないドレス姿では汚してしまったらと思うと怖くてお茶も飲めない。

しかも、それほどきつく締められていないとはいえ、初めて身につけたコルセットは充分苦しかった。

結果、ゆったり座ることもできずに、ソファーにやけに姿勢正しく座っていることになる。

しかも、かさばるパニエが邪魔で、おそらくこの低さのソファーから一人で立つことすら困難だろう。

「……お姫様って大変だったんだ。尊敬するよ」

思わずため息をもらせば、ティア達に笑われてしまった。

「まぁ、慣れ、ですよ」

「とってもお綺麗です」

まだ成人前の少女だから正装に慣れていないのだろうと、好意的な解釈のもと励ましてくるティアとイザベラに、ミーシャは困ったように笑った。

(慣れるほど、こんな格好したくないな)

本音が頭の中をよぎるが、ミーシャは賢明にも口には出さなかった。

その時、そっとスカートに何かが触れる感触に気づき、ミーシャは視線を下に向ける。

「キューン」

そこには、どこか戸惑ったような顔でミーシャを見上げるレンがいた。

「どうしたの？　レン」

「あら、駄目ですよ。ドレスに毛がついてしまいますから」

いつもと様子の違うレンを不思議に思ったミーシャがその手を伸ばすより早く、レンはティアにさっと抱き上げられてしまった。

「キュン、キャウ！」

突然抱き上げられたレンは、文句を言うように鳴いたが暴れるようなことはなかった。

「随分仲良くなったのね」

人と過ごすようになって数か月たつとはいえ、もともとは野生の子狼である。

警戒心が強く、レッドフォードに向かう旅の間にも、ジオルドやほかの騎士たちに体を触れさせるようになるまで、それなりの時間がかかっていた。

それが、先ほどあったばかりのティアに抱き上げられても抵抗することはなく、抗議の声もどこか甘えているように聞こえる。

「私の実家は田舎の男爵家なのですが、猟犬を育てる事を生業としているので犬の扱いには慣れているのです。なので、ミーシャ様が入浴されている間に交流させていただきました」

「……猟犬」

確かに、まさか野生の狼を拾ってきて連れ回しているとは思わないだろうが、犬扱いはレン的には大丈夫なのだろうか、と、ミーシャはレンを見る。

が、ティアの腕の中でおとなしくしているレンは、まんざらでもないように見える。

「……レンの浮気者」

「キャウ⁉」

これから滞在する間、ティアたちにはお世話になるわけだし、仲良くなるのはいいことだ。

だけど、なんだかもやっとしてぽつりとつぶやいたミーシャに、レンの目が見開かれる。

初めての場所で、ミーシャが入浴するためいなくなり、顔見知りのミランダもなんだか忙しそうにバタバタしていて、一人取り残されたレンは少し不安になっていたのだ。

そんなレンの様子に気がついたティアが、ミランダに許可を取り、ミーシャの使っていたハンカチを持ってきてくれた。ミーシャの匂いに少し落ち着きを取り戻したレンに、さらに干し肉(塩不使用《しょっぱくなか》のものだった！　おいしかった!!)を持ってきてくれたのだ。その絶妙のタイミングに心を許すなというのが無理だろう。それを非難されるのは心外というものだ。

そもそもミーシャへの気持ちとは全然違った。

レン的には、ティアの存在は「気が利くしお世話係として認めてやってもいいかな」という程度のものだったのだ。

「キャン！　キャウ!!　キャウキャウ～～ン!!」

「わ！　どうしたのですか？　レン様」

誤解を解こうと必死に訴えて暴れるレンに、ティアは落としそうになって驚いた。

その腕の中から逃げ出して上手に着地したレンは、まっしぐらにミーシャに駆け寄った。しかし辿り着く前に、今度は別の手に掬い取られてしまった。

「駄目です。お嬢様のドレスが汚れてしまうといわれたでしょう？」

耳元でそっとささやかれた声に、レンはピキンと固まった。

決して乱暴な声ではないのに、ぶわっとレンの毛が逆立つ。なぜか、逆らってはいけないとレンの野生の勘が叫んでいた。

「先ほどの微妙な行動は、おそらくお嬢様が見慣れない姿をしていたため混乱したのでしょう。失礼ですが、入浴で匂いが薄れたのに加えて入浴剤の香りで、ミーシャ様を判断できなかったのではないかと愚考いたします」

「そうなの？　レン」

キノの腕の中でなぜかピキンと固まっているレンを覗き込むミーシャを、レンはすがるような顔で見つめた。耳がぺちゃりと伏せられ、目がウルウルしている。

「怒ってないよ？　びっくりしたのね。私も意地悪いってごめんね。ティアさんに嫉妬しちゃったの」

「キューン」

そっとふわふわの毛を撫でると、レンが悲しそうに鳴く。

ミーシャが顔を近づけると、レンがぺろりとミーシャの鼻の先をなめた。

クスリと笑ったミーシャが、そっとレンの鼻にすりすりと自分の鼻を擦り付ける。

「仲直り、ね」

「ワウ！」

耳をピンと立てて、レンが元気に返事をした。そして、いつものようにミーシャにだっこしてもらうために飛びつこうとして、自分の体が動かないことに気づく。

力任せに抱き留められているわけでもないのに、なぜだかちっともキノの腕の中から逃げられず、レンは再びしおしおと耳を伏せた。

「お嬢様は正装しております。毛がつくような行為は許可できません。晩餐から戻られるまでは私で我慢してください」

無表情ながらも、レンの頭を撫でる手は優しい。

しかし、レンの表情は晴れなかった。なんかこの人怖い、と尻尾は足の間から出てこない。

「あの〜、キノさん。私がお相手しますよ？」

明らかにストレスを感じているレンを、気の毒に思ったティアが恐る恐る手をあげた。

「そうですか？」

キノは名残惜しそうにレンを手渡そうとするが、レンはその隙をついてキノの腕から飛び降りると、トボトボとした足取りで部屋の隅に行ってしまった。

そこには、レンのためにいくつかのクッションと毛布を使って居心地の良い寝床が作られていた。そこに置かれたミーシャのハンカチを鼻の下に置くように伏せると、目を閉じてしまう。

「レン？」

ミーシャの声かけにパタリと一度尻尾が振られるが、目は閉じたままだ。

どうやらそのまま眠りするつもりのようだった。

「みんなに止められたし、側にいたら飛びつきたくなるから離れただけでしょう。心配しなくても大丈夫よ。レンは賢い子だもの」

そう言って浴室の方から出てきたミランダは、ティア達と同じようなお仕着せっぽいドレス姿になっていた。

「ミランダ、その格好で行くの？」

「そうよ。似合う？」

目を丸くするミーシャに、ミランダはにっこり笑ってくるりと一周回ってみせた。

足首が隠れるほど長いものの、パニエなどを入れて膨らましていないドレスはとても動きやすそうだ。どうやら、まだまだミランダの侍女のふりは続くらしい。

「……いいなぁ。私もそっちがいい」

女の子らしく綺麗な格好は嬉しかったけれど、慣れていない圧迫感を伴うドレスに、ミーシャはすでに嫌気がさしはじめていた。さらに、レンに戸惑った視線を向けられ、触ることも禁止されてしまったことも大きい。

「まだ、始まってもいないのに、何を弱気なことを言ってるの」

「だって、これ、ご飯食べられる気がしないよ」

泣き言を漏らすミーシャの頭をミランダはそっと撫でた。

「そうね。謁見が終わったら、いっそのことコルセットを取ってあげるわ。もともとミーシャのスタイルなら締め上げる必要はないのだし、ドレスのデザイン的にも問題ないでしょう」

ミランダがちらりと壁際に控えるイザベラ達に視線をやると、二人はコクリと頷いた。

もともと血流を悪くしたり骨格をゆがめる可能性のあるコルセットには否定的だったミランダは、満足そうにうなずく。

健康を阻害してまで美を追い求める根性は評価するが、賛同できるかは別問題だ。他にもスタイルを矯正する方法はあるのだから、別方向に根性を見せればいいのにと常々思っていたのだ。

まして、ミーシャは成長期の子供である。食事も満足に取れないなど虐待ではないか。

「せっかくのお城のごちそうだもの。おいしく食べたいわよね」

「うん！　王様との謁見の間ぐらいなら、がんばれそう！」

ミランダがにこりと笑いかけたら、ミーシャも嬉しそうに笑顔を返した。

少し乱れたミーシャの前髪を直してから、ミランダは一歩離れると、他に不備はないかとミーシャの全身を確認した。

「まるで月の女神様みたいに綺麗だわ。最初が肝心なのだから、しっかりと胸を張って」

そっとミーシャの緊張をほぐすように背中を撫でるミランダに、ミーシャはスッと背筋を伸ばし微笑んで見せた。

「うん、完璧よ。ミーシャ」


その日、レッドフォード王国の王城にある謁見の間には、国の主だった貴族たちが集まっていた。

隣国からの客人として、公爵家の息女が到着したと聞いて押しかけてきた者達だ。

元々は王の側室としての話だったものが、紆余曲折あり客人としての招待に変更された。

まだ未成年の少女のため、お披露目のようなものは特に予定されていない。

そう周知されていたのだが、いまだ未婚の「王の側室に」という話が出た少女の到着とあり、良くも悪くも好奇心を刺激され、集まった者達を捌ききれなかったのだ。

というか、それなりの地位があり貢献もしている者を無下にもできないが、一人ひとり対応するのも面倒になったライアンが、急遽、謁見の場に居合わせることを許可したのだ。

その代わりに、静かに控えていること、交流を図るのはまだ許可しないことを厳命してある。

耳の早いものはその少女が『森の民』に縁のある人物であるという噂まで掴んでおり、真偽のほどを確かめようという思惑もあった。

そういう者たちにとっては、とりあえず外見の確認だけでも十分だったため、一見不満が起こりそうな条件も不問となった。

下手に声をあげて、その場から追い出される方が困るからである。

結果、希望者が増え予定をしていた部屋に入らなくなり、急いで謁見のために整えられた広間には、無言で並ぶ男たちの姿がひしめき合う事となったのである。


ゆっくりと謁見の間の扉が開かれ、入ってきた少女の姿に、玉座の上でライアンはわずかに目を見張った。

抜けるように白い肌。淡い白金の髪を紺色のドレスが引き立てていた。

少し不安そうな光をたたえる瞳は、美しい森の色をそのままに写し取ったかのような濃い翠色。

ほんのりと染まった頬と薄紅に彩られた唇が年相応の初々しい色香を放ち、自然と目が惹きつけられた。

森の妖精が姿を現したなら、こんな姿をしているのでは無いだろうか？

そんな、らしくも無い考えがライアンの脳裏に浮かぶほど、少女の美しさは浮世離れして見えた。

大切に手のひらの中で守りたくなるような、逆にめちゃくちゃに壊したくなるような……。

同じように感じた者も多かったのだろう。謁見の間であからさまに声をあげる不届き者はいなかったけれど、ザワリと空気が揺らいだ気がした。

どこか張り詰めた空気のなか、居並ぶ貴族たちの間にできた玉座までの一本の道を音もなく前へ進み出た少女は、ライアンの立つ一段高くなった玉座の前に膝をおり首を垂れた。さらりと長い髪が流れ、細いうなじがあらわにされる。

まるで一本の芯が通ったかのように美しいカーテシーは最上のもので、低く腰を落とした体勢は優雅に見えてその実、姿勢を保つには筋力がいる。

しかし、少女のそれは過不足なく深く、それでいて微塵の揺らぎも見せなかった。

見慣れた光景のはずなのに、なぜかひどく優雅に見える少女を見下ろし、ライアンはそっと息を逃した。

「頭をあげよ。長旅、大儀であった」

重々しく響くよう計算された声音でライアンが声をかけると、少女が顔を上げた。

こぼれ落ちてしまうのでは無いかと心配になるほど大きな瞳が、ライアンを真っ直ぐに見つめる。

「ブルーハイツ王国リンドバーグ公爵家の娘、ミーシャと申します。この度はお招きいただきまして、ありがとうございました」

よく通る澄んだ声が、少々ぎこちないながら、おそらく教えられた通りの挨拶を述べた。

その年相応の幼《ぎこちな》さを微笑ましく感じながらも、ライアンは鷹揚に頷いた。

「此度は急な招きを受けてもらい、ありがたく思う。何か不自由があれば遠慮なく言ってくれ。できる限り対処しよう」

ゆっくりと笑みを浮かべれば、はにかんだ笑顔が返ってきた。

言葉の裏を探ろうともしない素直な反応に、ライアンは目の前の少女が、本当に貴族社会から隔離されていたのだということを知る。

その瞳はどこまでも澄んでいて、多少の不安の色はあっても、そこに怯えや媚びは無かった。

真っ直ぐな視線を心地よく感じて、ライアンは気づけば作られたものではない、自然な笑みを浮かべていた。

ジオルドから聞いた、旅の間の様子が脳裏をよぎる。

素直で努力家。好奇心旺盛で、困っている人のためには労力を惜しまず、自分の持てるものをすべて与えようとする善良さ。

それは、貴族同士の良くも悪くも続く騙しあいに疲れていた、ライアンの心を優しく癒してくれるようだった。

「いろいろとあると思うがわが国を楽しんでくれ、ミーシャ。つつがなく過ごせるよう、みなも気にかけるように」

「御意に」

予定外に声を掛けられ、その場に居合わせた貴族たちは、一斉に胸に手を当て軽く頭を下げた。

後方から低く響いた声は、まるで一つの音のようにきれいにそろっていて、驚いたミーシャは目を丸くして、後ろを振り返りたい衝動をこらえたのだった。

四　落ち着ける場所

あの後、一言二言言葉を交わして謁見は終了となった。

何があるのかとどきどきしていたミーシャは、本当に顔合わせと挨拶程度の事しかなかったことに、肩透かしを食らったような気分だった。

（とりあえず、ブルーハイツの王様と父さんに持たされた、献上品の目録は渡せたから大丈夫よね）

一度部屋に戻り、約束通りに苦しいコルセットから解放してもらいながら、ミーシャはほっと安どの息をついた。

（あとは晩餐会かぁ……。少人数の気軽な食事の場だって言われたけど、マナー大丈夫かな）

旅立つ前の詰め込み式教育では問題なかったし、ミランダにもお墨付きはもらったけれど、相手は一国の王様である。

少し憂鬱な気持ちで、食事の為に先程とは別の部屋に通されたミーシャは、目を瞬いた。

ミランダが「晩餐」と言っていたためドキドキしていたのだが、通された部屋は謁見の間よりもはるかにこぢんまりとした部屋だった。

せいぜい一般家庭の応接間ほどしかない。

中央に丸いテーブルが置かれ、それを囲むように椅子が数脚置いてある。

「こちらへどうぞ」

案内のために先に立っていたキノが、スッとそのうちの一脚を引いて座るように促した。

「ありがとうございます」

反射的に礼を言って腰を下ろす。

同じタイミングで、正面の椅子にライアンが腰をかけるのが見えた。

「ミランダ様も、どうぞ」

キノがミーシャの隣の席の椅子を引き、ミランダに座るように促していた。

ミーシャの後についてきていたミランダは、少し考えた後、素直に腰をかける。

すると、宰相のトリスが自ら、たくさんの料理が載ったカートを押して入ってきた。

その後には飲み物とグラスを持ったジオルドが続く。

（給仕って普通は、メイドさんがするものじゃないの？）

すかさず側についたキノが皿をセッティングし始めるのを見て、ミーシャは、その光景に目を瞬いた。

「正餐だと皿を一枚一枚運んできてもらうことになる。それだとリラックス出来ないしゆっくり話もできないと思ってね。本当はお披露目の晩餐会も企画されていたんだけど、側室ではなく「遊学」と言う形にしたから、あまり大々的にするのもおかしいだろう？」

キョトンとするミーシャが面白かったのか、クスクス笑いながらライアンが種明かしをしてくれる。そういうライアンも先程とは違い、服装は少し簡素なものになり、表情もリラックスしているように見えた。

「今日は本当に身内だけだ。本当は妹がいるんだが、少し体調を崩していてね。そのうち紹介するよ」

そんな会話のうちにセッティングは終わったらしく、空いていた席にトリスとジオルドが座った。

キノだけが、入り口付近の飲み物を載せたカートの横に立っている。

「では、改めて我が国にようこそ。この出会いが、お互いに有意義なものになることを願って」

ライアンが軽くグラスをあげ、食事はスタートした。

綺麗に盛り付けられた皿がミーシャの前には並んでいた。

前菜からパンやスープ、メインまですでに揃っている。

ミーシャは、少し迷ってからそっとスープを掬った。

サラリとした乳白色のスープは冷たいジャガイモのスープだった。ジャガイモとミルクのほんのりとした甘みが喉を通っていく。

素朴なその味に、ミーシャの体からスッと力が抜けた。

「美味しい、です」

ふんわりとミーシャの顔に自然な笑顔が浮かんだ。

リラックスしたその表情に、横目で窺っていた大人組がホッと息を漏らす。

「ほらな、言った通りだろ？　ミーシャには美味いもん食わせとけばご機嫌なんだよ」

この中で一番付き合いの長いジオルドが、ニヤニヤ笑いながらしたり顔で頷いた。

「そ……そんなこと、ないもん！」

さっと頬に朱を上らせたミーシャが反射的に反論する姿に、周囲から笑いが起こる。

王様の前で粗相をしたと口を押さえ、赤くなって困っていたミーシャも、ついにはその笑い声に巻き込まれて一緒に笑ってしまった。

その後は、穏やかな空気の中、食事が続く。

「そういえば、ミランダ嬢。貴女も『森の民』の一員なのですよね？」

ふと、思いついたというように、トリスが質問を投げかけた。

ミランダは口元をナプキンで拭きながら、チラリとジオルドを見る。

ジオルドが肩をすくめてから首を横に振って見せた。

「そう、ですね。私は一族のものです。放浪組ではなく、フォロー側ですが」

「……フォロー、ですか？」

意外な言葉に、トリスは首を傾げた。

初めて聞く話に、ミーシャまで目をキラキラさせてこちらを見ているのに気づいたミランダは、クスリと笑って頷く。

「自由気ままに動き回るものばかりでは、問題が多発するのは分かっていますので。最低限の連絡地点として、何カ所か拠点が置かれているのです。外に出るものの掟として、生存確認の為に定期的に何処かに顔出しするようになっているのですが……まぁ、守ってる人間の方が稀ですね」

「そんな場所があるのですか。確か薬草店をされていたそうですが、他の場所も？」

興味深そうに尋ねてくるトリスにミランダは首を横に振った。

「必ずしもそうとは限りませんね。私も、今回がたまたまそうだっただけですから。ミーシャが興味を惹かれて寄ってきてくれたのは幸運でした」

ミランダは、ふんわりと笑顔を浮かべてミーシャを見つめる。その笑顔はハッキリと愛おしいと告げていた。その視線に、ミーシャもはにかんだ笑顔を浮かべる。

「どこにいるのか、誰がそうなのか、お伝えすることは出来ません。それは一族の掟に反するので。ここに私がいる事も、本当はあまり褒められたことではないのです。なので、私の事はミーシャの侍女とでも考えてくださると助かります」

これ以上の質問に答える気は無い、と、ミランダはピシャリと線を引いて見せた。

そのキッパリとした態度に、トリスやライアンは苦笑を浮かべた。

仮にも一国の王を前に、ここまでハッキリと「NO」を突きつける者は中々存在しない。

どんなものにも媚びないとの噂はダテでは無かったようだ。

ライアンにそっと目配せされ、トリスもこれ以上の質問を引っ込めた。

「うちの宰相は好奇心が旺盛でね。気分を悪くさせたならすまなかった」

サラリと謝罪を口にしたライアンに、ミランダは微かに眉を上げた。

いくら人払いのなされたプライベートな空間とはいえ、王自ら謝罪の言葉を口にするのは異例だ。

まぁ、頭を下げていない分セーフなのかもしれないが、そこら辺はうるさそうなトリスも何の反応もしないところを見ると、このメンバー内では良くある事なのだろうとミランダは判断した。

「ミーシャは、何か希望はあるか？　やってみたい事とか？」

突然、話題を振られたミーシャは、驚いて口に入れていたものを喉に詰まらせそうになり、慌てて水を飲んだ。

ミランダが手を伸ばし、そっと背中をさすってくれる。

「えっと……」

チラリとジオルドを見ると、「言っとけ～」とでも言うように、にこにことしながら小さく手を振っていた。

「あの……大きな図書館があるって聞いたんです。だから、そこに行ってみたいです。知らない事を調べるのも、本を読むのも好きなので」

森の家には、父親がお土産に持ってきてくれた本がたくさんあった。

基本、書籍は一枚一枚手書きで書き写すので、本自体が高価なものになっていて貴族でもものによってはなかなか手がでず、読みたいときは貸本屋を利用するか図書館に読みに行くかが主流のため、かなりの贅沢と言えただろう。

それでも、個人が手に入れる量には限界がある。

ジオルドの話の中で聞いた図書館は、まさにミーシャの憧れの場所になっていたのだ。

「国立図書館の事かな？　では閲覧カードを作るよう手配しておこう。キノにでも預けておくから、連れて行ってもらうといい」

「ありがとうございます」

あっさりと許可がおり、ミーシャは嬉しそうに微笑んだ。

「どんな本に興味が？　やはり、薬学とかか？」

まるで綺麗な宝石やドレスを手にしたかのように嬉しげに笑うミーシャに、ライアンは微笑ましく思いながらも尋ねてみた。

「それも興味がありますけど、地方に伝わる民話や空想の物語なども大好きです。読んでいて、すごくワクワクするから」

年相応の可愛らしい答えが返ってきて、ライアンは相好を崩した。

「そんなもので良いのなら、わざわざ国立図書館まで行かなくとも、ここの図書室にも幾らでもあるぞ？　後で覗いてみればいい」

「お城にまで図書室があるんですか⁉　すごい！」

ライアンの言葉に、ミーシャは思わずはしゃいだ声をあげ、慌てて口を塞いだ。

だが、その無邪気な様子を咎めるような無粋な人間はここには居なかった。

「ああ。キノ、暇なときにでも案内してやればいい。確か、俺たちが昔読んだ本も、今はあそこに移してあるだろう？」

「はい。承知いたしました」

鷹揚に頷き指示を出すライアンに、キノは片隅で綺麗なお辞儀をして見せた。

和気藹々《わきあいあい》とした雰囲気の中で終わった夕食会の後、ミーシャは自身に与えられた部屋に戻ってきていた。

本当は噂の図書室に寄ってみたかったけれど、その後も旅の話などが弾み時間的にも少し遅くなってしまったので、今日のところは諦める事にしたのだ。

戻ってみれば再び入浴の準備がなされていて、慣れぬ髪油や化粧の香りに少々辟易していたミーシャは、ありがたく湯を使わせてもらう事にしたのだった。

髪を洗い化粧を落としてすっきりしたミーシャは、待ち構えていたミランダに鏡の前で髪を梳かしてもらっていた。

まだ少し湿り気を帯びた白金の髪が丁寧に梳られ、ツヤを増していく。

「ミランダさんは、隣の部屋で寝るの？」

鏡越しに自分の背後に立つミランダに向かい問いかければ、「そうよ」と頷かれた。

ミランダの部屋として用意されたのは、中で繋がっている隣部屋だった。

居間の壁に、どちらからも鍵がかかる小さな扉があり、わざわざ廊下に出なくても、いつでも互いの部屋を行き来できるようになっていた。

知らない場所で一人になるのは心細いだろう、という配慮だった。

それはとてもありがたかったのだが……。

ミーシャは、丁寧に髪を梳くミランダを、何か言いたげな視線でジッと見つめる。

ミランダはそんなミーシャに不思議そうな顔で首を傾げた。

「どうかした？　何か気になることがあるなら言ってちょうだい？」

優しく促すミランダに、ミーシャは迷うように何度か口を開いては閉じと繰り返した後、小さな声で話し出した。

「……あの……あの、ね。気になることっていうか……」

「ん？　なぁに？」

なぜか恥ずかしそうに目を伏せたミーシャを、引き続き髪の手入れをしながらミランダは優しく促す。

「ずっと、同じ部屋だったでしょ？　だから……。この部屋大きすぎて落ち着かないし……ベッドも大きいし……」

もじもじとしていたミーシャが、突然、クルリと体を返し、驚いているミランダの目を下から見上げた。

「今日だけで良いから、一緒に寝てください！」

一息に言い切られ、ミランダは驚きと衝撃に固まった。

大きな翠の瞳が、上目遣いにミランダを見上げている。

黙り込んでしまったミランダに、ミーシャは少し不安を覚えつつ、こてん、と首を傾げた。

「ダメ、……ですか？」

「いいえ、大丈夫よ。私も寝る支度をしてくるから、先にベッドに入っていてね」

にっこり笑顔でベッドに促され、願いが叶って嬉しくなったミーシャは、ニコニコ笑顔で「ハイ」と良い子のお返事とともにベッドにもぐりこんだ。

「早く戻ってきてね？」

着替えるために隣の部屋に消えようとするミランダの背中に声をかければ、振り向かずひらりと手が振られた。

（えへへ。子供みたいって呆れられるかもと思ったけど、思い切ってお願いして良かった）

森の家は小さくて、別の部屋で眠っていても母親の気配を感じることができた。

一人でも平気だと思っていたミーシャは、短い旅の中で隣のベッドにミランダがいる事にとても安心して、一人が寂しいものだと思い出してしまったのだ。

まして、立派ではあるけれど広すぎる部屋は人の気配をしっかりと遮断するし、ベッドも広すぎて一人きりを強調しそうで、眠る時間が気が重かったのだ。

(今日だけって言ったけど、明日もお願いしたら一緒に寝てくれないかな? ……もちろん、ここに慣れるまで、だよ。慣れたら一人でも平気だし。……多分)

誰も聞く人もいないのに心の中でこっそり言い訳しながら、ミーシャはミランダが戻ってくるのを、ワクワクしながら待っていた。

ベッドの中からジッと扉を見つめる様子は、まるで飼い主を待つ犬のようである。

ベッドの足元に用意されたクッションの上からジッとそんな飼い主を見つめた後、レンは我慢できない、というようにベッドの上に飛び乗った。

そして、ミーシャにとびかかると、湯に浸かり化粧を落とした顔を思い切りべろべろと舐める。

「きゃあ! レン! どうしたの!?」

突然のレンの奇行に、ミーシャは小さく悲鳴を上げてレンを捕まえようとした。

しかし、レンは華麗にその手をよけてミーシャに飛びついてくる。

手を甘がみしたり、洋服の裾をひっぱったりとやりたい放題だ。

最初は戸惑っていたミーシャも、レンの行動が、遊びたいだけのおふざけと気づいて笑い出した。

思えば、王城についてから半日の間、ほとんど一匹で置いておかれたレンは寂しかったのだろう。

ミーシャと出会ってから、こんなに長くそばを離れたことはなかったのだから。

「やったわね〜。絶対に捕まえるんだから!」

広いベッドの上を、二人は縦横無尽に動き回る。

お互いにとびかかっては転げまわり、ミーシャが羽根の詰まった柔らかい枕でレンを押しつぶそうとしたら、よけたレンが反撃というようにミーシャの背中に飛び乗って押しつぶす。

騒ぎに気づいて様子を見に来たティアは、大笑いしながらじゃれあう二人に、クスリと笑って替えのリネン類を取りに踵を返した。振り回された枕は崩れて羽根が飛び出しているし、踏みつけられた布団もシーツもよれよれでとても寝られないだろう。

（まあ、遊びたい盛りの子犬にはよくあることよね）

そんなふうに笑いながらリネン類を取りに行ったティアの後に戻ってきたミランダは、ベッドの惨状に呆れた顔をしながら二人が落ち着くのを待った後、大人の義務としてのお説教を二人に施すのであった。

内心、枕の中から飛び出した白い羽根をつけてしょんぼりするミーシャとレンの可愛さに身もだえていたのは内緒の話である。

五　王妹ライア

（次は何にしようかな〜）

ミーシャは鼻歌を歌いそうな気分で、自分の背丈よりも大きな本棚を見上げていた。

レッドフォード王国に来て三日。

未だに、最大の目的地であった国立図書館には行けていなかったが、ミーシャは大満足の日々を送っていた。

なぜなら、初日に教えてもらった「王城の図書室」がミーシャの予想以上の規模だったからだ。

どうやら代々の王族が集めた書籍を集めている場所だそうで、ジャンルは様々、古いものは古語で書かれたものまで交ざっていた。

それが、天井まである本棚ギッシリに詰まっていたのだ。その本棚も壁をぐるりと囲んだ挙句、部屋の中を等間隔に並んでいる。

本好きの王族も多かったようで、他国からの寄贈書もあり、まさしく玉石混淆。

ザックリとジャンルは分けられているものの、基本管理する人間が不在の為、元の場所に戻されなかった本も多数紛れていた。

物語の本が集まった書棚に唐突に料理のレシピ本を見つけた時は、ミーシャは思わず笑ってしまった。

なぜなら、その隣に並んでいた絵本が、お料理好きの女の子のお話だったからだ。

きっと、絵本の中の料理が気になって、実際の作り方を詳しく調べたりしたのだろう。

本棚の間をゆっくり歩きながら、ミーシャはたくさんの本の背表紙を眺めて、気になるものを探していく。

（昨日は民話集を読んだから、今日は歴史書でもいいなぁ）

本日の予定は、何も無い。

昨日まではキノに連れられて王城内の案内をしてもらったり、ミランダと共に庭を散策してお茶してみたりしたのだが、今日は、ミランダは用事があると出かけてしまったし、何かと忙しそうなキノ達を毎日付きあわせるのも悪いしという事で、朝から図書室にこもる事に決めたのだ。

レンは外での運動も必要だろうと、ティアが連れて行ってしまった。

王城でも狩りや警備のために犬を飼っているそうで、そこの訓練に参加させることを勧められたのだ。

ミーシャの側にいるならば、対人の戦い方を知っているのは有益だろうとミランダが賛成して、話を通してしまった。怪我を心配するミーシャに、ティアは「まだ子犬なので、本格的な訓練というより犬同士のコミュニケーションの取り方や、人との交流がメインなので大丈夫」と慰めた。

結局、レンは犬ではなく狼だという事を伝えそびれているわけだが、ミーシャは、まあ、大した違いではないだろうと気にしない事にした。

ちなみに、ジオルドは報告書の作成があるとの事でここ二日ほど顔も見れていない。

ライアンやトリスとは日に一度は食事やお茶を共にしているのに、ここ最近ずっと一緒にいた人と会えていない現状が、ミーシャはなんだか不思議な感じだった。

何冊かの気になる本を抱えて、ミーシャは本棚の隙間に置いてあるソファーの一つに座り込んだ。

図書室から本を持ち出さなくても楽しめるようにか、この部屋には幾つか椅子やソファーなどが点々と置いてあった。

上手く本棚のデッドスペースを利用しているため、すっぽりとはまり込んでしまえば、たとえ他の人が部屋に入ってきても、本棚が視線を遮ってくれるため気にならない。

ソファーの形もさまざまで、中には、厚めのラグにクッションが直に積み重なっているコーナーもあった。

ミーシャも幾つかの場所を試した後、お気に入りの場所を見つけていた。

二人がけのソファーで、直ぐ後ろには明かり取りの半窓があるため、適度に日差しが入ってくる。柔らかな初夏の日差しが気持ちよくて、ミーシャ的に読書には最適の場所、だった。

自国はともかく、この国の事は付け焼き刃的にしか知らなかったミーシャは、少しは勉強してみようかと、この国の創立からの歴史を詳しく書いた本を積み上げていた。まるで辞典のように一冊一冊がかなりの厚みがある本が全十巻。

とりあえず、最初の三冊を抱えてきたのだ。と、いうか、ミーシャの力では一度に三冊運ぶのがやっとだった。

はたして、読み始めてみれば、国の成り立ちはまるで神話のようでなかなかに興味深い。

気がつけば、ミーシャは時間を忘れてその本に没頭していた。

「……それ、そんなに面白い？」

ふいに頭上から声が降ってきて、ミーシャは驚いて顔を上げた。

いつの間に来たのか、目の前に、自分と同じ年頃の女の子が立っている。

日に当たった事が無いのでは無いかというほどに真っ白な肌で、折れそうに細い手をしていた。

頬も子供らしい丸みが無く、血の気がない。

それなのに裾の長いレースとフリルがたっぷりのドレスなんて着ているものだから、布に埋もれているように見えた。

「ねぇ？　耳が聞こえないの？」

突然の見知らぬ少女の出現にポカン、と見上げていたミーシャの態度に、少女の眉間に皺が寄る。

明らかに機嫌を損ねた様子の少女に、ミーシャは、首を横に振った。

「聞こえています。突然だったので、驚いてしまって。本は……面白いですよ？」

パタンと閉じて表紙を見せながら答えれば、少女は眉間のシワをそのままに首を傾げた。

「あなた、変わっているのね。そもそも、この部屋に人が居るの、久々に見たわ。貴女が隣国から来たっていう子でしょう？」

「はい。そう、です……けど」

頷きかけて、ミーシャは、ふと疑問が浮かんだ。

王城にあるこの図書室は限りなく王族のプライベート空間に近い場所にあり、王族の許可がなければ利用できないとキノが言っていたのを思い出したのだ。

つまり、何気無くここに立っている少女も、王族かそれに近い人物ということではないのだろうか？

「あの、ミーシャ＝ド＝リンドバーグと申します。ここはちゃんと許可をいただいて、利用させていただいております！」

慌てて立ち上がり名乗りを上げたミーシャを、少女はキョトンとしたような顔で見つめていた。

「知っているわ。聞いているから。私はラライア」

言葉少なに告げると少女は踵を返し、本棚の奥へと消えていった。

「ラライア様……って、確か王様の妹姫様、よね」

唐突に現れ、そしてあっという間に去っていった少女の姿を思い出す。

ライアンと食事を共にした時に、耳にした名前だった。

年の離れた妹がいるが生まれた時から体が弱く、殆どの時間をベッドの上で過ごしているのだ、と。

今も風邪をこじらせひと月ほど寝込んでいるそうで、治り次第紹介するとも言われていた。

（確かに、顔色があまり良くなかった。体もとても痩せていたし、あまり栄養が取れていないのかしら？）

白すぎる肌を思い出し、ミーシャは微かに眉をひそめた。

だが、王族に名を連ねている以上、この国の高名な医師が診ているはずだ。

ポッと出の薬師の出番など無いだろう。

ミーシャはそう自分に言い聞かすと、再び本に視線を落とした。

だがその時、何かが床に落ちたような音がして、ミーシャは反射的に立ち上がり音のした方に足を向けた。

「ラライア様！」

そして、本棚の向こう側の細い通路に小さな体がグッタリと倒れているのを見つけて、急いで駆け寄った。

うつ伏せに倒れているラライアの体を横向きにして、脈を取りながら顔色を見る。

白かった顔はさらに青ざめ、体が冷たくなっていた。

脈も弱々しい。

下瞼を押し下げて色を見ると、ミーシャはラライアの体を今度は仰向けにして、本棚から適当に引っ張り出した本を足の下に押し込み高さを作った。

そして、急いで廊下へと顔を出し人の姿を探す。

と、丁度ティーセットを載せたワゴンを押したキノが、向こうからやって来るのが見えた。

「キノさん！　ラライア様が倒れました。おそらく貧血症状だと思います。お部屋に運んでくださ
い」
声をかければ、僅かに目を見張ったキノが、押していたワゴンを廊下の隅に止め足早に図書室へ
と入ってきた。
「こっちです」
ミーシャは先に立って、ラライアのいる場所へと案内する。
「一応、頭をあまり揺らさないほうがいいと思います。あるなら担架のようなもので運んだほうが
いいかと」
横になっているラライアを確認しているキノに、ミーシャがそっと声をかける。
「すみませんがすぐに用意しますので、ラライア様についていていただいてもよろしいですか？」
「もちろんです」
足の下の本をそっとクッションに差し替えながら、頷くミーシャに軽く頭を下げ、キノが去って
いく。
走っているわけでも無いのに素早い動きに、こんな時だというのに感心しながらも、ミーシャは
ラライアの体にそっとひざ掛けを広げてかけた。
脈の確認がてら首筋を指先で触れると、やはりヒヤリとしている。
息苦しいのか眉間にしわがよっているのを見て、ミーシャはラライアの襟元を少しくつろげた。
（平均より細い体。低体温。脈が速く、貧血症状も強い。確認しないと分からないけど、低栄養の
可能性もあるかな？）

ラライアの体調を探るのは、もはや無意識の所業である。

ドレスのリボンやボタンを外して緩めながらキノの到着を待っていると、侍従を二人伴い戻ってきた。

棒に布をくくりつけただけの簡易担架に、ラライアの小さな体が乗せられる。

クタリとされるがままになっている、ラライアの顔色は相変わらず悪い。

「……お医者様の手配はされているのですか？」

出来ることなら付いて行きたいという顔で見送るミーシャに、キノは首を横にふった。

「ラライア様はお産まれになった時より体が弱く、このように倒れられることも日常です。言い方は悪いですが、この程度でわざわざ医師が呼ばれることは無いでしょうね」

キノの言葉に、ミーシャの顔色が曇る。

「人が意識を失うという事を、あまりに軽んじているように聞こえます。それが〝日常〟になっているという事は、ラライア様の体にそれだけ負担がかかっているという事なのに」

すでに見えなくなったラライアの姿を思い出すように廊下の先を見つめるミーシャを、キノは興味深そうに横目で窺っていた。

風変わりなミーシャの生い立ちや『森の民』という背景。自国からこの国にたどり着くまでの道中で起こした出来事の数々。すべてがキノの興味を引くには充分だった。

だから、ライアンに、ミーシャの側に付くようにと命を下された時も、さほど抵抗もなく従ったのだ。

その存在が自分の仕える王《ライアン》にとって有益なのか、それとも害悪なのか見極めたいと思ったし、何より、面白そうだったからだ。

無表情の下で観察されているともしらず、ミーシャは一人唇を噛んで、誰もいない廊下を睨んでいた。

なぜ？

ミーシャの頭の中は、その疑問でいっぱいだった。

どこか突き放すようなキノの言葉。

慣れた様子で顔色一つ変えず、意識の無いライアを運ぶ侍従達の様子。

顔色の悪い、暗い目をした少女。

一つため息をつくと、ミーシャは図書室へと足を向けた。

気になる事は調べよう。

それには、とりあえず、引っ張り出してしまった本を片付けなければならない。

人を使う事など思いもよらないミーシャは、後始末をするべく元の場所に戻っただけなのだが、人に使われる事に慣れたキノには一瞬、ミーシャの行動の意味が読み取れなかった。

ため息はライアに見切りをつけたものかと疑い、粛々と本を片付けるミーシャの行動に首をかしげる。

思わず、見守ってしまったキノは、すべてを元に戻したミーシャから、自室に帰りたい旨を伝えられ慌てて先に立った。

黙って後をついてくる少女の心中を、どうにも読み取れなくて何だか居心地が悪い。

そんな、勝手に物事を複雑に見ようとしているキノの心中など知る由もないミーシャは、どうやって自分の知りたい情報を集めようかと思案していた。

噂話は女の人の方が詳しいだろう。

安易にそう結論付けたミーシャは、与えられた自室に帰ると、控えていたティアとイザベラをお茶の席に誘ってみた。

何しろ、他にこの国の女性など知らなかったし、ミランダは外出したまま、まだ戻ってきていない。

最初は辞退していた二人も、ミーシャがしょんぼりと「一人でお茶を飲んでも寂しい」と言えば、恐縮しながらも席についてくれた。

そうして、さりげなく先ほど図書室でライアに会ったけれど、体調を崩して倒れてしまった事を伝えれば、ティアとイザベラは顔を見合わせた。

「顔色も悪かったし心配で」

「ラライア様は昔から体が弱くいらっしゃいますから……」

心配だと眉をひそめるミーシャに、ティアが困ったように告げた。

「季節の変わり目には必ず伏せっていらっしゃいますし、それ以外も一年の大半を何かしらの病で床についておられます」

やはりここでも「いつもの事」と言外に告げられ、ミーシャの眉間のシワが深くなる。

「何か持病があるの？」

さらなるミーシャの質問に二人は再び顔を見合わせ、チラリとミーシャの背後に立つキノを見た。

キノが、無言で手を振り、「言っていい」と伝えてくる。

「どこ、と明確には存じあげません。ただ、御生まれも十月よりもだいぶ早く、体も小さくございました。それゆえにかお病気にもかかりやすく、様々な病を次々と拾われて、命が永らえたのも奇跡といわれております」

少し目を伏せて淡々と告げるイザベラに、ミーシャは微かに首を傾げた。

「生まれつき身体が弱くて病がち。医師に診てもらっているけれど、根本的な原因は不明のまま。虚弱体質だろうって事？」

「私達はラライア様付きになった事はございませんので詳しい事は知らされておりませんが、城のものの認識は概ねそのような感じです」

ハキハキと答えるティアの横で、イザベラも頷き同意を示してくる。

ミーシャがくるりと振り返り、頑なに同席を拒んだキノを見れば、そちらからもわずかに頷かれた。

紅茶のカップを手のひらで包み込むように持ったミーシャは、琥珀の液体をじっと見つめる。

先ほどの様子から、ミーシャはラライアが重度の貧血を患っているのでは無いかと考えていた。もしかしたら他の病も併発しているのかもしれないが、それはシッカリと診察しなければ分からない。

何より、気を失うことが日常化しており、それを周囲が異常と思っていないこともミーシャには不思議に思えた。仮にもラライアは王妹であり、この国では高位の女性である。それなのに、随分と適当な対応をしているようにしか見えない。

王城の医師は、何を考え、どういう対応をしているのだろう？

「一度しっかりと診てみたいなぁ……。お医者様のお話も聞きたいし……」

何気無いつぶやきはシッカリとその場にいる人たちの耳に届いて消えた。

六　治療開始！

「おはようございます、ラライア様。お加減はいかがですか？」

にっこり笑顔で元気よく。

ミーシャは、挨拶とともに部屋の扉を開けた。

それから、返事を待たずに中に入ると、未だ閉め切られたカーテンを遠慮なく開けていく。

朝の、というにはだいぶ高くなった日差しが、薄暗かった部屋へと差し込んでくる。

さらに、うんともすんともいわないベッドへと近づくと、最後の砦の天蓋を容赦なく開けた。

「うぅぅ……」

大人が三人はゆうに横になれそうな広いベッドの中央が、薄らと盛り上がっている。

中から、微かなうめき声が聞こえてきて、ミーシャはクスリと笑った。

「朝ですよ、ラライア様。布団まで取り上げられちゃう前に、潔くご自分で出てきてくださいな」

楽しそうな口調で、ポンポンとベッドの端を叩いて促すミーシャの言葉に返ってくるのは、残念ながら意味不明の唸り声だけだった。

「ラライア様。今、出てこられるなら、朝のお薬は蜂蜜を足しておきますよ?」

やんわりとした声で言っているが、内容はかなり意味深だ。では、起きてこなかったらどうなってしまうのだろう。と背後に控えた侍女たちは顔を見合わせる。

「あ……あの、ミーシャ様。ラライア様は、昨晩は遅くまで寝付けないご様子でして……」

入ってきてからのミーシャの行動を、オロオロとしながら見守っていた優しそうな中年の女性が声をかけてくる。ラライアの幼い時から側仕えをしている侍女だそうで、名はキャリーと言うのだと初日に挨拶してくれた。

「ですから、眠りが足りなくてお加減が悪いのでは無いかと……」

主人思いのキャリーは、どうにかミーシャの暴挙を押しとどめようと声をかけるが、それに、ミーシャはわざとらしいくらい大きく目を見開き驚いてみせた。

「まぁ、でしたらなおのこと、お顔を見せてくださいな! 状況を見てお薬を替えなければならないのですから!」

そうして、羽根の詰まったシルクの布団の端をムンズと掴んだ。

「と、いうわけですので、サッサと出てきてくださいな。三秒だけ待ちます」

あくまで笑顔の宣言に、見えていないはずの布団の中の主も不穏な空気を察知したらしい。

何しろ、ミーシャが部屋にやってくるようになりもう三日目だ。

下手に逆らえば何が起きるか。悲しいことにラライアは既に学習してしまっていた。

モソモソと膨らみが動き、出てきた青い瞳が恨めしげにミーシャを睨んだ。

「おはようございます、ラライア様。ようやくお顔を拝見する事が出来ましたね。僭越《せんえつ》ながら、眠るときに頭まで布団をかぶるのはお勧めできませんわ。呼吸の妨げになりますし、こもった熱で具合が悪くなる事もございますから」

だが、そんな恨みがましい視線もどこ吹く風でにっこりと微笑んだままのミーシャは、挨拶と共に注意を口にした。

ラライアの眉間のシワが深くなる。

「普段、寝ている時は顔は出してるわよ。誰のせいだとっ……」

噛み付くような口調で反論しかけたものの、変わらぬ笑顔のミーシャに毒気が抜かれてしまい、結局、ラライアは黙り込んだ。

そんなラライアに、ミーシャはお湯の入った洗顔用の器を差し出した。

「お食事に致しましょう。今日は、ラライア様のお好きな果実をたくさん用意いたしましたよ」

柔らかな声に促され、ラライアは諦めたようにノロノロと朝の準備を始める。

いかにもイヤイヤな様子に内心苦笑しながらも、ミーシャはここに至るまでのやりとりを思い出していた。

初めてラライアに会った日の夜、ライアンより夕食のお誘いがあった。

これ幸いと受けたミーシャであったが、ライアンも同じ人物の事で話があったらしい。

ミーシャが口を開くより先に、話題に出してきた。

「妹が世話をかけたようだな？　ありがとう」

「いえ……」

首を横にふるミーシャに苦笑が返される。

「あの子は生まれた時から体が弱かったものだから、家族みんなで甘やかしてしまったんだ。おかげで、ずいぶんわがままな子に育ってしまった」

ため息と共にこぼされる言葉は、だけどとても柔らかな響きを持っていた。

ライアンの顔には優しい微笑みが浮かんでいたが、その中に僅かな翳りが見え、ライアンがライアのことをとても気にかけている事がミーシャにも伝わってきた。

ミーシャは少しだけ話したライアとの会話を思い出した。

確かに上から目線で、随分と一方的な会話だった。けれど、病がちで限られた人との対応しか知らないのだと思えば、そんなものだろう。

長く患っている人間ほど頑なになりやすいのは、そう多くない往診経験の中で知っていた。そういう人ほど、実は寂しがり屋なのだという事も。

「ライア様が気を失い、倒れるのは良くあることだと伺いました。原因は分かってらっしゃるのですか？」

食事の席の話題としては微妙かもしれないが、夕食の後も仕事が残っているというライアンの言葉で給仕が始まってしまったので仕方がない。

ミーシャは、薬師としてどうしてもライアの症状が気になったし、どんな対応をしているのか興味もあった。

「ええっと、何だったかな？　あの子はしょっちゅう色んなところを患っているものでね。確か、心臓が悪いのと虚弱体質、血も薄いと言っていたな。……肺もなにか言っていたような……」

首を傾げながら指折り数えるライアンの様子に、ミーシャは思わず胡乱な眼差しを向けた。

（妹の病状も把握できていないなんて信じられない！　それとも、身分の高い家ってこんな感じなのかな？）

ミーシャの冷たい視線を感じ取ったのか、ライアンが少し困ったような顔で肩を落とした。

「情けない事に、詳しい事は分からない。もし、興味があるようなら担当の医師に話を聞けるようにしよう」

明らかに気落ちした様子のライアンに、ミーシャの罪悪感が刺激される。

恐らくライアンなりに妹の事は気にかけているのだろう。しかし、忙しさの中、病状がそれなりに安定している妹の事にばかり感《かま》けている余裕もないのだろう。

だが、ミーシャは何と言って慰めていいのか思いつかず、その場に気まずい沈黙が落ちた。

しばらく、二人とも無言で料理の皿を片付けていく。

メインの肉料理が終わったところで、ミーシャは、ようやく勇気を出して顔を上げた。

「お医者様のお話、聞いてみたいです。もし、今のお薬がラライア様のお体にあっていないようなら、少しは手助けができるのではないかと思うので」

「ミーシャが診てくれるのか？」

途端、嬉しそうな笑顔が返ってきて、ミーシャは目を瞬いた。

「え……え……っと、皆様がお嫌でなければ」

戸惑いがちに頷くとライアンが「明日にでも手配しよう」と宣言する。

すぐさま、視界の端でキノが動いたところを見ると、今から、根回しの手配を始めるのだろう。

ミーシャは次の皿に手をつけながら、明日の診察に必要になりそうなものを頭の中でピックアップしていった。

（ミランダさん、今日は帰って来るのかな？　相談乗ってくれるかな？）

上の空のままの夕食が終わり自室に帰ったミーシャを待っていたのは、「二〜三日帰れません」というミランダからの伝言だった。

しょんぼりと肩を落としたミーシャだったが、実は昨夜から、だいぶ慣れてきた部屋の雰囲気とミランダが調合してくれた安眠作用のあるハーブティーの効果もあり、一人でもグッスリと眠ることができていた。

おそらく、ミーシャの様子から一人にしても大丈夫なタイミングを計ったのであろうミランダの慧眼《けいがん》に、ミーシャは素直に感服する。

放浪する一族の監視及び管理が仕事だと言っていたし、人の心理を観ることに長けているのだろう。

（肉体的な病を見分けるのはすぐに出来るようになったけど、精神的な病を見つけるのは苦手なんだよね……。足りないのは人生経験かなぁ）

とりあえず、苦手だろうとなんだろうと「診たい」と言った以上は全力を尽くそう。どうしても分からない時は調べればいい。

ミーシャは、母親と薬師の勉強をしていた時に使っていた覚書のノートを思い出して、ため息をついた。

内容は全部覚えているつもりだけれど、再確認の為にもやっぱり持ってくるべきだったと後悔していた。

尤も、旅立ちの準備でバタバタと忙しそうな父親の屋敷の人々を見ていると、とても一日を使って森の家に帰りたいとは言い出せず、今に至っているのだけれど。

幸いにも国境周辺に踏み込まれただけですんだとはいえ、やはり戦争の残した爪痕は大きかった。踏み荒らされた田畑や家屋、亡くなってしまった人達の補償など、やるべき事は山積みで病床のディノアークにも指示を仰ぐ部下が列をなしている状況だった。

一人で馬に乗れないミーシャが森に帰るには、誰かに送ってもらわなければならない。しかも、公爵令嬢の看板を背負って隣国へと行く身となれば、護衛の兵も一人二人ではすまないだろう。だけど、森の家の場所を知っているのは本当に限られた人だけであり、むやみにその人を増やすのはミーシャ自身にも抵抗があった。

あの家には、伯父も訪ねてきていたからその痕跡もある。

ミーシャは知らなかったが、今思えば、外の世界にない道具もいろいろあった気がする。あれらが、森の民の知識の欠片から作られたものだとすれば、きっと人目にさらすのは良くないのではないかと思ったのだ。

一応道は覚えているから、最悪森の端まで連れて行ってもらえれば、そこから一人で行くことは可能だけど、それだと時間がかかってしまうし、結局は森の入り口までは誰かに連れて行ってもらわなければならない。

そう、考えるとわがままも言えず、何より、母親との思い出に溢れたあの家に帰ってしまえば、そのまま動けなくなるような気がして、ミーシャは怖かったのだ。

（ともかく、今さらできもしないことをぐずぐず言ってもしょうがないわ）

気持ちを切り替えて、ミーシャは早々に眠る事にした。

寝不足の頭では冷静な判断は出来ない。

「薬師は誰よりも自身の体調に気を配らなくてはならない」とは、母親に最初の方に言い含められた教えの一つだった。

そろりと首に下げた守り袋を撫でてミーシャは瞳を閉じた。

（おやすみなさい。母さん）


（まぁ、一国のお姫様で王位継承権も持っているみたいだし、……こうなるよねぇ）

約束の時間に呼びに来た侍女に案内されるまま訪れた部屋には、たくさんの人が集まっていた。

ミーシャは、驚きとともにぐるりと部屋を見渡した。

ライアンやトリス、おそらく医師らしい年配の男性、その後ろには弟子なのか助手なのか幾人もの男達が控えていた。

更には護衛を兼ねているのだろうが端の方にジオルドの姿まで見つけて、ミーシャはため息を呑み込んだ。

目があったジオルドは、ニヤリと笑ってコッソリと手を振って見せる。

強面に似合わない戯けた仕草に、ミーシャは知らないうちに緊張で強張っていた身体からスッと力が抜けたのを感じた。

隣国より遊学の名目でやってきた少女が『森の民』の血をひいているという情報は、城に勤める医師や薬師の間であっという間に広まっていた。

垣間見た少女の姿は噂通りの色彩だったし、過去の戦の中でジオルドと同じように『森の民』と関わりを持ったものもわずかではあるが存在していたのだ。

その少女が、王の願いで王妹の診察をするとなれば、好奇心を持つなという方が無理であろう。

長年侍医を務めてきたコーナンも例外ではなかった。

王妹のラライアを、それこそ生まれ落ちた瞬間より診てきたコーナンは、ラライアの病が一筋縄ではいかないことを知っていた。いくつもの症状が絡み合い、どれが主症状なのか、何の病がメインなのかを分かりづらくしていたのだ。

（まずはお手並み拝見、じゃのう）

突如現れた『森の民』の看板を背負った少女に、多少意地の悪い思惑があったのは否めない。

本来の自分の弟子だけでなく、希望したもの全てを引き連れて来たのも、その一端《いったん》だった。

果たして、約束の時間ちょうどに現れたミーシャは、部屋にひしめき合う大人達に目を丸くしていた。

自分を観察しようとする、意地の悪い視線を敏感に感じ取ったのだろう。

だが、その表情が強張ったのは一瞬で、ミーシャは、ため息ひとつでその緊張を取り払って見せた。

その度胸と切り替えの早さに、コーナンは内心舌を巻いた。

明らかに味方の少ないこの場所で、萎縮せずに立っていられるだけでも大したものだ。

更には繰り出された言葉に拍手を送りたくなる。

ミーシャは、何の気負いもなく、診察の邪魔になるので関係のない人間は出て行ってほしいと言い出したのだ。

「通常の診察をするだけです。このような大人数の医師団は必要ありません。患者が余計な緊張を強いられるのは好ましくないですから。それとも、ライアさまの診察には、いつもこのように大人数で当たられているのですか？」

倒れるのが日常だからとそれくらいでは医師も呼ばれない、という情報を、ミーシャは忘れてはいなかった。

それを踏まえての言葉は、痛烈な皮肉以外の何物でもない。

更には、まっすぐにライアンを見つめて、ミーシャは言葉を続けた。

「ライアさまが心配なのは分かりますが、いくら血の繋がった兄君でも、年頃の女性が診察のためとはいえ肌を見せるのは抵抗があると思います。遠慮していただけませんか？」

サッサと出て行けと言わんばかりの不敬とも取られそうな言葉だが、言われたライアンは特に気にする様子もなく、肩をすくめた。

「隣の部屋までは行かない。けれど、その後の話を聞くくらいは良いだろう？　いちいち治療法の許可を取りに来なくてもすむ」

二度手間を省くためだと主張するライアンに、ミーシャはもう一度ため息をつくと、コーナンの方へと視線を移した。

「筆頭医師さまとお見受けいたします。薬師のミーシャと申します。この度はこのような機会を設けてくださり、ありがとうございました」

しっかりと膝を折り挨拶をするミーシャに、齢六十ほどの白髪の紳士は、その飴色の瞳を柔らかく綻ばせた。

「ご丁寧にどうも。ワシはお察しの通り、畏れ多くも筆頭医師を賜っておるコーナン＝シャイターンじゃ」

挨拶を返すコーナンに対し、ミーシャは微笑み返した後、その後ろに控える男達にぐるりと視線をやった。

「普段、ラライア様に関わっていらっしゃる方はこの中にいますか？」

その言葉に、男達は顔を見合わせた後、二人が前に進みでる。

「では、その方達以外の方は退出願います」

柔らかな笑顔を浮かべたままでそういうと、ミーシャは手のひらで扉を指し示した。

「それはっ！」

男達から驚いた声が上がる。不満を口にする集団にミーシャはスッと笑みを消した。

「手伝いは必要ありません。何か質問があればコーナン様に伺います。あなた方がここに居る意味はないでしょう？　実地研修がしたいのであれば、医療院にでも行かれてください。ラライア様も私も、見世物になる気はありません」

キッパリと言い切られた言葉には、鋭い棘があった。

その棘を隠す気もないようで、ミーシャは表情を消した顔のまま、動こうとしない集団をじっと見つめた。

「どこの馬の骨ともしれない人間がラライア様を診るのが不安だというのなら、見張りはコーナン様とそこの二人がいらっしゃれば十分でしょう？　私のすることが気になるというのなら、後でコーナン様達にご確認ください。別に隠すようなことは何もありませんから」

ミーシャの妖精めいた整った顔立ちが表情を消せばこんなにも迫力を持つのだと、部屋の隅に控えていたジオルドは驚きを以て見つめていた。

そこにいるのはジオルドのよく知る、ふわふわとした可愛らしい少女とは別人のようだった。

（いや、そういえば患者を診ている時や薬を作ってる時はこんな感じだったか？）

と、すれば、これはミーシャの薬師としての顔なのだろうとジオルドは自分を納得させた。譲れないものに相対した時、人は顔つきを変えるものだ。

「そうだな。コーナン、他のものは退出させよ」

緊迫した部屋の空気を断ち切ったのは、ライアンのひと言だった。

「興味を惹かれるのは分かるが、ラライアは人見知りも強いし、何より医師や薬師を天敵のように嫌っている。こんなにも他人の気配がしていれば布団の中から出てこないだろう」

肩をすくめてライアンがそういえば、コーナンが苦笑とともに頷いた。

「そうですな。姫は苦手なものが多くございますから」

王や上司に頷かれてしまえば、それ以上逆らうこともできない。

医師や薬師、おまけにこっそりと交ざっていた物見高い貴族の集団は、がっかりしたような顔でゾロゾロと部屋を出て行った。

その背中を見送るミーシャに、ライアンが苦笑とともに声をかける。

「あのような言い方をしては敵をつくる」

短い言葉に気遣いを感じてミーシャは苦笑した。

「そうですね。普段、ラライア様が倒れていた時も同じように集まるのかしらと思うと、つい頭に血が上ってしまって。それに見世物になるのは気持ちのいいものではないですし、ね」

それから、チラリとライアンの後ろに控えるトリスへと目をやった。

「何やら、私に対しての噂話が随分と広まっているみたいですね？　どうせ広めるなら、きちんと真実を流してくださればいいのに」

「さて、なんのことだか？」

すまし顔のトリスに、ミーシャは深々とため息をついた。

昨夜決まったばかりの話が、少しはかかわりのある薬師や医師たちだけならともかく、あれほど多くの貴族たちに漏れているのはどう考えてもおかしい。何のためにそうしたのかは分からないけれど、どう考えても故意に情報の漏洩がされているはずであり、最も疑わしいのが、目の前ですまし顔をしている人物なのは想像に難くない。

尤も証拠もなく推測の域を出ない以上、トリスに何を言っても無駄だろうという事は、浅い付き合いの中でもなんとなく察せられた。

言うだけ無駄と判断して、ミーシャはコーナンへと視線を移す。

「どのような噂が流れているのか、詳しい事は分かりませんが、これだけは。私の母親は確かにかの一族の者だったようですが、父と縁を結んだ際に一族を離れ、それ以来、故郷の地を踏む事はありませんでした。母親より幼い頃より鍛えられたとはいえ、私自身は駆け出しの薬師にすぎません。

そんな存在に王妹様を任せることに不安がおありのようなら、今のうちにおっしゃってください」

キッパリと言い切ったミーシャに、コーナンは驚いたように眼を見開いた後、ふわりと笑った。

その笑顔は、先程までの何か企むようなつくられたものではなく、弟子の一人を眺めるようなどこか温かいものへと変わっていた。

「ラライア様は、幼い頃より続く体の不調に悩まれ、それを一向に取り去ることのできぬワシらに不信感を抱いておられる。最近では「何をしてもムダ」と薬もろくに飲んではくださらなくての」

「……それは」

コーナンに困り顔で伝えられた情報は、薬師として、とても受け入れられるものではなかった。薬の中には継続的に飲み続けることで、ようやく効果が出てくるものだってあるのだ。

「年の近いお嬢さんの言葉なら、もしかしたら聞いてくださるかもしれん。どうか姫様を診てくだされ」

哀しそうなコーナンの表情にミーシャは、この医師が心よりラライアを心配し、なかなか改善しない症状に心を痛めている事を知る。

医師を呼ばない、のではなく、もしかしたら駆けつける医師をラライア自身が拒んでいるのではないかと気づいて、ミーシャは少しだけ持っていた不信感を忘れる事にした。

「ラライア様にお会いする前に、いくつか質問をしていいですか？」

生まれた時からずっと主治医を務めてきたコーナンは、きっとミーシャの欲しい情報を持っているはずだ。

倒れたラライアへの対応がどうしても心に引っかかって、あまり積極的に会話をする気にならなかったミーシャだったが、その不信感が払しょくされた今、生まれた時から主治医を務めているであろうコーナンには、聞きたい事がたくさんあった。

もちろん、ラライア本人にも聞き取りはするけれど、身長や体重などの身体的な情報や病歴などは、きっとコーナンの方が詳しいだろうと、今なら信じられた。

「もちろんじゃ。必要なことならなんでも聞いてよいぞ？」

好々爺の顔で頷くコーナンは、内心、どんな質問が飛び出すかワクワクしていた。


医術に携わる者ならば『森の民』の噂は大なり小なり聞いた事があるものだ。

薬師を名乗っているが、その知識は多岐にわたり、医師顔負けの技術を持っている者も多いと聞く。しかもその知識や技術は、聞いた事も見たこともないものが多いとくれば、実際に話をしてみたいと思うのも当然だろう。

当然、好奇心を刺激された若かりし頃のコーナンも、それらしき噂を聞いてはその場所を訪ねたことがあるのだが、残念ながらすべて空振りに終わっていた。

大抵は、ただの旅の薬師か噂を利用してうまい汁を吸おうとした詐欺師まがいの半端者で、なかなか出会えないからこその『幻の一族』と呼ばれる所以なのだろうと肩を落としたものだった。

そうしているうちに、もともと王のお抱えの医師一族の跡取りであったコーナンは、年齢とともに余計な身分が付属して、そうそう王城から離れられなくなった。

情熱だけでは、越えられない壁もあるのである。

くすぶるものを抱えながらも、王城の医師たちのまとめ役として日々を過ごす中、新王が連れてきたジオルドが過去に『森の民』らしき人物の治療を受けたことがあると知り、渋るジオルドを説き伏せてその治療痕を見せてもらうことができた。

よく鍛えられたたくましい肘下十センチをぐるりと走る傷痕。引き攣れもなく綺麗な傷痕だった。

「手本にしたくなるような、均等で細かい縫い目じゃな。よほど細い針で丁寧に縫合したのじゃろう。戦場の設備もろくにない場所で施したとなると見事ではあるが」

「命を救われた」と聞いていたため、相当な傷痕を期待していたコーナンは内心がっかりとしながら、その傷痕を指先でたどった。

そんなコーナンの内心を読み取ったように、ジオルドが苦笑した。

「傷がきれいとか縫い痕が美しいとか、そういう問題じゃない。この腕は、一度切り落とされたんだ」

「なんじゃと!?」

思いもよらない言葉に、コーナンは目をむいた。

ジオルドが言うには、傭兵としての初めての戦場で乱戦になった時、背後から切り付けられ、とっさに腕で頭をかばってしまったそうだ。結果、頭は無事だったが腕は皮一枚を残して断ち切られてしまったらしい。

「止血ついでに布で括り付けて戦場から離脱しようとしたんだが、血を流し過ぎて結局意識を失ったところを拾われたみたいだ。目が覚めたら体中ぐるぐる巻きにされて転がされてた。すぐ隣に、最後に戦って相打ちになったと思った相手がいたのには、思わず笑っちまったけどな」

当時を思い出して目を細めるジオルドの表情は穏やかで、自分を殺そうとした相手に対する負の感情は見えなかった。

「この通り、指先まで動きに問題はないから、当時を知らない奴は誰も信じてはくれないけどな。というか、実際に手術の助手をしていた医師見習いの言葉がなきゃ、俺だって自分の腕がちぎれかけてたのは、悪い夢だったんじゃないかと思うくらいだ」

そう言って手首や指先を動かして見せ苦笑するジオルドは、疑いの目を向けられるのに慣れ切っていた。嘘つき呼ばわりされることもあったし、自分だけでなく恩人を悪しざまに言われることに辟易し、外ではこの話をしなくなったのだ。今回は、信頼する雇い主の「お願い」だったため、しぶしぶコーナンに付き合ったのだが、少しでも疑いを向けられれば、お役御免とさっさと逃げる気満々だった。

コーナンは、信じられない思いだった。折れた骨をつなげることはできる。傷口を縫い合わせることもできるだろう。

だがちぎれかかった腕を適当につなぎ合わせて、それが完璧に機能を取り戻すなど、聞いた事がない。

綺麗に切断された直後に縫い合わせたら、奇跡的に壊死を起こさずつながったという話を聞いた事はあるが、かろうじて肘などの大きな関節は動くが手指に麻痺が残っていたはずだ。対して、ジオルドは手首も指先も問題なく動き、握力も強い。というか、リンゴの実がまるでスポンジのように握りつぶされた。コーナンの数倍はあるはずだ。

「指先の関節まできちんと力が入るな。これはすごい」

指先で小さな豆をつまんで別の皿に移すなどの細かい作業を見守りながら、コーナンは感動に打ち震えた。どんな技術がこの神の奇跡を実現させたのかと質問攻めにして、ジオルドを面食らわせた。

コーナンは王城の医師のトップだ。

貴族だし、さぞかしプライドも高そうだから、見た目はただの一直線の薄い傷痕を見て、またいつものように鼻で笑われるのだろうと覚悟していたのだ。

（まさか、あっさり信じて食いついてくるとは。只の傭兵上がりを側近に引き立てようとする王様といい、変な国だぜ）

残念ながら、腕をつなげるときは気を失っていたジオルドは、何が行われたかを見てはいなかった。しかし失ったはずの腕がつながっている衝撃から、当時好奇心の赴くままに質問した記憶は残っていた。とはいっても、医療の知識などないジオルドでは教えられたことの十分の一も理解できず、挙句に十年近く昔の記憶である。

「あ～なんだったかな？　確か体の中には骨とそれを取り巻く筋肉と血が通る大きな道……ケッカンって言ってたかな？　それと……シンケイ？　があって、それをひとつずつ繋いでいくとか言ってたような？」

「どんな小さなことでもいいから」と強請られてジオルドが必死で絞り出した記憶に、コーナンは目を輝かせた。

正直意味が分からない。だが、それがいい。

世の中には、まだまだ知らないことが山のようにあり、それに挑み続ける人々がいる。

突如前触れもなく王都を襲い、猛威を振るった未知の病。

その最前線で戦い、そして生き延びてしまった意義を、追われるように過ごした復興の日々の中で見失いかけていたコーナンは、もう一度初心に返ろうと奮い立った。

まずは後進を育てる事。それと並行して当時の記憶を記し、残された記録を集めて研究する事。

当時すでに六十に手が届こうとしていたコーナンにとって、なかなかに骨が折れる日々の始まりだった。

後進はだいぶ育ってきた。

病と戦を生き延びた他の医師たちと協力して、見込みのありそうなものを教育する体制を整え、ようやく流れに乗り出したのだ。

残念ながらうまく成果が得られていない部門もあるが、まだ始めたばかりだ。それほど焦りはなかった。

しかし、王都を襲った病。病の発症した患者の様子から後に『紅眼病』と名付けられた病の原因解明の方は思わしくなかった。

過去の文献を調べても目ぼしいものは見つからず、混乱した当時の記録も当てにならないものが多い。何より、人の記憶というものは時間と共に薄れていくものだ。さらに、悲しみの記憶をいつまでも鮮明に持ち続けていることはできない。

「もう終わったこと」と口を閉ざす人も多く、検証するための記録は、遅々として進まなかった。

こうなったら、真剣に『森の民』に助力を願い出るかと、北の果てにあるという幻の村に使者を出すことも検討していた中での、ミーシャの来訪である。

期待値が上がるのも当然と言えるだろう。

「まずは。ラライア様の身長と体重、年齢と生まれてからの病の記録などがあれば見せていただけますか？」

（ふむ。いい顔つきじゃな）

真剣な表情のミーシャに、コーナンは内心ほくそ笑んだ。

物見高い大人たちを容赦なく追い出した時にも人が変わったかのように思ったが、そこからまたもう一段階上のスイッチが入ったように感じた。

「そうじゃの。身長は百三十八センチ。体重は二十三キロを行ったり来たりじゃな。年は十五になられた」

「十五、ですか？」

ミーシャの目がわずかに見開かれる。

薬師としての意識に切り替わっていなかったら、驚きに声をあげていたことだろう。

二つ下のミーシャとほとんど身長が変わらない。

十五歳と言えば一年後には成人を迎える年である。しかし、小さすぎる身長と細すぎる体はとてもそうとは見えなかった。

「私と変わらない年齢と勝手に思っていました」

思わずこぼれたミーシャの言葉に含まれたものを察知して、コーナンが苦笑した。

「そうじゃの。とても成人前の体形には見えぬじゃろう。それでもここ一年ほどで十センチ近く成長されたのじゃ。もっとも、急激な成長に体がついていかないようで、倒れられることも増えたのじゃが」

「成長を阻害する病をお持ちなのですか？」

図書室で会った時のラライアの様子を思い浮かべながら、微かに眉を顰めつつ尋ねたミーシャに、コーナンは首を横に振った。

「それなんじゃが、ミーシャ殿。主治医であり、この城の筆頭医師であるわしからの挑戦じゃ。過去を聞かぬまま、今のラライア様を診て判断してはくれぬかの？」

「それは……」

穏やかにほほ笑むコーナンの意図が分からず、ミーシャは首を傾げた。

「なに。先入観を持たずに、ラライア様に向き合ってほしいだけじゃ。そうじゃの。十月を待たずにお産まれになり、生まれつき心の臓を患っておったとだけ」

告げられたのは、既にティアやライアンから聞いたような言葉だけだった。

ミーシャは、何か考え込むようにしばらく口を閉ざした後ひとつ頷いた。

「ラライア様に、お会いしてきます」

いろいろな思いを込めて、ミーシャはぺこりと頭をさげると、隣室へと続く扉に足を向けた。

七　病の正体

「……あなた」

部屋に入ってきたミーシャを見て、ラライアは目を丸くする。

ラライアはその時、ベッドの上に半身を起こし、お茶を飲んでいたようだった。

ふわりと香る甘い香りは数種類の果実と花。

その中にさりげなく滋養強壮の薬草も混ぜられている事に気付き、ミーシャは少しだけ目元を緩めた。

「改めまして、ミーシャ＝ド＝リンドバーグと申します。この度は、ラライア様のお身体を検診させていただきにまいりました」

胸元に両手を当て、膝を折る。

それは、この国での最上級の挨拶だった。

両手を重ねて胸に置き示すことで、自分が無手である事を。

膝を折り目線を相手より低く無防備な頭部を晒すことで、逆らう意思がないことを示しているそうだ。

「……許します」

しばらくの沈黙の後、ラライアの細い声がかかり、ミーシャは膝を伸ばした。

顔を上げると、ラライアが観察するかのような瞳で、じっとミーシャを見つめていた。

「貴女が診察するの？　薬師なのでしょう？」

その言葉にミーシャは笑顔で頷いた。

「お身体を拝見させていただくことで、必要な薬を見分けます。私が教わった技術は、そういうものでしたので」

そのまま、ラライアの側まで歩み寄り、傍らに立つとそっとラライアの右手をすくい取った。

「昨夜はよく眠れましたか？」

ミーシャは手首の脈を見ながら、そっと問いかけた。

穏やかな声に、ラライアは少し戸惑いをにじませながらも素直に頷く。

「眼を開けた時、いつもと違ったことはありませんでしたか？」

自分と同じくらいの少女が、まるで医者のように質問を投げかけてくる。

それは、とても奇妙な感覚ではあったが、決して不快ではなかった。

だから、ラライアは投げかけられる質問の数々に素直に答えていた。

「上体……寝ている状態から体を起こした時、めまいなどはありませんでしたか？」

「……少しだけ。でも、いつものことだし、ジッとしていればすぐに治るから大丈夫よ」

柔らかな澄んだ声は、なぜだかストンとまっすぐにラライアの胸に届く。だから、いつもなら医師に無駄に反発してしまうラライアも、その気が起きないのかもしれない。

「では、胸の音を聞かせていただきますね」

そう言ってミーシャの取り出した筒のようなものを、ラライアは訝《いぶか》しむような瞳でみた。

「……それは、何？」

「え？　胸の音を聴く道具ですが……？」

問われ、ミーシャは戸惑ったように答える。

筒状の片側を聴きたい部分に当て、反対側に耳をつける事で体内の音を聴く為の道具だった。

母親の下、当然のように使っていた道具であった為、ミーシャは何に驚かれたのか分からない。

「ふぅむ、それはどうやって使うものなのじゃね？」

後ろから興味深そうな声をかけられ、ミーシャが振り返ると、興味津々と言わんばかりのコーナンがいた。

（いつの間に入ってきたのかしら？）

ミーシャは突然のコーナンの出現に驚いたものの、もともとコーナン達は側についているという約束だったことを思い出して言葉を呑み込んだ。

そして、コーナンの背後の助手二人も同じような顔をしているのを見て、ミーシャは、ようやく自分の手にしている物がこの国では珍しいものなのだと気がつく。

「そう複雑な仕掛けではないと思います。コレは胸に当てて音を聴くもので、無ければただ紙を丸めたものでも代用できると母は言っていました。胸に直に耳を当てるよりも聴きやすくなります」

明らかにウズウズしているコーナンに手渡せば、くるくると回して観察している。

「……ここを聴きたい場所に当てて反対を耳につけるのかの？　コレは何の金属なのかの？　この筒の中身はどうなっているんじゃ？」

筒の片側を塞ぐように張られている金属のような部分をポンポンと叩いてみながら矢継ぎ早に質問するコーナンの迫力に、ミーシャは引きつった笑みを浮かべながら、そっと手を伸ばした。

「残念ながら中の構造までは私も知りません。母親が当たり前のように使用していたものだったので、珍しいものとは知らず、構造にまで興味を持ったことがなかったのです。すみません」

どうにか中を覗き見ようとしているコーナンは、放っておけば分解してしまいそうな勢いだった。

伸ばされたミーシャの手に残念そうな顔で戻しているのを見るに、その想像は当たらずと雖《いえど》も遠からず、だったのだろう。

「母の形見ですので、バラバラにするのはご容赦ください。コレはこうして使います」

苦笑しながらもそっと自分の服の胸元をゆるめ、心臓の上へと片側を押し当てた。

と、コーナン達のさらに背後、扉の付近から興味津々でこちらを見ていたライアンとトリスが、慌ててミーシャへと背を向ける。

医師であるコーナン達は、未知の道具に対する好奇心と、ふだん診察で慣れている光景のため特に反応は見せなかったが、普通の人々にとっては、ミーシャの姿ははしたないとしか言いようのないものだった。

少なくとも、若い娘がおいそれと晒す姿ではない。

「ほう、これは……」

早速、耳に当てて音を聴いたコーナンが目を細める。

筒の当たっている場所を何箇所か移動させ聴いていたコーナンは、ほぅ、っとため息をついてから弟子達に場所を譲った。

「お前達も聴かせてもらいなさい。コレはいい」

「……では、失礼致します」

コーナンから手渡された筒を受け取った弟子の一人が軽く一礼してミーシャの胸の音を聴く。その後、もう一人の弟子が同じことを繰り返す間、ミーシャはおとなしくジッとしていた。

未知の道具に対する彼らの探究心に突き動かされる姿はミーシャにも覚えがあるものだから、邪魔をする気にはなれなかったのだ。

「よく聴こえますね」

「何より、直に胸に耳を直接当てなくて済むのなら、若い娘達には、診察を受けることに対する躊躇いが減るでしょう」

必要があることとはいえ、夫でもない身内でもない相手にピッタリと胸に耳を当てられることは、女性……特に若い未婚女性にはハードルが高い。

羞恥のあまり受診を躊躇い、早めに投薬すればすぐに治る肺の病を拗らせる事が良くあったのだ。

興奮したように話し合う弟子の姿に目を細めて、コーナンは、ミーシャへと視線を移した。

「それは何という道具なんじゃね？」

「母は聴診器と呼んでいました」

はだけた服を直しながら答えるミーシャにコーナンは頷きを返す。

「聴診を行う道具という事か。なるほどのぅ。しかし、この道具はミーシャ嬢の母君が嫁いだ時に持ってきたものじゃとすれば、かの一族は十数年前にはコレを作り上げていたという事かの……」

難しい顔で黙り込んだコーナンにミーシャは首をかしげる。

「そうですね。母がコレはもう時代遅れの道具だとこぼしていた事があったので、今はもっと改良されているんでしょうね」

ズッシリと重い聴診器を両手で転がしながらつぶやくミーシャの言葉が、コーナン達に与えた衝撃は計り知れない。

今、目の前にある『聴診器』ですらコーナン達にとっては驚きの道具だったのに、それが「時代遅れ」と断じられてしまったのだ。

確かに十年の年月があれば、より良いものに改良されていたとしても不自然ではないのだが、俄かには理性がついていかなかった。

無意識のうちに乾いた笑いが出ていても、仕方のないことだろう。

「噂には聞いておったが、正直尾ひれをつけたものも多かろうと考えていたのじゃが……。道具ひとつとってもこれとは……本当に興味深い一族じゃのう」

ため息と共につぶやかれた言葉に困った顔を返してからミーシャは、目の前で行われるやり取りをキョトンとした顔で見ているラライアを指し示した。

「これに納得されたところで、診察の続きをしてもよろしいでしょうか？」

「あぁ、すまなかった。どうぞ続けてくだされ」

すっかり忘れられていた本来の目的を思い出し、コーナン達は居住まいを正す。

「直接肌につけたほうが良く聴き取れるのですが、天蓋の幕を下ろしても？」

警備の関係もあるだろうとライアン達を振り返れば、少し顔を赤くしたライアンがコクコクと頷く。十五歳といえば、もう親族といえども、異性に肌をさらすことは、はしたないとされる年齢である。

先ほどの自分の行動はすっかり棚に上げて、年頃のラライアへ配慮を示すミーシャに、コーナン達は微妙な表情を浮かべた。

控えていた侍女の手によりサラリと幕がおろされ、空間が切り取られた。

ラライアとミーシャ、そしてお目付役のコーナンのみが残される。

「お待たせいたしました。では、胸と肺の音を聴かせてくださいね」

ミーシャの言葉に、ラライアは慣れた仕草で衣服を緩めた。

物心つく前より数々の病を得ていたラライアにとって、医師の前に肌をさらすのは、恥ずかしいという感情が思い浮かばないほど日常であった。

正面と背面から音を聴き、ついでに横になってもらって腹部の音を聴いた後、トントンと指先で何箇所かを叩いた。

さらには口の中や眼や耳などを観察した後、ようやくミーシャの診察が終わった。

ラライアの衣服が直され、スルスルと天蓋の幕が開かれる。

そこには、心配そうな顔でこちらを見つめるライアンの姿があった。

「で、妹の状態はどのようなものなのだ？」

「……そうですね」

ミーシャはゆっくりと思案するように少し遠い眼をした後、ライアンを見つめた。

「ラライア様の現在の状態は、差し迫っての危険はございません」

「「「……え？」」」

キッパリと言い切ったミーシャの言葉に、驚いたような声が複数上がる。

それはラライア本人であり、ライアンであり、トリスであったりしたが、その声の中に医師達の声は含まれていなかった。

「実はラライア様にお会いする前に、ラライア様お付きの侍女の方達に、普段の生活や食事の状況など、お話を聞かせていただきました。それと今の診察を合わせて、もう一度申し上げます。ラライア様に、現在、差し迫った病の危機はございません」

あまりに予想外の言葉だったのか、ライアンは目を白黒させながら側に控えているコーナンへと目をやった。

コーナンは、無言のままただ肩をすくめて見せる。

それが答えだった。

そこにミーシャが診察で得た所見を重ねていく。

「まず幼い頃より患っていたという心臓ですが、現在は殆ど雑音を認められませんでした。おそらく小さな穴が心臓の壁に開いていたのでしょうが、成長と共に自然に塞がったのだと思われます。つい最近まで風邪で寝込んでいたとの事ですが、喉が僅かに赤いので咳が出たり硬いものを呑み込んだときに痛んだりすることはあるかもしれませんが、肺の音は綺麗でした。

口臭があったので胃は異常があると思いますが、痛み等の自覚症状はないようなので大したことはないのではないかと考えられます。

良く倒れるのは貧血のためだと思います。後は、長年の偏食と闘病生活による虚弱体質ですね。心臓は今後定期的なチェックは必要ですが、おそらくこのまま改善に向かうと思います。

貧血や胃炎、虚弱体質は生活習慣や食生活の改善、後は服薬をシッカリと行えば対処可能です」

つらつらと挙げられる説明の数々に、ライアンは眉をひそめる。

どうも聴きなれない言葉の数々に耳が滑り、うまく情報がくみ取れていないようであった。

「……つまりは？」

「命に危険はありません。現在の状況を引き起こしているのは、ラライア様が処方されたお薬を飲まれない事と、不規則《ダラダラした》な生活が主原因と思われます」

言い切られた言葉に、ラライアの目が見開かれる。

青白かった頬がパッと赤みを増したのは怒りの為だろう。

「無礼ですよ!!」

「もちろん、お身体が辛いのは本当だと思います。ですが、薬を嫌って飲まなかったり、治療を拒まれたりしている事で症状が改善しないことも事実です。薬の種類によっては、飲んですぐ劇的な変化は無くとも、長く続けていく事で改善するよう作られているものもあるのです」

怒りの声を上げるラライアに、ミーシャは淡々とした態度で断じた。

そんな二人の様子を、コーナンは面白そうな顔で眺めていた。

同じ年頃の少女のあまりにも対照的な表情に、噴き出しそうになるのをこらえるのに必死である。

実際、未熟児で生まれ、生存も危ぶまれた幼少期を脱して、ラライアの身体が落ち着いてきたのは事実であり、コーナンの見立てもミーシャとさほど違いは無かった。

あまりにも小さくか弱かった時代を見てきたため、周囲の人間が必要以上に過保護になり甘やかしてしまったのも事実であった。

かくいうコーナン自身も、ラライアに涙目で見つめられてしまえば必要な説教も喉の奥に詰まって出てこなくなるという些か情けない状態である。

命の危機に瀕しているわけでも無いし……とついつい甘やかしてしまっていた自覚はあるだけにバツが悪く、あっけにとられたような顔で、妹とミーシャを交互に見つめるライアンからそっと目を逸らした。

「つまり、処方される薬を飲み、規則正しい生活をすれば、妹は元気になるということか？」

ポツリとつぶやかれた言葉にミーシャは即座に頷く。

「そうですね。元の体質がどれくらいのものだったかというのもありますが、少なくとも今のように頻繁に倒れたり、些細な風邪にかかって寝込んだりということは減ると思います」

ミーシャの言葉に、ライアンは無言のまま再びコーナンの方を振り返った。

「コーナン？」

「そうでございますね。ただ、問題は私をはじめとした周りの者が、ラライア様の拒絶に強く出れない点にございます」

畏まって頭を下げるコーナンに、ライアンは何か考えるように眼を閉じた。

ライアンの眉間のシワが深くなる。

「……お兄様？」

ライアンの沈黙に、ラライアが不安そうに兄を呼んだ。

それに答えること無く、ライアンは眼を開くとミーシャを見つめた。

「ミーシャならば、妹の状態を改善に導くことが出来るのか？」

ミーシャは驚いたように僅かに目を見開くと、にっこりと花がほころぶように笑った。

しかし、事前に侍女から話を聞いていたミーシャはラライアに『規則正しい生活』を送らせる事が、とても困難な作業になるという事が分かっていた。

少なくとも最初の数日は、絶対に素直に動いてはくれないだろう。

だから、診察の結果が分かった時から得ようと考えていた許可を求める。

「不敬を咎めないと約束してくださるなら」

ミーシャの言葉にライアンは少し驚いた顔の後、こちらはニヤリと人の悪い笑みを浮かべた。

「任せよう」

「お兄様⁉」

短い「是」の言葉に、ラライアの悲鳴のような叫びが重なる。

しかし、そんな声など聞こえなかったかのようにミーシャは笑顔のまま膝を折り、優雅な淑女の礼をして見せた。

「御心のままに、陛下」

かくして、ミーシャはラライアの主治医という地位を手に入れたのである。

それはとても名誉なことだが、楽な仕事では無い事は、次の日から響き始めたラライアの悲鳴や怒鳴り声からも明白だった。

最も響き渡るラライアの悲鳴に相対する声の内容は「早く起きてください」だの「好き嫌いしない」だの「薬、ちゃんと飲んでください」だのであり、逃げようとするラライアを笑顔で追いかけるミーシャの姿も同じくらいよく見られる光景となった。

結果、周囲は生暖かく見守っているのが現状であった。


ムッツリと不機嫌な顔を隠そうともせず、ラライアは、朝食についていたジュースを飲んでいた。

美しい緑のソレは、ミーシャ特製の野菜ジュースであり数種類の果実と野菜・薬草で出来ていた。

最初は明らかな緑色に怯んだラライアも、強制されていやいや飲んでみれば、爽やかな果実の甘味とハーブの柔らかな香りの意外な美味しさに衝撃を受け、実はひっそりと魅了されていた。

もっとも、最初が強制だった為素直になれずラライアは「おいしい」なんて口が裂けても言うつもりはなかった。しかし、表情と態度で周りにはバレバレだったのである。

さらにミーシャの渡す薬もライアは気にいっていた。それらは、飲みやすいように粉薬は甘味や香りがつけてあったり、丸薬は小さめに丸めて飲み込みやすいようになっていた。

全てに女性らしい心配りがされており、更には口直しの飴まで用意されている細やかさである。実はその飴にも、貧血対策のハーブが練りこまれていたりするのだが、まぁ、知らぬが仏だ。

「……貴女も良くやるわね」

いろんな食材が少しずつ華やかに盛り付けられた朝食の皿を、ライアは行儀悪くフォークの先で突きながらつぶやく。

タンパク質も野菜もバランス良く、偏食の多いライアでも無理なく楽しく食べられるようにと計算され尽くした朝食は、ミーシャが王城の料理長と相談して作り上げたメニューだとライアはちゃんと知っていた。

先の戦での大打撃から立ち直る為に、質素に真面目にと兄が突き詰めた結果、そういう華やかな遊びの部分はすっかりと削りとられてしまっていた。

「体に良いから」「必要な栄養《もの》だから」と苦味の強い野菜もそのまま食卓にあげられる日々は、ライアの食事嫌いを強固なものにしていった。

たとえ素材が同じでも、彩りや飾り切りで演出されれば、気分が上がるのが女性というものだ。

初日の朝。

叩き起こされついた朝食の席で、野菜が彩りよく盛られウサギのリンゴやパプリカの花を飾られたサラダを見つけ、ライアの目は釘付けになった。

ラライアは、そっと指先でウサギのリンゴを摘んだ。

幼い頃、風邪をこじらせ寝込んでいたラライアに母親が、普段持ったことの無いナイフを手に四苦八苦して切ってくれたことを思い出す。

今よりもっと体も弱くて寝込んでばかりだったけれど、父も母も兄達もいて、とても幸せだった。

ベッドから動けないラライアの枕元に代わる代わる来ては、「早く元気になぁれ」と髪をなで、励ましてくれた。

あの病が王都に流行した時、たまたま療養の為田舎に行っていたラライアは生き残ってしまって、そのあまりの皮肉さに泣きながら笑って、神を恨んだ。

自分でなく、どうして父や母を連れて行ってしまったのか、と。

そっとかじれば、リンゴは程好い酸味と甘味を残し、喉を滑り落ちて行った。

それと同時に胸の奥から湧き上がってくる熱い何かを、ラライアはどうにか堪え、黙々と朝食を食べた。

こんな事で泣きそうになっている自分を認めたくなかったから、黙って食べるしかなかったのだ。

何か喋ろうとすれば嗚咽が漏れそうだったから。

いつもなら拒否していた、食後に用意されていた薬もその勢いで飲んでしまい、ラライアはその後食事や薬を拒否するタイミングをすっかり失ってしまった。

だから、今朝だってベッドから引っ張り出されてしまえば、大人しく食事をとっていたのだ。

尤も「私は不満！」と訴える為に、不機嫌顔を作ってはいたけれど。

「……今日はバラ園を散歩してみましょうね。とても美しく咲いていましたから」

ミーシャはそう言うと、そっと食後のローズティーをラライアに手渡した。

「そういえば」

渡されたお茶を飲みながら、ラライアはふと思いついたように傍らに立つミーシャを見上げた。

「あなた、お母さまが『森の民』だったと聞いたわ」

「ラライア様！」

突然に挙げられた話題に、ミーシャではなく控えていた侍女の方が、慌てたように声をあげる。

「なによ。お母様の出自を聞くのはそんなに変なこと？　すばらしい知識を持っている一族なのでしょう？　誇るべきことじゃない？」

不思議そうな顔であっけらかんと言い放つラライアに、ミーシャは思わず噴き出してしまった。

そして、顔を青くして慌てているキャリーに「大丈夫ですよ」と取り成す。

ミーシャにその自覚はいまだに薄いが、母親が『森の民』の生まれであることは、ミランダの話からも判明している。ただ、自身がその場所に行ったことも、直接母親から聞いた事もないため、ミーシャに答えられることは少ない。

「どうもそうらしいのですが、私自身が母親からその話を聞いた事はないので何とも言えません。母親に薬草の事やその他の技術を教わった事は本当ですが、それが、この国のお医者さまや薬師様とどれくらい違う知識なのかもわかりません。ただ、コーナン様にはお墨付きはいただいているので安心してくださいね」

にこりと笑うミーシャに、ラライアは首を傾げた。

「そうなの。『森の民』の外見的特徴は、白金の髪と翠の瞳と何かで読んだことがあるわ。それだけ見たら、ミーシャはしっかりとあてはまるみたいね。でも、同じ髪色も瞳の色もよくありそうなものだけど、何か違うの？」

「さあ。母も同じ色でしたので、私には別段珍しいものだという認識すらなかったものですから」

スッとラライアの手がのばされ、ミーシャの髪を一房つまんだ。

そうして、長い髪を引き寄せるとしげしげと眺める。

「あら？　陽の光を浴びると不思議な光り方をするのね」

そうして、何かに気づいたというように窓からの陽光に髪をかざした。

「ほら、見てみて。キャリー」

側に呼び寄せられた侍女は、目を凝らしてミーシャの髪を覗き込んだ。

「まあ、本当ですわ。まるで内側から光輝いているように見えます」

「それだけじゃないわ。角度を変えるとほんのわずかだけど、まるでトパーズのようにいろんな色が見えるの」

そう言われ、ミーシャも反対側で自分の長い髪をつかみ上げ陽にかざしてみた。

「言われてみれば、そう、見えるような？」

「なによ、自分の髪なのに、気づいていなかったの？　とても綺麗じゃない」

あまり反応の良くないミーシャに、ラライアが呆れたように唇を尖らせる。

「綺麗、ですか？」

あまりにも真っ直ぐな称賛がくすぐったくて、ミーシャははにかんだように笑った。

「綺麗よ。こんな変化をする髪色、初めて見たわ。これなら、特徴として挙げられるのも納得ね。

瞳の色も何か変化があるのかしら？」

「はしたないですよ、ラライア様」

今度は至近距離で瞳を覗き込もうとするラライアに、さすがにキャリーが押しとどめてきた。

「わかったわよ、もう」

髪の色を堪能しただけでとりあえず満足したらしいラライアは、目くじらを立てるキャリーに大人しく体を椅子に戻した。

そんな二人のやり取りに笑いながら、ミーシャは母親の髪を思い出そうとしていた。

（そういえば、鏡台があったけれど窓から離れた場所にあった気がする。もしかしたら、陽の光だけに反応するのかな？　だけど外を散歩してた時も、そんなふうに光ってたかしら？）

「ミーシャ、どうかした？」

髪をつまんだままぼうっと立ち尽くすミーシャを、ラライアが不思議そうに呼んだ。

その声に我に返ったミーシャは、何でもないと首を横に振る。

（今度、ミランダさんに聞いてみよう）

残念ながら、その疑問は慌ただしい日々に呑まれて消えてしまい、解消されるのはだいぶ先の話になるのであった。

八　庭の小さな小屋とミランダの思い

朝靄のかかる庭園を、ミーシャはゆっくりと歩いていた。

空気がヒヤリとして肌寒さを感じるほどだが、森の中で暮らしていたミーシャにとっては、ここ最近の王都の蒸し暑さよりよほど心地よいものだった。

計算され尽くして配置された花々が柔らかな花弁を綻ばせ、ミーシャの目を愉しませる。

大きく深呼吸をすれば、初めて嗅ぐ甘い香りがした。

「これは……ケイランの花かしら？」

図鑑の中で見たことのある花に、ミーシャは僅かに首を傾げた。鮮やかな黄色の花弁を持つ花は真夏に咲くもののはずである。

「最近急に暑くなったから、花も季節を勘違いしちゃったのかしらね？」

足元を楽しそうに走り回るレンに、なんとなく話しかけ首を傾げる。

もちろん返事など返ってこないけれど、分かっているのかいないのか。足を止めたレンもミーシャと同じように首を傾げると、おもむろにパクンと花を咥えてしまった。

「おいしい？」

突然の暴挙に目を丸くするミーシャに、もぐもぐと口を動かした後、レンはしっぽを振りまた走り始めてしまった。

早朝の人の少ない庭はレンも気兼ねなく走り回れるようで、とても楽しそうだ。

「気にしなくてもいい」とは言われているけれど、きれいに整えられた城の中でレンを自由にするのはやはり気が咎めて、部屋に置いている時間がどうしても長くなってしまう。運動不足になりそうなレンの事がとても気がかりだった。

ティアが気を利かせて、王城で管理されている番犬や猟犬たちの群れに連れて行ってくれていたが、種属の違いもあってかなかなかなじめていないようだった。正確には、警戒対象になっているようで、自由に放していても遠巻きにされているらしい。当のレンは気にした様子もなく、マイペースに運動場を走り回っているようで、訓練士には「大物になりますよ」と感心されてしまった。

そして、やっぱりいまだに「山で保護した狼です」とは言えていない。さすがに純粋な犬とは思われていないようだが、どこかで狼の血が混ざったのだろうと考えられている様子が、はしばしに見受けられた。

レン自身は、訓練も悪くないけれどミーシャと一緒にいる時間が一番落ち着くようで、朝の散歩の時間も楽しそうについてくる。

無邪気に駆け回るその小さな後姿をくすくす笑いながら見送ると、黄色い花をそっと一輪手折り、香りを楽しみつつミーシャは再びゆっくりと歩み始めた。

食用には向かないけれど、鮮やかな黄色は、食卓に飾ればさぞ映える事だろう。

もう少ししたら、ラライアの朝食の為の準備が始まる。

この明け方の早い時間は、最近のミーシャの貴重な朝の自由時間だったのだ。

決まった時間にラライアを起こし、朝食を食べさせる。

最初の頃こそラライアを起こすのに苦労したものの、今では体が慣れたのか、癇癪を起こすこともなくアッサリと起き、朝食を摂るようになった。

この調子なら、そろそろ朝の起床をラライア付きの侍女に任せても大丈夫だろう。

(今日は、ジュースにインラを混ぜてみよう)

滋養に富んだ木の実ではあるが独特の酸味が強い。ごまかす為には何がいいだろうと考えながら、ミーシャはのんびりと歩みを進めた。

ラライアの食事メニューはすでにコックへと伝えてあったが、どちらかというと薬の意味合いが強いミックスジュースだけは、ミーシャ自ら作っていたのだ。

(それにしても……)

手にした花をクルクルと指先で弄びながら、ミーシャはそっとため息をついた。

現在、ミーシャが薬を提供しているのはラライアのみ。

今までは手持ちの薬草で賄っていたが、そろそろ心もとなくなってきた。

おそらく頼めば『誰か』が手配してくれるのだろうが、今まで全ての薬草を自らの手で採取したり、どうしても自分で採取出来ないものは実際に見て選んだりしてきたミーシャにとって、『誰か』の手で用意される薬草を調合して使うのはひどく違和感があった。

父の屋敷でも、納得いくものがなかなか手に入らず苦労したものである。

尤も、王族へ薬を提供するのに、どこで採取されたとも知れないミーシャの手持ちの薬草を使っている事こそ特例なのだということを、ミーシャだけが気づいていなかった。

「どうしようかなぁ……」

「何か困り事？」

思わず零れたミーシャの言葉に、不意に横合いから声がかかり、物思いに沈んでいたミーシャは、驚いて顔を上げた。

「おはよう、ミーシャ。早いのね」

「ミランダさん！」

いつの間にかすぐそばに立っていたミランダの姿にミーシャは目を丸くした後、嬉しそうに飛びついた。

「どこに行ってたの⁉ もう、帰ってこないんじゃないかって！」

「知り合いに会ってくる」と出て行ったまま、十日も連絡のなかったミランダに、ミーシャはヤキモキしていたのだ。

「ごめんなさいね。知人を見つけるのに思ったより手間取ってしまって、予定より遠くまで足を延ばす羽目になったのよ」

ミーシャのサラサラの髪を撫でながら、ミランダは穏やかな声で謝った。

その優しい声に我に返ったミーシャは、まるで小さな子供のような自分の行動に気づき、頬を染めるとそっと離れた。

「……おかえりなさい、ミランダさん。朝食がまだなら一緒にどうですか？」

少し恥ずかしそうに誘ってくるミーシャにミランダは笑顔で頷く。

「朝一番の馬車でついたから、お腹ペコペコよ」

「じゃぁ、たくさん用意するね」

ミーシャはミランダの手を引くと、足早に自分の部屋へと向かった。

「……お部屋を移動したの？」

そうして連れてこられた場所に、ミランダは微妙な表情で首を傾げた。

ミーシャに連れてこられたのは、庭園の隅にある小さな古い小屋だった。

おそらく庭師の家族でも住んでいたのだろうそこは、古いなりによく手入れされてはいたし、居心地は良さそうではあったが、王宮の客室に比べれば明らかに見劣りする。

誘われるままにキッチン兼リビングらしき場所のテーブルへと着いたミランダの少し険しい表情に、戸惑いを浮かべたミーシャは、ハッと思い至り、慌てて首と手を横に振った。

「違うの、ミランダさん。ここに移りたいってお願いしたのは私なのよ!?」

ぶんぶんと目が回りそうな勢いで首を横に振るミーシャに、ミランダはキョトンとした顔で首を横に傾げた。

それにミーシャは、必死に言葉を重ねる。

「私、お母さんと森の中で暮らしてたから、贅沢なお部屋やたくさんの人が身近にいる生活にどうしても慣れなくて。お散歩してる時に使われていないこのお家を見つけて、王様にお願いして、無理やり引っ越して来ちゃったの。ここなら一人になれるし、水場もあるから薬草を扱うのにも都合が良かったのよ？」

「こんな場所に」と難色を示すライアン達を必死で説得した時間を思い出して、ミーシャはヘニャリと眉を下げた。

もしかして彼等は、ミランダのこういう勘違いも含めて止めていたのかと思えば、申し訳なさも募る。

そして、その説得劇を面白そうな顔で眺めていたジオルドをちょっと恨めしく思った。

(分かっていたなら、教えてくれれば良いのに。絶対こうなるのをわかって面白がってたんだわ)

ミランダは、ミーシャの表情に嘘がないのを見てとって、肩の力を抜いた。

確かに、ミーシャに聞いていたレイアースとの生活を思い返せば、きらきらしい城での生活はさぞかし窮屈だろう。

プライベートな気の抜ける空間を欲しがったとしても納得だ。

改めてクルリと部屋を見渡せば、風通しが良い日陰には乾燥した薬草の束がぶら下げられ、水場の片隅には調合に使う道具がキチンと整理されて置いてあった。

ミーシャにとって居心地の良い空間が着実につくられている。

それでいて、今ミランダが座っているテーブルセットなどは、シンプルながらもしっかりとしていて、座り心地も良い。

おそらく、かなり質の良いものをミーシャに気づかれないように、それとなく運び込んだのだろう。

(この調子なら、まだ見てないけど、他の部屋も同じような感じなのでしょうね)

万が一身内に見られても、決してないがしろにしていたわけではないと釈明できるように。かと言って、高級品だとミーシャに気づかれたら、きっと困り顔をされるのは目に見えている。

必死のバランスに、城の人間の苦労が透けて見えて、ミランダはコッソリと苦笑した。

「そう。ミーシャが望んだなら問題ないわ。こぢんまりとしていいお家ね。私の部屋もあるのかしら？」

「もちろん。ミランダさんが嫌じゃなければここにいてください」

嬉しそうに微笑むとミーシャは手早く朝食の準備を始める。

その後姿を眺めながら、何気なくもう一度小屋の中を見渡したミランダは、ぶら下げられている薬草の奥に立てかけられたものを見つけて、思わず立ち上がった。

「これ……」

それは、一本の大きな杖だった。

大きさは、ミランダでも少し見上げるほど。持ち手の部分はまっすぐでよく磨きこまれているが、先端の方は木の質感そのままで少しごつごつしている。大きく弧を描いたその先には角ばった古めかしい小さなランタンが下がっていた。

そして、杖の形状が変わる場所。

丸く曲がり始める木の質感を残すそこには、余分な枝を切り落とした跡らしき小さなでっぱりがあった。角はきちんと磨かれて間違っても持ち主を傷つけないように処理してあるそのでっぱりには、色あせた房の付いた飾り紐が結ばれている。

その杖は、レイアースのものだった。

正確には、レイアースの母親が若い頃旅していた時に使っていた物で、「私もいつかこの杖と一緒に旅をするの」「じゃあ、私も一緒に行きたい」とミランダと共に語り合っていた、思い出の品だった。

一族を離れ旅立つレイアースが、持ち出せた数少ない品物でもある。

ミランダは、泣きそうな気持でそっとその飾り紐にふれた。

長い年月を示すように、色あせて糸もボロボロになってきているそれは……。

「レイア……ずっと、つけていてくれたんだ」

意地っ張りだった幼いミランダは、どうしても旅立つ友を笑顔で見送ることができなかった。

だから、旅立ちの前の日の夜中に、こっそりとレイアースの杖にその飾り紐を結びつけたのだ。

旅の安全を祈って。その後の、レイアースにたくさんの幸せが訪れることを願って。

自分からのものだと分かるような印は残さなかった。だけど、生まれた時から共に過ごした絆は
それでもレイアースに伝えたのだろう。不器用なミランダの優しさを。

「こんなものじゃなく、ちゃんと笑顔で送り出せばよかった」

後悔のにじむ声で、ミランダは一粒、涙を落とした。

『森の民』の成人は、外の世界より遅い。

この大陸で一般的に成人とされる十六歳では、仮成人とされ、外の世界に出るには保護者にあたる大人と共に行動することになる。一人で自由に動く権利を与えられるのは二十歳になってからだ。

二十歳になると一人前と認められ、あらゆる権利と義務が生まれるのだ。レイアースより三歳下のミランダでは、一人で外の世界を歩けるようになるには時間がかかる。

もしかしたら、これが今生の別れになるかもしれないと心のどこかで分かっていたのに、幼いミランダは、どうしても自分を置いて去っていこうとするレイアースの決断を認めることができなかった。

そして、下手に時間が空いたせいで、今度は、自由に独り歩きができるようになっても、いまさらどんな顔をすればいいのか分からずに会いに行けずにいたのだ。一族を離れたものにうかつに接触してはいけないという掟を言い訳にして。完全にこじらせていたともいえる。

結局、あの日の別れが本当に最後になってしまった。

そのことが分かった時から、ずっと後悔していた。

だけど。

長い時を経て、いまだにしっかりと結ばれたままの飾り紐。

いつも優しく自分を導いてくれたレイアースなら、意地っ張りなミランダの性格も分かっていて
「しょうがない子ね」と笑ってくれていたのかもしれない。

いつか。勇気を出せて会いに行ったときに「ありがとう」と言うために、この飾り紐をずっとつけたままにしてくれていたのではないだろうか。

その想像は、少しだけミランダの心を慰めてくれた。

「ねえ、レイア。幸せだった？」

あの日、泣きながらつぶやいた言葉をもう一度問いかけてみる。

「もちろん」という声がどこかから聞こえた気がして、微笑んだミランダの頬を涙がもう一粒こぼれおちていった。


たっぷりバターとミルクを使ったフワフワのオムレツにはカリカリのベーコンを添えて。新鮮な数種類の野菜を交ぜたサラダには、さっぱりとしたビネガードレッシング。スープは、数種類の根

菜と豆がコンソメで煮られていた。さいの目に切られたオレンジとリンゴの上にはヨーグルトとはちみつがかけられている。パンはバターロールとデニッシュの二種類がかごに盛られていた。

「材料だけ分けてもらって、自由にさせてもらっているんです。お口に合えばいいんですけど」

最後に大きなポットを持ってきたミーシャは、香りのいい紅茶をティーカップに注ぎ、ミランダに手渡した。

「お待たせしました」

「おいしそうね。頂きます」

向かい合わせに座ったところで食事が始まった。

ふんわりと焼けたオムレツは半熟で、かけられているトマトのソースとよくあった。

ドレッシングは酸味が効いていて、故郷で食べていたレイアースのものと同じ味がした。

(あの頃は酸っぱすぎるってよく喧嘩になったっけ)

なつかしさにこみあげてくる何かをパンと共に呑み下すと、ミランダは、上品にカトラリーを使い食事をするミーシャを眺めた。

気取ったふうでもなく自然な様子から、ミーシャが日常の中でそれらの扱いをしっかりと身につけてきたことが窺えた。レイアースは、母親として娘がどこに行っても恥ずかしい思いをしないで済むだけの作法を、しっかりと教え込んだのだろう。

「そういえば、ミランダさんがいなくなった日から、頼まれてライア様の体調管理をお手伝いしているんです」

食事があらかた終わった頃、ミーシャは現在の状況をミランダに報告した。

ラライアを内診する機会に恵まれた事。その後、治療に携われることになった事。食事改善から始め、処方している薬の種類。

「……そうね。その方法で体調が好転してきているのなら、続けてみていいと思うわ。ただ、心臓の雑音は少し心配ね。徐々に改善しているというなら、あなたの予想通り成長と共に塞がってきているんだとは思うけど、ラライア様の年齢的にも体の成長は止まってきているでしょう。足りていなかった栄養が入ることでもう少し変わるかもしれないけれど。後、貧血の原因は本当に栄養不足だけだったのかしら。その後の観察はちゃんとしている？」

紅茶を飲みながら、ミランダは気になった点をいくつか挙げていく。

「顔色や瞼の内側の色などは少し改善しました。倦怠感やめまいなども薄れてきているそうです」

突然、真剣な顔に変わったミランダに戸惑いながらもミーシャは頷く。

「……そう」

何か考え込む様子で黙り込んだミランダに、ミーシャの中の不安が募る。

しかし、ミランダはそれ以上ラライアの事には言及することなく話題を変えた。

「じゃあ、悩んでいるのはその事じゃないのね？　さっきは、何を悩んでいたの？」

突然の話題転換についていけなかったミーシャは一瞬面食らうものの、すぐにミランダが何の事を言っているのか思いつく。

「ああ。手持ちの薬草が底をつきそうなので、どうしようかな……って思って。街の薬草屋さんに連れて行ってもらうか、山に採取に行きたいんですけど、皆さん忙しそうだし、どうも一人で街には出してもらえなさそうなので」

困り顔のミーシャに、ミランダは苦笑した。

ミーシャ本人にその自覚がなくとも、現在のミーシャの立場は同盟国の王弟の娘であり『遊学』の為に訪れた客人である。

うかつに街に出して何かあれば、とたんに国際問題へと発展するのは、目に見えていた。

国力的には圧倒的に弱いブルーハイツ王国であり、本来ミーシャは人質的な存在になるはずの立場であった。

しかし、ミーシャの付加価値故に、レッドフォード王国はミーシャをないがしろには出来ない。

そんな存在へとなっているのだ。

もっとも、そんな政治的判断など森の中で隔離されるように暮らしていたミーシャに分かるわけが無い。

ミランダは、どうしたものかと考え込んだ。

ミランダが引率者となれば外に連れ出すことは可能だろう。護衛の騎士の二～三人は付くだろうが、それは誰が引率となっても同じ事だ。

だが、『森の民』として自分にも監視が付いている状況で、下手な薬草屋を利用するのは少し都合が悪い。

そこから、辿れるとは思わないが、相手に渡す情報は少ないにこした事はない。

ただでさえ、「ミーシャ」の存在は『森の民』の中でも微妙な立ち位置なのだ。

『一族を離れた存在の産んだ娘』

それを一族の一員と認めるか認めないか。

ここから一族の住む森までは遠く、連絡手段も限られてくる。

本来ならば、ミランダ自身が森へと帰り説明できればいいのだが、それだと長くミーシャの元を離れなければならない。

今の不安定な立場の少女から目を離してしまうには不安があり、今回、ミランダはどうにか近くにいた仲間へつなぎをとって連絡を任せたのだ。

母親亡き今、森へと連れ帰るのが正当と言う派閥と、一族を離れたものの血筋をそうそう簡単に受け入れるのは如何なものかと警戒する派閥が出来るのは目に見えていた。

ミーシャが普通の娘ならば問題がなかったのだろうが、古いものといえども『森の民』の知識を持ち、本人も薬師を志している。

さすがレイアースの娘だけあって、頭の回転も速く優秀だ。

現在は粗削りで偏りがあるものの、育てれば、間違いなく今後の『森の民』を左右する人物になるであろう。

(頭の固いご長老達をどう説き伏せるか……微妙なところだわね)

「ミランダさん？」

考え込んでいたミランダは、少し戸惑ったようなミーシャの声で我に返った。

少しうつむいていた視線をあげれば、ミーシャが困り顔でこちらを見つめていた。

「あら、ごめんなさい。ちょっと考えに没頭してたわ」

肩をすくめて笑って見せるミランダに、ミーシャもなんとなく笑顔を返して肩の力を抜いた。

「えっと、薬草、よね……。そういえば、王宮管理の薬草園が出来たって噂で聞いたけど、そこは利用できないのかしら？」

ふと思いついたように告げるミランダに、ミーシャは目を見開いた。

「そんなものがあるんですか？」

「聞いてない？　確か二年ほど前に、王様の提案で試験的に開始したんじゃなかったかしら。これまで小規模で個人の物はあっても、国が音頭を取って薬草園を始めるなんて珍しいから気になってたんだけど。その後潰れたとも聞かないからまだあるんじゃないかしら？」

「……王立の薬草園」

ミーシャは何とも甘美な響きにうっとりと目を細めた。

貿易も盛んなレッドフォード王国ならば、ミーシャが見たこともない異国の薬草もあるかもしれない。

そこまで希少なものではなくても、乾燥させたものや粉状になったものでは使ったことがあっても、生の状態を見たことが無い薬草だってたくさんある。もしかしたら、そういうものもあるのではないだろうか。

きらきらと瞳を輝かせ、未知の薬草に思いをはせるミーシャの顔は、まるで恋する乙女のようだった。

思いをはせる先が薬草というところが全く色気のかけらもないが、ほんのりと頬を上気させる表情は文句なしにかわいらしい。

「……潰れたとは聞かないけど、反対に何かを成し遂げたって情報もないんだけど……聞いてないわね、これは」

そんなミーシャを少し呆れた顔で見守りながら、ミランダはぬるくなってしまった紅茶を飲みほした。

九　問題のある薬草園

レッドフォード王国の王都の中心には、大きな湖があった。

建国以来そこにある湖は湧水が溜まってできたもので今も清らかな水を満々とたたえ、水は市民の生活用水として利用され、さらにそこでとれる魚は食料としても活用されている。

むしろここにこの湖があるから国が出来たといっても過言ではないほど、その湖は国の象徴であり、国民の誇りであった。

王城からもほど近いそこは、周辺の一部を公園として整備され住民の憩いの場となっている。

その湖の公園の一角、王族の占有地として一般には公開されていない場所に薬草園はあった。

一般に広く門戸を開いている図書館と違って、本来は限られた人間しか出入りできない薬草園であったが、ミーシャが希望すればあっさりと見学の許可が下りた。

しかし、浮かれていたミーシャは気づいていなかったが、許可をもらいに訪ねたトリスの反応がいまいち芳しくなかったことに、ひっそりと付き添っていたミランダは気づいていた。

そうして、訪れた薬草園で。

「え？　薬効がうすい？」

「えぇ、残念ながら。なので、ミーシャ様のお求めになる価値はないかと」

目を見開くミーシャの前で、薬草園の園長を名乗ったアドルという青年は申し訳なさそうに眉を下げた。

「原因はわかっておりません。試行錯誤の末に、幾種類かの薬草を育てることには成功いたしました。が、採取した薬草の効果は通常の半分かそれ以下。酷いものだと薬草の形をした雑草、という状態のものまでありました」

上手くいかない栽培にアドルが心を痛めているのは、窶《やつ》れた面差しからも察することができた。

現在、薬草は自然の中にあるものを採取して使用するのが主流であり、純粋に人の力だけで大規模な薬草園を造ると言うのは新しい試みである。

失敗したとしても、一朝一夕にできるものでは無いのは少し考えれば分かりそうなものだ。

けして、サボっているわけでも手を抜いているわけでも無い。

時には深夜に及ぶまで少ない文献を漁っては、ああでも無いこうでも無いと試す日々の中、慣れぬ作業に体調を崩す者まで出てきた。

それでも、上手くいかない現状に音をあげたくなっているところに、追い打ちはやってくる。

目に見える成果を上げない薬草園に、「役立たず」のレッテルを貼るものが現れだしたのだ。

最近では、無駄な国費を使うくらいなら、輸入費や山谷から採取する人件費に充てた方が良いと声高に言う者すらいるほどで、それでも打ち切りにならないのは偏に国王その人が擁護しているからにすぎない。

「新しい試みに挫折はつきものだ。数年で見るのではなく十年、二十年の長い目で見てほしい」

そもそも、国王の指示のもと、鳴り物入りで始まった事業である。

上手くいかないからといって、すぐに打ち切りにできるものではない。

さらに言えば、国王の最終目的は薬草の研究と品質改良にあり、現状、薬効が薄いものしかできないのなら、なぜ、そうなってしまうのかを調べれば良い、と言われていた。

そう、手を差し伸べてくれる国王の心遣いはありがたい。

だが、実力叩き上げでやってきた国王の唯一の甘さとも見える「擁護」は、一部貴族にとっては面白いものではなく、裏に隠れての嫌がらせが増えていった。

薬草園側も表立った成果を上げることができていないという弱みもあり、細かな嫌がらせにいちいち騒ぎ立てることも出来ず泣き寝入り。そして、さらなる嫌がらせが……という、悪循環に陥っていたのだ。

最近では周囲の冷たい視線に耐えきれないと、一人二人と職員が減っていた。

体だけでなく心まで病んでいく仲間達を引き止めることも出来ず、アドルは唇を噛み締めながら見送ることしかできなかった。

そんな中、『森の民』の一族ではないかと噂の隣国の貴人が、薬草園を見にやって来るとの知らせにアドルの弱り切っていた胃は悲鳴をあげていた。

なんでも、今では王城で王妹殿下の主治医をされているそうで、侍医も匙を投げていた体調を改善させているともっぱらの噂だった。

一応、実家は貴族の一端に名を連ねているとはいえ、後継でもないしがない三男である。

国王の大切な客人になにか粗相があれば、どんな咎めがあるのかも分からず、また、それを回避する力など当然なかった。

早々に家に見切りをつけ、名だたる薬師に弟子入りし（血を見るのが苦手で医師は諦めた）、向いていたのかメキメキと頭角を現した。

そして、師匠の推薦もあり、薬草園の立ち上げに名指しされたあの瞬間が己の春だったのだろうとアドルは思った。

（最悪、僕の首一つで勘弁してもらおう）

そんな悲愴な覚悟とともに迎え入れた一行は、予想外に地味で静かなものだった。

もっと、たくさんのお供とともに華々しく登場するのかと身構えていれば、お供はわずか護衛の騎士と侍女の二人だけ。さらに言えば、馬車も使わず歩いてきたという。

いくら距離的にはさほど離れていないとは言え、貴族のお姫様が歩くような距離では無い。

そうして現れた少女は、いかにもお忍びな感じに地味な服装に身をやつしてはいたが、その美しさを隠しきれてはいなかった。

さらに、帽子からこぼれ落ちた内側から光輝くような白金の髪と森の緑をたたえた美しい瞳に、アドルは伝え聞いた『森の民』の特徴とはこうも鮮やかなものなのかと内心舌を巻いた。

そして、ややぎこちないながらも応接室に通し、最初の会話に戻るのだ。

驚いたように見つめられた翠の瞳に、情けない気持ちがこみ上げてくる。

しかし、その瞳の中に、これまで散々向けられてきた嘲るような色はみられなかった。むしろ包み込まれるような錯覚を覚え、気づけば、ひと回りは年下であろう少女に苦しい胸の内をほろほろと零していた。

情けない、聞き苦しいと、心のどこかで自分を咎める声が聞こえたが、せき止められていた心の奔流はそんな事では止まりそうもない。

コレで、首が飛んだとしても本望だとまで思ったアドルは、確実に我を忘れていた。

一方、薬草の話を聞いていたはずが、いつの間にか薬草園の立ち上げから現在に至るまでの苦労や苦悩の話を聞くことになってしまったミーシャは、あまりの勢いに目を白黒させながらも、口を挟むことはせず、最後まで黙って聞くことにした。

思いつめたような榛色の瞳や明らかに悪い顔色、栗色の髪にもツヤはなくバサバサで、アドルの余裕のなさを感じ取ったせいである。

張りつめた一本の糸のようなその状態は、とても良くないものに見えた。

（いろいろストレスが溜まっているみたい。なんだかネネさんの初めての子育ての時みたいだなぁ）

こういう時は、否定をせずにただ頷きながら話を聞くだけでも、相手は随分と落ち着くのだということをミーシャは知っていた。

たとえ幼い子ども相手でも、人に向かって話す事でガス抜きはできる。

現に母と一緒に往診で回っていた村の一つに住んでいたネネさんは、泣いて喋ってお茶を飲んで、落ち着いたと笑顔で帰っていくのが常だった。

遠くの村からお嫁に来て直ぐに妊娠した為、頼れる人も甘えることができる人もいなくて精神的に追い詰められていた新妻と同じ目で見られていると知ったら、羞恥のあまりアドルは倒れていたかもしれない。

しかし、幸か不幸か、自分が話すことに一生懸命のアドルが、同情的なミーシャの視線の真意に気づくことはなかった。

そうして、一方的に与えられた情報の中で、薬草園《ここ》の状況があまりよろしくない事を知ったミーシャは、内心ため息をついた。

海外の珍しい薬草どころの話ではない。

国内に普通に流通している種類のものでさえ、ここではうまく栽培出来ていないと言うのだ。

薬草園が開かれて二年。

原因も未だ不明な上、心労で辞めていく職員多数、では、アドルのストレスが溜まっていてもしょうがないと思えた。

（それにしても、どうしてそんな事になっているのかしら？）

森の家では周囲に自生していた薬草が採り放題だった為、ミーシャがわざわざ栽培までする事はなかった。必要のない事に労力を割けるほど森の生活は暇ではなかったのだ。

森の奥まで行けない足の悪い母親のために幾度か根ごと採取しては、家の周りに植え替えてみた事もあったけれど、母親が上手に手を入れてくれていたのか、ミーシャ自身はたまに水をやるくらいで生き生きと成長していた気がする。

だから、栽培に関してはズブの素人である。

しかし、父親の館には半野生化してはいたが、母親の手がけた薬草園が残っていた。

あくまで個人が手慰みに作ったものだから規模はさほど大きくはなかったが、薬効が森の中のものに劣っているとは感じなかった。

多種多様とはいかなかったので、母親が手入れしていた頃の薬草が全部生き残っていたわけでは無いのだろうが、雑草に巻かれながらもしぶとく生き残っていた物も確かにあったのだ。

つまり、それくらい強い種類もあるというのに、全ての薬草の薬効が半減かそれ以下しかないというのは、確かに異常事態に感じる。

（とにかく、実際に見なくちゃ分からない、よね）

話半分に聞きながらそう結論づけると、ミーシャはようやく全てを語り尽くしたのか、少し呆然とした表情で座っているアドルに、勝手に入れ直した紅茶を勧めるとにこりと笑顔を浮かべてみせた。

笑顔に促され、どこか緩慢な仕草で紅茶のカップを傾けるアドルを、ミーシャは冷静に観察した。

（今はたくさん話して放心状態だけど、直ぐに我に返って揺り返しが来ちゃうんだろうなぁ……。その前に、興味をどこか別の場所に向けなきゃ。……にしても、どうして大人って、みんな自分をこんなに追い詰めちゃうのかしら？）

脳裏に、寝る間も惜しんでがむしゃらに怪我人を世話していた父の屋敷のメイド達の姿が浮かぶ。

その流れで、その後に起こった出来事までもが浮かんで来て、ミーシャは慌てて思考を打ち切った。

そうして、人の事を言えないと心の奥で自嘲する。

（見たくないものから目をそらす為に、人は目の前のことに飛びつこうとするんだ。屋敷のメイドさん達は「死」から、目の前のアドルさんは「薬草園の未来」かな？　そして私は……）

大きく首を横に振ってミーシャは意図的に意識を切り替えた。

こんな場所で考えるべき事ではない。

「園長様、もしよろしければ、実際に薬草園の状態を見せていただいてもよろしいですか？　素人目の方が気づくことがあるかもしれませんし」

「……あ、……ええ、勿論です。あの、出来ればアドルとお呼びください。敬称もけっこうです」

少しぼんやりしていた様子のアドルは、ミーシャの言葉にハッと顔つきを改めた。

「では、アドル様と呼ばせていただいても良いですか？　私は独り立ちが許されたばかりの駆け出し薬師なのですから、アドル様こそ呼び捨ててください。何年も先輩なのですから」

少し小首を傾げるミーシャにアドルが慌てたように首を横に振る。

「とんでもございません。貴女様は王の大切なお客様です。私などがお名前を呼ばせていただくなど出来るはずもございません」

「そんな。私自身はなんの力もない本当に駆け出しなんですよ？　それなのに……」

その後、しばらく、お互いの呼び方や話し方をどうするかの一悶着を起こし、二人はどうにかお互いの納得のいく決着点を見つけた。

一歩も譲ろうとしない相手を、心の中でコッソリと「頑固者」と名付けたのはお互い様であった。

もっとも、そのたわいないやり取りが互いの間にあった緊張をほぐしてくれたのだから、全くの無駄というわけでは無かったのだろう。

「ではミーシャ様」

こほん、とわざとらしい咳をして先に立つアドルの顔色が随分良くなっているようだった。

「薬草園のご案内をいたしますから、御手をどうぞ」

気取ったふうに腕を差し出す余裕が出て来たのだから、随分と気分転換できたのだろう。

「では、よろしくお願いいたしますわ」

返すミーシャも同じくわざとらしい気取った言葉遣いでアドルの腕に手をかけ、堪えきれずに噴き出した。

クスクス笑うミーシャを、口元に笑みを浮かべたアドルがゆっくりとした足取りで誘導していく。

そうして、たまたますれ違った職員達は、久しぶりに明るい表情を浮かべた園長の姿に「良いことがあったのかな?」と首を傾げる事となった。


アドルにエスコートされてたどり着いた薬草園は、畑というよりも美しく整えられた園庭のようだった。

木々を切り開きならされた土地が綺麗に区画分けされて、それぞれに薬草が整然と植えられている。

湖面を渡る初夏の風が緑の葉を揺らし、薔薇などの華美さは無いものの素朴な薬草の花達が可憐に咲く様子は、どこかホッとするような穏やかな雰囲気を醸し出していた。

「……美しいですね」

くるりと辺りを見渡し、ミーシャは素直に感嘆のため息をついた。

計算された美がそこにはあった。

これで植えられているのが地味な薬草の花々でなければ、さぞかし見応えのある光景となっていたことだろう。湖畔にある為視界も開けていて風も気持ちいいし、今回は初めての場所という事でお留守番だったが、次回があればレンもつれてきたらきっと喜ぶことだろうとミーシャは目を細めた。

「王城の庭を整えている庭師の方に協力いただきました」

どこか誇らしげに胸を張るアドルは、しかし、次の瞬間肩を落とした。

「見た目だけ整えたハリボテ、と言われていますが」

瞳が暗く陰るアドルを横目に、ミーシャはもう一度、今度は薬師としての視線で薬草園を見渡してみた。

「コレはセデスですか?」

軽い鎮痛・解熱作用がある薬草で、いろんな場所で育つ為採取しやすく、一般でも安価で多く出回っているものだ。

青々と茂る薬草は、葉も大きく厚みがある。

茎もがっしりと太く、花の大きさもミーシャが知るものより大きい気がした。

「そうです。育てやすい種なので薬草園を作った当初より育てています。ほかにはカリンやトリュクなどがあります」

いずれも効能は低いものの繁殖率の高さに定評のある薬草だった。

指さされた方を眺めれば、確かに見覚えのある形の植物がある。

尤も、いずれも記憶の中より大きく葉の色も青々としているように見えたが。

「随分と立派ですね。葉に虫がついている様子もないし……」

ミーシャは、何気なく近くのセデスの葉を一枚ちぎると指先で潰し、口に入れた。

無意識に行われたそれは、ミーシャの薬草を摘む時の癖だった。

はじめに母親に薬草の種類を教えられた時、そうして味と香りを覚えさせられたのだ。見た目だけで覚えるよりも、嗅覚や味覚など、より多くの五感を使う事で記憶に残りやすい。

生の薬草など美味しいものであるはずもなく、強烈な苦みや香りに幼いミーシャは何度も泣かされたものだった。

「あれ？　なんか水っぽい？」

そんないつもの癖で薬草を口にしたミーシャは、違和感に首を傾げた。

セデスの特徴は強烈な苦みだ。

乾燥して粉にしてもその苦みは残る為、子供には不評で、飲ませるのに苦労する。

安価で手に入る鎮痛剤なのに、あまり人気がないのはその為だ。

当然、生のままでもその苦みは健在で、幼いミーシャを泣かせた薬草の一つでもあった。

だが、その記憶に残るほどの強烈な苦みが殆ど感じられない。

また、薄荷のような少し鼻に抜ける香りも記憶より薄かった。

思わず、まじまじと手にしたセデスの葉を眺める。

少し大きくて肉厚ではあるが、確かにセデスの葉だ。

「コレも薬効が薄かったりします？」

隣に立つアドルを見上げれば、苦い表情で頷かれた。

「通常の効果を期待するなら、約三倍の量を飲まなければなりません。実質、役に立たない」

「三倍……」

セデスを錠剤にして飲んだ場合、人差し指の先ほどの大きさを二粒が一般的な量だ。それが三倍、となると仮に苦味がないのを売りにしたとしてもなかなか受け入れられないだろう。

「こんなに綺麗なのに」

虫喰いなども見られず艶々の葉っぱ。

何気なく土を見ればフカフカと柔らかそうな黒土が見えた。雑草も殆ど生えていない。

たくさんの人の手が入り、大切に育てられた薬草は、しかし、本来の役割を果たすことはない。

それは、頑張って栽培した人間も悩むことだろう。

結局、くるりと回った薬草園に生える薬草の殆どが同じような結果だった。

見た目はとても青々と美しい、けれど、本来あるはずの香りや味はどこかうっすらとぼやけている。

「なにか分かりますか?」

どこかすがるような視線を向けたアドルに、黙り込んでしまったミーシャは首を横に振った。

「土も水も、とてもよく考えられていて、薬草や木の成長もとても良い。なんで、こんなに綺麗なのに薬効だけが薄いのか、正直、よく分かりません。けど、なにか原因があるはずなんです。もう少し、考えてみたいので、時間をいただけますか?」

「よろしければ、ご協力お願いします。正直、八方塞がりで。今はどんな意見もありがたいのです」

ミーシャの回答に一瞬、暗い顔をしたものの、アドルは気を取り直したかのように頭を下げた。

と、その上にポツリ、と水滴が落ちてきた。

「……雨、降り出しましたね」

朝からどんよりと曇っていた空が、ついに泣き出したようだ。

最近の雨ばかりの天気から考えれば、昼過ぎのこの時間まで、よくもった方だろう。

徐々に強まる雨足の中、急いで建物の中に戻る。

そうして、建物にたどり着いた時には、雨は本格的に降り出していた。最初に通された部屋に戻ると、アドルは備え付けの棚の中から布を取り出し、体を拭くようにとミーシャたちに配った。

「歩いてこられたんですよね。お送りするのにうちの馬車を用意しますので、少しお待ちください」

「ちょっと、ま……」

そして自分は濡れた体のまま、ミーシャたちを置いてアドルは足早に部屋を飛び出して行ってしまう。止める暇もない早業だった。

残されたミーシャは伸ばした手を力なく下すと、なんとなく窓から外を眺めた。

さっきまで歩き回っていた薬草園の一部が見えた。

雨に打たれて緑の葉が嬉しそうに揺れている。

「樹木の方はまだ種子や皮の収穫は出来ていないって言っていたけど、そっちもやっぱり効果が薄いのかな……？」

「……同じような育て方をしているなら、多分、そうでしょうね」

何気なくつぶやいた言葉に返事が返ってきて、ミーシャはビックリして振り返った。

そんなミーシャの様子を、すぐ後ろに立ったミランダが可笑しそうに見ている。

「……声に出てた？」

「小声だったけど、ね」

恥ずかしそうに頬を染めるミーシャに、ミランダはクスクスと笑った。

少々の気恥ずかしさを感じながら、ミーシャは、気を取り直して笑うミランダに向き合った。

「ミランダさんは何が原因か、分かりますか？」

明らかに自分より格上の薬師であるミランダなら、自分には見えないものが見えているかもしれない。

ミーシャにとってミランダは頼れる先輩であり、優しい保護者でもあった。頼ることを戸惑うような無駄な意地を張る存在ではなく、疑問は素直に口をついた。

子供の素直さでまっすぐに自分を見つめるミーシャに、ミランダは少し目を見張った後、苦笑した。

医師や薬師とは総じてプライドが高い。ミランダがたとえ答えを持っていそうな存在だとしても、素直に頼ってくる人間はいなかったから驚いたのだ。

「……想像は、つくわね」

しばしの沈黙の後、ミランダは困ったような顔のまま呟くとミーシャの隣に並んだ。

窓の外に視線を投げたまま、ゆっくりと言葉を紡ぐ。

「でも、少し考えればミーシャにも答えは見えてくるはずよ？」

「……私にも？」

静かな言葉に、ミーシャは困惑しながら繰り返した。

ミランダの視線を追っても、そこには先ほどと変わらぬ風景が雨に煙って揺れているだけだった。

深刻な顔で黙り込んだミーシャに、ミランダは「しょうがない」というような顔で、目の前にある柔らかな髪を優しく撫でた。

「一つだけヒントをあげる。植物は大地に根付くものよ」

柔らかな声が謎かけのような言葉を残した時、ガチャリと部屋の扉が開いた。

アドルが、馬車の準備ができたと戻ってきたのだ。

ミランダはスッと音もなく壁際へと戻って行くと、侍女然とした顔で口を噤んでしまった。

そうして、帰りの馬車はアドルが一緒だったためかミランダが会話に参加することはなく、王城に着いた後は、スルリとどこかに消えてしまった。

この件に関して、これ以上は関わる気は無いという意思表示なのだろう。

残されたミーシャは自室に戻るとお気に入りのハーブティーを入れて、窓辺の椅子に腰を下ろした。

（……植物は大地に根付く……）

ヒントとして残された言葉が何度もミーシャの頭の中で繰り返される。

足元では外にも行けず、お留守番で退屈を持て余したレンが人間は面倒くさいね、とでも言いたそうに薄目でミーシャを窺うと、クワッと大あくびをしてから伏せた前足の上に顎を置き、瞳を閉じた。

ミーシャがぼんやりと投げた視線の先では、本格的に降り出した雨が景色を曇らせていた。

十　衝撃のキャラス

「なんだか、最近雨ばかりね」

食後のお茶を飲みながら、ラライアがうんざりとしたようにつぶやいた。

「ジメジメして、そのくせなんだか蒸し暑いし、嫌になるわ」

だいぶ体調が改善してきたとはいえ、もともと虚弱体質な体は少しの環境変化にも影響を受けてしまう。

少しずつ増えてきていた食事量も最近また落ち込んできていて、ミーシャも頭を悩ませていた。

「例年は違うのですか？」

首をかしげるミーシャに、ラライアがため息とともに首を横に振った。

「雨の季節には少し早いわね。それに、雨が降ることでいつもは少し気温が下がるのよ。外に出られないから鬱陶しいという人も多いけど、私にはむしろ過ごしやすい季節だったのだけれど」

ラライアが、物憂げな表情で空になったティーカップを置くと、側に控えていたキャリーがすかさず温かなお茶を注ぐ。

「恐れながら申し上げます。そろそろ、キャラスの解禁の時期となりますので、よろしければ、用意を申し付けますが」

そうして、しっかりとティーカップを満たした後、キャリーがそう進言して来た。

それに、ラライアは目を瞬かせ、ミーシャは内心首を傾げた。

「そう。そういえば、そんな時期ね」

納得顔で頷くラライアに、一人わけがわからないミーシャの顔色を読んだらしいキャリーが説明をする。

「キャラスというのは、湖で取れる生き物です。滋養があり、夏バテなど食欲のない時によく食されます。雪解けよりしばらくは、繁殖の季節なので禁漁となっているのですが、そろそろ解禁の時期です。ラライア様には栄養補給の為に幼い頃より、定期的に食していただいています」

少し伏し目がちに淡々と説明してくれるキャリーに、ミーシャはようやく納得した。

興味深そうに説明を聞くミーシャに、ラライアが少し意地悪そうな笑みを浮かべる。

「貴女、薬師のくせにキャラスを知らないの？　肝は薬として扱われることもあるのに？」

「……………至らず、申し訳ありません」

自慢気なラライアに少し悔しい気持ちも湧き上がるが、知らなかったのは事実。

ミーシャは、素直に謝罪を口にする。

「ご存じないのは無理もありません。王都では市民でも手に入りやすいですが、キャラスは王湖にしか生息していないと聞きますし、鮮度を保つのが難しいそうで他国には輸出しておりませんから」

目線でラライアを諌めつつ、キャリーがサッとフォローした。

ひっそりと咎められたラライアも、幼少より側に控えてくれているキャリーに反抗する気はないらしく、少しつまらなさそうな顔をしながらも、軽く肩をすくめてみせた。

「じゃあ、手に入ったらミーシャも一緒に食べましょう。何事も経験よ？」

「ありがとうございます」

ラライアに誘われて素直に礼を言ったミーシャは、脇に控えたキャリーが何か言いたそうな顔をした事に気づかなかった。

「うふふ。約束よ？」

そうして、嬉しそうに笑うラライアの真意を、ミーシャが知るのは二日後の事だった。


「こちらがキャラスです」

キャラスが手に入ったからと招かれた夕餉の席で見せられたバケツの中身に、ミーシャはかろうじて悲鳴を呑み込んだ。

「王湖で取れる」と聞いていたから、単純に魚の一種なのだろうと考えていたミーシャの予想は見事に外れていた。

バケツの中に蠢いていたのは、ガマガエルのような質感の肌を持った蜥蜴《とかげ》のような生き物だった。

いや、蜥蜴というのも、少し違う。

その顔はナマズのように潰れ気味に横に広く、体もそれに合わせてやや平べったい。背中の部分はイボのようなものがビッシリと生え、さらになんだかヌメヌメとしてみえる。

一言でいえば醜悪。

おおよそ女子供が喜ぶような見た目ではなかった。

その上、大きさは三十センチほどあるその生き物が、バケツの中にウニョウニョと蠢いているのだ。

悲鳴を呑み込めたのは奇跡だった。

無意識のうちに椅子の上で仰け反るように逃げたミーシャに、ラライアが楽しそうにクスクスと笑った。

いたずらが成功したと楽しそうな妹に、ライアンが呆れたようにため息をついた。

幼い頃から見慣れているライアン達とて、大量にバケツの中に集められ蠢いているキャラスを見るのはあまり気持ちのいいものではない。数の暴力というものがあるのだ。

「……あれは、どう召し上がるのですか？」

やや青い顔で恐る恐る尋ねるミーシャに、ラライアがニンマリと笑った。

「いろいろあるわよ？　焼いたり煮込んだり。でも、一番体にいいのは生き血を飲むか、心の臓や肝を火を通さずそのまま飲みこむの。あぁ、新鮮なものは肉も生のまま食べたりもするわね。マリネにすると美味しいのよ？」

ラライアの言葉に、遠ざけられたバケツの方へ、ミーシャは恐々と視線を向けた。

脳裏に先ほど見たキャラスの姿がよぎる。

（アレを、火を通さず？）

知識の中では薬として、生き血や生肝を摂る方法も知っていたが、今まで扱ったことはなかった。

更に森の中で育ったミーシャに魚を生で食べる習慣はなく、なおさら気持ち悪く感じる。

何より、キャラスの独特な見た目は、ミーシャに生理的嫌悪感を湧かせるには充分だった。

「わが国独特の文化なのは承知している。無理に食べる必要はない」

青い顔で固まるミーシャに、ライアンが気の毒そうな顔で助け舟を出した。

「ラライアも、わざわざそんな見せ方をする事もないだろうに」

「あら？　食べた後に知る方がショックだと思うけど？」

肩をすくめてみせるラライアにミーシャは、果たしてどちらがマシだっただろうかと考える。

……答えは出そうになかった。

「……まずは、調理されたものをいただいてみても良いでしょうか？」

薬にもなる食材と聞けば興味もわくが、生肉を食べるには少し勇気が足りなかった。

クスクスと笑うラライアは見ないふりをして、とりあえずの折衷案として申し出たミーシャに、気の毒そうな顔をしたライアンが頷いた。

「見た目はアレだが味はなかなか良い。淡白だが歯ごたえのある食感でな？　俺はトマト煮が一番美味いと思う」

そうして出されたキャラスを使った料理は、確かに臭みもなく独特の食感で美味しかった。

ただし、どうにも脳裏に浮かぶバケツの中で蠢く姿が、ミーシャの食欲を削ぐのはしょうがない事だった。

ラライアは、そんなミーシャを横目に、生き血のワイン割を涼しい顔で飲んでいた。

慣れた様子でグラスを傾けるラライアに、ミーシャの好奇心が刺激される。

「そちらはワインと生き血だけ入っているのですか？」

興味深そうにグラスを見つめるミーシャに、肩をすくめてラライアは側に控えた給仕役の侍女に目配せをした。

「はい。そのまま飲まれることが多いですが、ラライア様は成人前ですので一度ワインを加熱してアルコールを弱めた後、ハーブや果汁などを加えて飲みやすくしたものと生き血を混ぜて提供させていただいています」

「子供でも水で薄めたワインをそのまま使う事もあるけれど、私はこちらの方が飲みやすくて好きだわ。ミーシャも飲んでみる？」

血の独特の臭いと味は、そのままで飲むには適していないため、様々に工夫された結果なのだろう。そして、ラライアの飲んでいるものがワインと言っても酒精は飛ばしているものだと知って、ミーシャは胸をなでおろした。文化と言われると否定しづらいが、ラライアの未成熟な体に、ワインのアルコールはあまりよろしくないように思っていたからだ。

「そうですね。せっかくなので、いただいてみてもいいでしょうか？」

侍女の説明を聞いて大丈夫だろうと判断したミーシャは、今度は素直に頷いた。

ワインを飲んだことはないが、酒精は飛ばしているというから大丈夫だろうと思ったし、何よりも未知への好奇心の方が勝った。

渡されたグラスの中には、きれいなルビー色の液体。

くるりと回して光に透かして見れば、微かに粒子が混ぜ込んであることが分かった。おそらくこれが侍女の説明していたハーブだろう。

「レモン・ミント・ジンジャーにトトの花蜜……あとは何かな？」

香りをかいでみると元のワインの香りが邪魔をして、何が入っているのか分かりにくくなっていて、ミーシャは目を閉じてかぎ分けながらも首を傾げた。

「リンゴの果汁とシャントの皮でございます。ワイン自体がリンゴやベリーの香りが強い甘めのものを使用していますので、香りがまぎれてしまわれたのでしょうね」

柔らかにフォローされ、ミーシャはにこりと笑ってグラスに口をつけた。

口当たりの良いブドウの香りをまず感じる。その後、ふわりと口の中で様々な香りのハーモニーがはじけた。その奥底に潜む闇のように重い何かがキャラスの生き血なのだろうか。口の中で余韻を確かめるように軽く転がせば、それは力強い生命の息吹を感じさせた。

「どう?」

真剣な表情で瞳を閉じワイン割を吟味するミーシャを、その場にいた一同が何となく固唾を呑んで見守る。

突然パチリと開いたミーシャの、翠色の瞳がとろりと蕩けた。

「とても飲みやすいです。使われているハーブや果汁の配合も完璧で、それぞれがそれぞれの邪魔をせず引き立てあっているみたい」

ニコリとほほ笑んだミーシャは、グラスに残っていたワインを一息に飲み干した。

「ジンジャーの効果でしょうか? 体の奥から温まるような感じがしていいですね。キャラスの血とどう作用するかは実験してみないと分かりませんが、滋養強壮の意味を強めるならレモンの代わりにインラの果汁を搾ってもいいかもしれないですね」

にこにことほほ笑むミーシャのグラスに、気に入ったならと気を利かせた給仕がお代わりのワインを注ぐ。

その後、和やかに続く晩餐の中で、異変に気付いたのはライアンが最初だった。

ミーシャがにこやかなのはいつもの事だが、それにしてもいつもよりも饒舌でテンションが高いように感じたのだ。

「ミーシャ、ほほが赤くないか？」

「え〜〜そうですか？　そ〜いえば、なんかあついかもです〜〜」

ジンジャー効果かな？　とのんきに笑うミーシャの言葉は、いつもよりも舌足らずで甘やかに響いた。

「いやだ、ミーシャ。まさかあなたこのワインで酔ったの？」

火を通して酒精を飛ばしているとはいえ、もともとは酒である。

大量に飲めばわずかに残ったアルコールに反応するものもいる、かもしれない。

「どれほど飲んだのだ？」

ミーシャにと言うより背後に控える給仕役のメイドに声をかけるライアンに、問いかけられたメイドは戸惑ったように首を傾げた。

「三杯ほどだと思います」

通常ならば、酔うはずもない量なのだが、アルコールの耐性は人それぞれだ。

初めて飲んだというミーシャが、過剰に反応したとしても不思議ではないだろう。

あまりにもおいしそうににこにこと飲んでいたため、見逃していた自分にライアンは肩を落とした。

これは、大人として、監督不行き届きを怖い保護者に怒られる場面だろうか。

いつの間にかほほを赤く染めとろんとした瞳で黙り込んだミーシャに、救いを求めるようにライアンは周囲を見渡したが、困った顔で首を横に振る使用人と面白そうな顔でミーシャを眺める妹、無表情のままそっぽを向くキノというラインナップである。救いは何処にもなかった。

結論。自分が何とかするしかないらしい。

ため息を一つ落とすと、ライアンは大人としての責任を取るべく席を立った。

「ミーシャ、立てそうか」

話すのを止めたら急激に酔いが回り始めたのか、ミーシャの瞳が眠たそうに半分ほど閉じている。

もう、食事どころではないだろうとライアンが声をかけるが、ミーシャの反応は鈍い。

（これは、ミランダ殿に知れたらどうなるんだ？　これくらいでペナルティーはつかないよな？

それとも悪気はなくても未成年を酔いつぶすのはアウトか？）

内心冷や汗をかきつつもう一度声をかけると、ミーシャが、ライアンに向かって両手を広げた。

幼子が抱っこをねだるようなしぐさに、これはそういう事かとライアンはそっとその手を取る。

「ミーシャ、部屋まで運ぶぞ？」

頭を下げればさらに酔いが回りそうだと、ライアンはあえて子供のように縦に抱き上げた。

夏用の薄いドレスの布越しに、少しだけ高い体温が伝わってくる。

コテン、と肩口に押し当てられた小さな頭。立ち上ってくる花のような甘い香りに心が波打つのから目をそらし、ライアンは心持ち足早に、しかし必要以上にミーシャを揺らさぬようにミーシャの部屋を目指す。

先導するキノの背中が気のせいか笑っているように感じて、ライアンは少しイラっとした。

（ミーシャがいなければ、その背中蹴りつけてやりたい）

そうは思っても、信頼したようにクタリと全身を自分に預ける腕の中の体温が、凶暴な思いを実行に移させてはくれなかった。

（しかし、ラライアの心配をしているが、ミーシャも軽すぎではないか？）

力が抜けてなお、まるで子猫のように軽いミーシャに、ライアンは眉を寄せる。

「ミーシャはラライアの二つ下だったか？　これくらいの少女はこんなに小さいものなのか？」

意識して年頃の女性を比べたことのないライアンの基準はラライアしかないのだが、さすがにあの妹を基準にしてはいけないことをライアンも分かってはいた。

「そうですね。通常よりはやや小柄かとは思いますが、食事や普段の状況を見るに健康体なのは間違いございません。おそらくそういう体質なのでしょう」

静かに前を歩いていたキノが、振り向くことなくそう答える。

「そうか」

話し声に反応したのか、ミーシャが顔をあげようとしてふらりと後ろへと倒れていきそうになる。

背中に回していた腕に力を込めて引き戻せば、力を入れ過ぎたのか、ぎゅっとより強く小さな体が押し付けられた。

兄弟たちとは違う、骨が入っているのか心配になるほど細くやわらかな体に、また一つ鼓動が跳ねる。

だけど、やはりライアンはその心の動きを見ないふりをして、ようやくたどり着いたミーシャの部屋へ入り、整えられたベッドへとそっとその体を下した。

腕の中の温かなぬくもりが失われた瞬間、不思議とすうっと心が冷え込んだ気がする。

だが、経験のないその不思議な感覚をなんと表していいものか分からず、ライアンは無言で寝室を後にした。

突然食事の席から抱えられて帰ってきたミーシャに、部屋で待機していたティアとイザベラが慌てて動き回っている。そこにミランダの姿がないことに気づき、ライアンはひとまず胸をなでおろした。

よくある茶色の髪と瞳で隠しても、ミランダの独特の迫力は隠せない。

目が笑っていないあの笑顔で淡々と問い詰められたら、泣いてしまうかもしれないくらい怖そうだ。

ミーシャに与えられた部屋の、リビングのソファーに座り込んだライアンの前に、スッと音もなく紅茶のカップが置かれた。

「ミランダ様のお戻りは明日の昼過ぎになられるそうです」

良かったですね、という副音声が聞こえてきそうなキノの言葉に、ライアンは力なく、その表情のない執事の顔をにらみつけた。

ミーシャと共に現れたもう一人の『森の民』。ミランダと名乗る女性は、ミーシャの様子が落ち着くと同時にちょくちょく城から姿を消すようになった。どうやら同族と渡りをつけるためにあれこれ動いているようだが、どこで何をしているかは不明だ。一応、やる気なく後をつけさせてはみたものの、あっさりとまかれてしまったらしい。

もともと深追いをする気はなかったのだが、あちらとしてもあまりかかわりを持ちたくないようで、最初の晩餐で一緒になって以来ライアンは一度も話せていなかった。

本当ならば、質問したいことも協力を要請したいことも山のようにあったのだが、それはこちらの都合だとあきらめていた。藪をつついて蛇を出すには、伝え聞く様々な逸話が恐ろしすぎたからだ。

少なくともミーシャを預けてもらえる程度には、信頼してもらっているようだと静観していたら、この事態である。

「……不可抗力と判断してもらえんだろうか」

「悪意はなかったとは思ってもらえるのではないかと」

温かい紅茶を飲んでいるはずなのに震えが来そうな気持で、ミーシャを介抱して動いている侍女たちの様子を窺いながら、ライアンはもう一度深いため息を落とすのであった。

十一　目が覚めれば黒歴史、からの……

目が覚めると繊細な織りの天蓋が見えて、ミーシャは庭にある小屋ではなく城の中に与えられた部屋の方で寝ていたことに気がついた。

（こっちに泊まったのはずいぶん久しぶりだわ。……あれ？　でも。私いつの間に眠ったのかしら？）

不思議とすっきりした気分で体を起こしながら首を傾げていると、ミーシャの起きた気配を察知したのか寝室の扉がノックされイザベラが入ってきた。

「おはようございます、ミーシャ様。頭が痛い、気分が悪いなどございませんでしょうか？」

朝の支度のための道具が載った台車を、いつものように押しながら穏やかな声に問いかけられて、ミーシャは首を傾げた。

「気分は悪くないけど、……私、どうしてこっちで寝ていたか分かりますか？　イザベラさん」

質問の意図が掴めずに首を傾げつつも、自分の体の感覚をざっと確認してミーシャは素直に尋ねた。

「昨夜、夕食をいただいたことまでは覚えてるんだけど、その後がさっぱり」

不思議そうなミーシャの目を覗き込み、そこに嘘がないことを確認してから、イザベラは小さくため息をついた。

「ミーシャ様は、食事の席で出されたワインの酒精に中てられて、眠り込んでしまわれたのですよ。二日酔いなどの症状が出なくてようございました」

「え？　二日酔い？」

告げられた言葉に、ミーシャは目を丸くした。

「でも、ワインのアルコールは飛ばしてあるって」

「そうでございますね。この国のものならば、幼子でも口にするほど安全なもののはずだったのですが……まれに酒精にとても弱い体質の方がいると聞きますので、もしかしたらミーシャ様もお気をつけになったほうが良いかもしれませんね」

洗面用の器を差し出しながら少し困ったように告げるイザベラに、ミーシャはしおしおと肩を落とした。

（父さんも母さんも、楽しそうにお酒飲んでたから大丈夫だと思い込んでた。成人したら飲んでみ

たいって楽しみにしてたのになぁ）

「まあ、たまたま合わなかっただけかもしれませんし、成人したら改めて試してみられたらいいと思いますよ」

しょんぼりと落ち込むミーシャに、イザベラが慌てたようにそう言って、そっと顔をふく為の布を渡してくれた。

「あれ？　そういえば、眠っちゃったって、ここまでは誰が？」

自分で移動した覚えがない以上、誰かが運んでくれたはずである。

おそらく、控えていたキノあたりだろうかと軽く考えて首を傾げたミーシャは、さらりと告げられた言葉に目を丸くした。

「陛下です」

「はい？」

「酔って目を回されたミーシャ様を、陛下自らがお運びくださいました」

予想外の人物に、ミーシャは驚きで次の言葉が出てこない。

（え？　なんで陛下自ら？　部屋の中にはキノさんが、何なら外には護衛騎士の方とか侍従の方とか、私を運べそうな人、いっぱいいたはずなのに？）

もっとも言葉にならないだけで、心の中は大パニックだ。

「え？　それは大変なご迷惑を」

「運んでいる最中には眠られたそうなので、大したご迷惑はおかけしてないかと」

青ざめるミーシャに、あっさりと答えるイザベラ。

（えぇ〜〜。王様に酔っぱらいを運ばせている時点ですでに迷惑なんじゃ……。前からうすうす感じていたけど、王様の扱い軽くない？）

思えばジオルドの態度は気やすかったし、言葉は丁寧だがトリスも容赦なく突っ込んだりしていたような気がする。しかし、普段丁寧な侍女のイザベラさんまで、この扱いは意外過ぎる。

「むしろその後、いつもと様子の違うミーシャ様を心配して覗き込みに来たレンを捕まえて抱き枕にしていたので、一番の被害者は一晩中ぎゅうぎゅうに抱きしめられていたレンではないかと」

衝撃の事実に考え込んでいたら、さらなる爆弾が投下された。

「え？　レン？　そういえばレンは？」

いつもなら寝室の隅に誂《あつら》えられた自身の寝床で寝ているか、起きても視界に入る場所でころころ一人遊びしているレンの姿がない事に気がついて、ミーシャは辺りをきょろきょろ見渡した。

「明け方にどうにか抜け出せたようで、よろよろと寝室から出てきて向こうの部屋で休んでいますよ。鼻の良いレンにはミーシャ様についた酒精の香りが辛かったようで」

「わたし、くさいの!?」

年頃の少女に「臭いから逃げた」は、なかなかの衝撃をもたらしたようで、ミーシャはタオルを握り締めて呆然と動かなくなった。かと思うと自分の腕や髪の香りを確かめだした。

「いいえ。人の鼻では分からない程度なはずですが……入浴の準備もできておりますよ」

しかし、通常よりも優れた嗅覚を持つミーシャは、きちんといつもの自分とは違う臭いをかぎ取ったようで、先ほどの比ではなく打ちひしがれている。

「お風呂入りたいです。それから、レンにごめんなさいします」

「はい。ではすぐにご準備いたしますね」

完全に落ち込んでしまったミーシャにはかわいそうだが、落ち込んでいる理由もその様子も可愛らしくて、イザベラは笑いそうになるのをこらえながら、入浴の準備をするため浴室へと逃げ込んだ。

その後、お風呂から上がったミーシャはすでに目を覚まして朝ご飯を食べていたレンに謝ろうと近づいたところ、警戒したような視線を向けられて、もう二度とワイン割には手を出さないと心に誓ったのであった。


ぐっすり眠ったのが良かったのか体調を崩すこともなく、むしろキャラス効果なのかいつもより調子がいいくらいだった。だが精神的には多大なダメージを負ったミーシャは、それでもライアの朝食の準備をすませ、いつものルーティンワークを行おうとした。

しかし、いつもやり込められているライアがその絶好の機会を逃すはずがなく、散々にからかわれてしまった。

ライアのもとでさらなる追い打ちをかけられてぐったりしたミーシャは、昼食後、今度はライアンから面会の先触れが来てソファーに崩れ落ちた。

「……逃げたい」

思わず漏れたミーシャらしくない後ろ向きな言葉に、さんざんライアにからかわれる様子を見ていたティアは苦笑した。

「お叱りとか、そういうものではないと思いますよ？」

「わかってるけど……いたたまれないです～～」

行儀悪くソファーに転がり駄々をこねるミーシャに、仲直りを無事済ませたレンが、新しい遊びかとはしゃいで飛びついている。

それはとてもかわいらしい光景で、食後のお茶の準備をしながらティアはくすくすと笑った。

「それでは、お断りしますか？　恐らく、ミーシャ様の待ち望んでいたものが用意できたとのお知らせだと思いますが？」

ミーシャの返事を持ち帰る為控えていたキノが、薄く笑みを浮かべながら思わせぶりに呟いた。

いつも無表情なキノの珍しい様子に興味をひかれたミーシャは、体を起こして居住まいを正した。

「私が待ち望んだもの？」

首を傾げたミーシャに、キノが楽しそうに笑った。

「恐らく国立図書館への利用許可が下りるタイミングだと」

「行きます。面会します。いつでも大丈夫とお返事してください！」

ミーシャの手のひらがくるりと返った瞬間だった。


果たしてライアンの呼び出しは、キノの言葉通り、国立図書館の利用許可証と昨日の様子から異変はないかのご機嫌伺いだった。

もっとも、昨夜から今朝の様子はすでにキノから報告がいっていたため、ご機嫌伺いの方はさらりとしたものになる予定だった。すでに、ミーシャのメンタルがボロボロなのを考慮しての事だったのだが、既に国立図書館へ行けることに興味を持っていかれていたミーシャは、あまり気にしていない様子だった。

「体調に問題はなさそうだな」

ミーシャの笑顔に、少し会話をしても大丈夫そうだと判断したライアンは、予定を変更してミーシャをお茶に誘う事にした。

「はい。ぐっすり眠れたし、目が覚めたらいつもより体の調子が良いみたいで」

もっともその後のラライアのいじりで消耗していたわけだが、そこはこれからの楽しみで帳消しにしようとミーシャは言葉を呑み込んだ。

「そうか。朝にコーナンとも話していたのだが、もしかしたらミーシャが昨夜昏倒したのはアルコールのせいだけでなく、キャラスの血に中てられたのではないのかという事でな」

目を回したミーシャを心配したライアンが依頼して、コーナンに様子を見てもらっていたのだが、ぐっすり眠っているだけで異常は見られなかったというのだ。

「いつもより体温が高いけれど、呼吸はゆっくりで苦しそうな様子もないと言われてな。もともとキャラスは栄養価が高く、特に血は滋養強壮の薬として扱われることもある。もともと健康なことと、体が小さい事もあって効果がありすぎたのだろう、と言っていた」

自分が眠っている間にコーナンの診察を受けていることすら知らなかったミーシャは、驚いたように目を丸くした。その話が本当なら、自分の体がいつもよりも調子がいい事にも説明がつく。

アルコールのせいで倒れたにしては、目覚めた後の不快感や、頭痛などの症状が皆無なことも不思議に思っていたミーシャは素直に納得した。

「よかったです。アルコールのせいだとしたら、成人した後も気を付けなくてはいけないな、と心配していたので」

懸念事項が一つ減ったミーシャの笑顔に、ライアンは苦笑した。

「まあ、きちんと検証したわけでもないから、気を付けるに越したことはないだろう」

「はい。それにしてもキャラスの栄養ってすごいんですね」

「そうだな。王都の人間は体調を崩すと、薬屋や病院に行くよりもまず王湖に向かうと言われるほど、昔から生活に密着している。それは平民のみならず王侯貴族もそうで、何かあると生き胆を呑ませられる」

いやそうな顔をするライアンに、ミーシャは不思議そうに首を傾げた。そんなミーシャに、ライアンは苦笑して、内緒話のように声を潜めた。

「実は、肉はともかく血や肝なんかは苦手でな。味がどうというより、生理的に受け付けないんだ。実は昨日のワインも俺の分には生き血は入っていない。大人になってからは生き胆の方は、健康だから必要ないと食べなくなった。好き嫌いなく何でも食べろと言っている手前、ライアには内緒だがな」

「あらまあ」

少し悪い顔で笑うライアンに、ミーシャは何度か目をぱちぱち瞬いた後、つられたように笑いだした。

「まあ、血や生き胆は薬の意味合いの方が高そうですし、必要ないならよろしいのではないでしょうか？　という事で、ラライア様には内緒にしておきますね」

「ああ、そうしてくれ」

すました顔でそういうと、ライアンは、こちらが本題だとテーブルの上に一枚のカードを置いた。

きらきらと輝く金色のカードは、国立図書館を表す印とミーシャの名前が彫られていて、図書館を利用するために提示する五段階に分かれたカードの中で最高位のものだった。

そのカードを提示することで、国立図書館にあるどんな書籍でも閲覧でき、一般公開されている本と古書の一部までなら申請すれば図書館から持ちだすことができる。本来ならば、侯爵以上の地位か王国に利をもたらしたと認められた人物が、申請書を提出してやっと発行されるものだった。

カードの使い方を説明されて、どんな宝石やドレスを見たよりもきらきらとした瞳でカードを大切に握りしめるミーシャに、苦労したかいがあったとライアンは満足そうに笑った。

他国民に最高位のカードを発行するのは初めての事であり、大切な本をすべて公開することに反対する声がいくつもあった。

しかし、ミーシャをこの国に呼び寄せる最大のエサがなんであったか、ジオルドより聞いていたライアンはあきらめなかった。しかも、最高権力者の権限でごり押しするのではなく、反対意見を述べる一人一人ときちんと対話して権利をもぎ取ったのだ。

力で奪い取ったと知ったら、きっとミーシャが遠慮してしまうだろうという配慮からの行動だった。

「今日、さっそく行ってもいいですか？」

「そういうと思って、護衛を準備している」

うきうきと尋ねるミーシャににやりと笑ったライアンが、扉の外に声をかけた。

「よう、ミーシャ。元気だったか？」

「ジオルドさん！」

そして招き入れられた人物に、ミーシャはパッと顔を輝かせた。

そこには、久しぶりに会うジオルドが笑顔で立っていたのだ。

ブルーハイツからレッドフォードまで、共に旅をしたジオルドは、ここしばらく旅の報告書とたまっていた仕事を終わらせないといけないと顔を見せなかったのだ。

一月以上共に過ごした時間の中で、信頼していたジオルドと突然会えなくなった寂しさを抱えていたミーシャは、久しぶりに見た笑顔にうれしくなって、思わずソファーから立ち上がり駆け寄ってしまった。

「やっと書類仕事から解放されたぜ。昼はもう食ったか？　町に出たらお薦めの店に連れてってやるよ」

久しぶりのお日様みたいな明るい笑顔と取り繕う事のない言葉遣い。

変わらないジオルドに、ミーシャは駆け寄った勢いのまま飛びついてしまった。

「お？　なんだ、ミーシャ。レンみたいになってるぞお前」

突然の奇行にも慌てることなく受け止めたジオルドは、そのままの勢いでミーシャを抱き上げるとぐるぐると回りだした。子供のように振り回され、それでもなんだか楽しくて、ミーシャは声をあげて笑ってしまう。

そこには大人顔負けでライアの治療方針を語り合う大人びた少女ではなく、年相応の幼い少女の顔があった。

「……あんな顔もするんだな」

それに驚いたような顔をしたライアンは、そんな顔を引き出したジオルドになんとなくもやもやしたものを感じて黙り込んだ。

ライアンが自分でもうまく説明できない感情の動きに戸惑っているうちに、興奮が収まって我に返ったミーシャは自分のあまりにも幼い行動を思い出して赤くなる。そんなミーシャに思わず笑ってしまったライアンは、そのもやもやを忘れてしまった。


「ミーシャもやっと念願の国立図書館だな」

王城の裏口からひっそりと抜け出して、国立図書館に向かってのんびり歩く。

ジオルドと二人、と言いたいところだが、実のところミーシャの視界の外で何人もの護衛が円を描くようについていた。

だけどあまり大人数で移動して人目を引くことを、ミーシャが気にしているのを知っているジオルドは、事前の打ち合わせで隠密行動を得意とする部下を配し、人目を気にしない警備態勢をつくり上げることに成功していた。

「ねえ、ジオルドさんは国立図書館、行ったことある?」

「あ～?　利用したことはないが、警備の関係で行ったことはあるなあ」

「なにそれ」

くすくす笑いながらも、ミーシャの足は止まることはない。

弾むような足取りは、これから行く場所がとても楽しみなのだと、言葉にせずとも語っているようだった。

そして辿り着いたその場所は、まさに圧巻であった。

湖畔に立つ建物は、外観にはそれほど目立った特徴はない。しいて挙げるなら、頑丈そうなレンガ造りの装飾少ない箱のような造りだという事だろうか。

「中には紙が詰まっていますから、この施設を造ったかつての王が燃えにくいように木造は避けたそうです。もっとも、そのころの建物はほんの一部で、その後蔵書が増えるごとに建物も継ぎ足されていきました」

案内をしてくれている国立図書館に勤める職員が、どこか誇らしげに説明してくれていた。

最初は現在の五分の一もない平屋だったものを、まるで積み木のように四角い建物をどんどん増やしていったそうだ。

「現在は、地下一階地上三階建てで、そのうち一般に公開されているのは三分の一ほどです。もっとも、ミーシャ様ならすべてを閲覧できますが」

少しうらやましそうに見えるのは、職員といえども下っ端にはそれなりに制限がかかる為、案内してくれている新人の青年には勝手に入れない場所もある為らしい。

「私のように、一般書架対応の職員の外に、裏で古書や禁書などの研究を主にしている職員もおります。ここは、まさにレッドフォード王国一千年の英知と歴史が詰まった場所なのですよ」

ほほを興奮に赤く染める青年の勢いに少し押されつつも、すでにミーシャの意識の半分は林立する本棚にくぎ付けである。

見渡す限りの本、本、本！

現在いる場所は、広く一般に公開されている本が収められた場所でも、一番に広いメインの図書室だった。

二階分吹き抜けの大広間には適度な間隔を空けて背の高い本棚が並び、ところどころに机といすのセットが置いてある。そこに本を積み上げて何か書き物をしていたり、純粋に読書を楽しんでいる人の姿がちらほらと見受けられた。

さらに中央部に螺旋階段が設けられ、ぐるりと回廊になった中二階に上がることができるようになっており、そちらにも本棚が並んでいるのが見られた。

「一階部分が広く浅く、娯楽小説や雑誌の類もこちらにあります。中二階の方はそれよりも少し専門的なものが多いですね。分類はされているので、興味のある分野が決まっているのなら、ご案内いたしますが」

案内の青年の申し出に、ミーシャは少し迷った。

自分でぶらぶらと興味のある本を探すのも魅力的だが、これだけ広いと、探し回っているだけで日が暮れそうだ。

ミーシャはそれはもう少しこの場所に慣れてからの方がよさそうだと判断する。とりあえず、一番興味のあるものに、と考えてミーシャはにこりと笑顔を浮かべた。

答えなど一つしかない。

「それじゃあ、薬草の事について書いてある本はありますか？」

「はい。もちろんです」

予想通りの答えだったのだろう。青年は自信満々に頷くと先に立って歩き出した。

すたすたと歩く背中を追いながら、ミーシャは先ほどから感じる既視感に首を傾げていた。

「どうかしたのか？」

興味なさそうにミーシャの後を付いてきていたジオルドが、目ざとくその様子に気づき、そっと声をかける。

「うん。案内のお兄さんが、どこかで見たことがあるような気がして」

それにこそりと返事をすると、ジオルドは一瞬驚いた顔をした後、たまらず噴き出した。

「おい。せっかく髪の色変えてるみたいだけど、ばれてんぞ」

そして、前を歩く青年に気安い様子で声をかけるジオルドに、ミーシャは目を丸くした。

「ジオルドさん、知り合いなの？」

「ああ。そいつが学生時代に縁があって、しばらく鍛えてたんだよ」

「あれは鍛えているんじゃなくて、遊んでたんでしょう。これだから剣一辺倒の野蛮人はきらいなんだ」

振り返らないまま、青年が嫌そうにつぶやいた。

「俺の得物は槍だぞ～～？」

ジオルドの茶化す声にも、青年はかたくなに振り返らない。

そして、人気の少ない中二階に上がる階段の手前で足を止めると、胸に手を当て軽く頭を下げる簡易の礼をした。何気ない仕草なのに、ひどく優雅に見えるその挨拶に、ミーシャの脳裏にある人物が浮かび上がる。

「改めてご挨拶申し上げます。私はモルト＝ティン＝ウィルキンソン。昨年学園を卒業したばかりの若輩者ですが、兄ともどもよろしくお願いいたします」

「……ウィルキンソンってもしかして」

思わずつぶやいたミーシャに、眼鏡の奥に隠れて分かりにくいが菫色の瞳が弧を描く。

「トリスは一番上の兄になります。私はしがない三男なので、好きにさせてもらっているのです。あの髪色は目立ちますから、普段はこのように」

みつあみにまとめられた長い髪は淡い灰色だった。トリスの艶やかな銀髪を思い出せば、似た雰囲気ながらだいぶ違って見える。

「まあ、家族がどうあれ、今の私は新人の図書館職員です。お気になさらずに。時間は有限ですよ。さっさと行きましょう」

話はおしまい、とばかりに階段を上り始めたモルトの後を、ミーシャは慌てて追いかけた。

そして、辿り着いた薬草の本が集められたコーナーに歓声を上げる。

ジオルドが手を伸ばしてやっと上の段に届くほどの大きな本棚。壁に沿って配されたそれのほぼ一面が全て薬草関係だというのだ。

「もっと専門的な、と言うかディープな本が集められている部屋もあるのですが、とりあえずはここで気になる本を探して、そこから掘り下げていくのが効率的かと……って、聞いてませんね、っこれは」

「あ、これはうちにあった辞典の他のシリーズね。こっちは知らない。『レガ山系に見る固有種』？何それ、楽しそう！」

いそいそと本棚に駆け寄り、うっとりと背表紙を眺めているミーシャにモルトは苦笑した。

しかし、同じ本好きとしては、その行動には好感が持てる。

「あ〜あ、目をキラキラさせて。こりゃ、しばらく動かんな」

そんなミーシャを見て、ジオルドは笑いながら、側にあったソファーへと身を投げ出した。

「そこは読書するための場所ですよ、ジオルドさん」

ミーシャに向けていた慈愛と共感の視線から一転、絶対零度の冷たい視線はさすが兄弟、とてもトリスに似ていた。

「そんな意地悪い事言うなよ。どうせこんなところ、よっぽど物好きしか来ないだろう」

「まあ、ほとんど利用者のいないコーナーではありますが」

モルトはため息をつきつつ、既にいそいそと何冊かの本を手に取っているミーシャに目をやった。

「噂よりもずいぶん子供っぽいですね。本当に王城の医師たちをやり込めたのですか？」

首を傾げるモルトに、ソファーの肘置きから足をだいぶはみ出させながら転がったままジオルドは笑った。

「やり込めた……は、違うなあ。コーナンの爺さんは孫かって感じに愛でてるし、弟子の奴らも妹扱いで可愛がってるし」

ララィアの治療方針を話し合っているはずの場が、ただのお茶会のように和やかな空気になっているのはよくあることだった。もっとも話している内容は専門的なもので、ジオルドには半分も理解できなかったが。

「自分の意見はしっかり主張するが、人の言葉もきちんと聞く。そのうえで分からないことは素直に質問するし、何かしてもらえたら礼もいう。理想の弟子なんだとさ。そのうえで、爺さんも知らないような知識を持ってたりするから、そりゃ、楽しいんだろうよ」

ミーシャは「会えない」と思っていたけれど、ジオルドは、気になって何度か様子を見に来ていたのだ。その都度、楽しそうにしているので問題ないだろうとわざわざ声をかけていなかったけれど。

「なんかあったら呼ぶから自分の仕事しててていいぞ。忙しいんだろう？　しがない新人職員さん」

にやりと食えない笑みを浮かべて手を振るジオルドに、もう一度ミーシャに視線を投げてから、モルトは静かにその場を後にした。

十二　町の子供たち

「何が悪いのかしら？」

青々と茂る薬草の間に立ち尽くし、ミーシャはぼんやりと呟いた。

先程までの雨に濡れた薬草はツヤツヤと光をはじき、とても美しかった。

初めて薬草園を訪れてから既に四日が経過していた。

ミーシャは時間の許す限り通いつめ、過去の資料を調べたり、実際に行なっている手入れを職員と共に行なってみたりしていた。

しかし、一向に薬草が効果を失った原因を見つけることは出来なかった。

「……国立図書館にいこ」

溢れそうになるため息を呑み込んで、ミーシャはノロノロと歩き出した。

カードを手にした日から、自由に行くことができるようになり、気分転換もかねてミーシャは足繁く通うようになっていた。

忙しいジオルドが毎回付き合えるはずもなく、当然のように護衛の騎士はついたけれど、そこは気にしないことにした。

自覚は薄いがミーシャの立場は隣国の公爵家の娘であり、客としてこの国に訪れているのだ。

多少煩わしいとはいえ、自分の身に何かあれば、国同士の問題になりかねないということは、説明されるまでもなくミーシャにも察せられた。

雨上がりの町を、のんびりと国立図書館へ向けて歩く。

本当ならこの行動だって「貴族令嬢」としては失格なのだろうが、一キロにも満たない距離をわざわざ馬車に乗って移動する必要性が、ミーシャにはどうしても理解できなかった。

王都だけあって町の治安はすこぶる良いし、別に細い路地裏を進むわけでもない。

さらに護衛の騎士まで付いているのだし、滅多なことは起こらないだろう。

馬車移動を主張する周囲に、「なら、護衛の騎士はいらない」と反抗した結果、ミーシャは徒歩での移動をもぎ取っていた。

共に歩く騎士は一人だけだ。

コレも最初は複数いたのだが、ミーシャの「息がつまる」との主張で減らしてもらっていた。

アッシュブロンドの髪を短く切り、黒を基調とした騎士服を着た青年は、しっかりと鍛えられた体と鋭い目つきを持ったいかにも「騎士」といった雰囲気だった。

性格も真面目で、無駄口を叩くことは無い。

黙々と自分に与えられた仕事をこなす姿は無駄がないが面白みもない、とは、彼を推薦してくれたジオルドの評価だ。

もっとも、目つきは悪いが実は子供好きで、面倒見がいいことをミーシャは知っていた。

一月近い旅路を共にした一人であったからだ。

自分から口を開くことは滅多にないが、聞かれたことには丁寧に答えてくれる青年のことを、ミーシャは信頼していた。

「テンツさん。そこの屋台によって良いですか？」

ふと思いついてミーシャが指をさした先は、色とりどりの飴や焼き菓子を売る屋台だった。

恰幅のいいおかみさんがニコニコ笑顔で立っている。

テンツはさっと周囲に目を走らせてから「大丈夫です」と短く許可の言葉をつぶやく。

ミーシャはいそいそと屋台に近づくと、たくさんのお菓子の中から、いろんな色の飴が入った小袋を購入した。

「会えるかな？」

「彼らは良くあの辺りで遊んでいるそうですから大丈夫でしょう」

手に入れたお菓子を手にポツリとつぶやいたミーシャは、さらりと返ってきた言葉に笑顔を浮かべた。


国立図書館に初めて行った日の帰り道、ミーシャは入り口のすぐ側で泣いている小さな女の子と、その子を困った顔で慰めている少し年かさの少年二人を見かけた。

なかなか泣き止まない様子に気になって声をかければ、女の子が転んで膝をすりむいていたのだ。

「痛いね。ね、お薬ぬってあげるから、ちょっと図書館に戻ろう？」

ミーシャに優しく声をかけられて、女の子はグスグス泣きながらも抱き着いてくる。

ミーシャは背中を慰めるようにとんとんと叩くと、そっと小さな体を抱き上げた。

「泥を落として薬をぬろう。そしたら痛くなくなるよ。お兄ちゃんたちもおいで」

「いや、あのっ、大丈夫なんで」

慌てたように妹を取り返そうとする少年に笑いかけると、ミーシャは元来た道を戻り、職員に声をかけると水場を借りたいと交渉してしまう。

そして、裏口の方にある井戸を教えてもらうと、さっさとそっちへと足を向けた。

途中で重いだろうとテンツが少女を運ぶのを代わろうとしたが、知らない大人が怖かったのか少女がいやいやと首を横に振ったため、ミーシャが断った。

無表情ながら「そんなに顔怖いかな、俺」と少し落ち込んでいるのが分かって、ミーシャはくすくす笑ってしまった。

ちなみに少女の兄たちが代わろうとしてもやっぱり嫌がっていたので、単に少女の気分の問題だったのかもしれない。

「少ししみるよ?」

井戸の側にあった空き箱に座らせて、ミーシャは少女の膝を水で洗った。

「傷の中に砂が残っていると、いつまでも痛みが無くならなかったり傷痕が残ったりするから、ちょっとだけ我慢ね?」

ミーシャが傷口をこするように洗うのを少女は目をぎゅっと閉じ唇をかみしめて耐えた。

「うん。いい子ね。もう大丈夫」

傷の中にもう砂がないのを確認して、ミーシャはにこりと笑うと手早く傷に軟膏をぬり、包帯代わりにハンカチを細くたたんで結び付けた。

「はい、おしまい。よく頑張ったいい子にはご褒美よ」

そして、ポケットに入っていた飴を一つ少女の口にいれた。

涙目の少女は、突然口にいれられた飴にびっくりしたように目を丸くした後、口をもぐもぐ動かして、にっこりと笑った。

「甘くておいしい。オレンジの味！」

さっきまで泣いていたのにころっと機嫌を直した少女に、少年たちがほっとしたような疲れたような顔をしていた。

「おねえちゃん、ありがとう」

少女の頭を撫でながら、少年達が頭を下げる。

「お礼ちゃんと言えていい子ね。君たちにもあげる」

そう言って、ミーシャは少年達にも飴の包みを手渡した。

少年たちは少し戸惑ったように顔を見合わせた後、おずおずと受け取る。

「おねえちゃん、お薬ありがとう。もう傷、痛くないよ」

「お前は元気になりすぎだ！」

ぴょんぴょんと跳ねて笑う少女に、少年が呆れたように笑った。

話を聞けば、子供達は下町に住んでいて、国立図書館で定期的に開かれる子供向けの勉強会にやってきたそうだ。

国立図書館では、学校に行けない貧しい家の子供達に無料で文字や簡単な計算を教えているそうで、国民の識字率を上げようという国の試みの一つだった。

尤も、子供達の大半は参加した後に配られるパンが目当てだったが。

ちなみに、参加したらもらえるパンの他に、テストを合格するともらえる特別なお菓子もあり、勉強もしっかりと頑張っているらしい。

話を聞いたミーシャは、よく考えられているなぁ、と感心したものだ。

貧しい家の子供達は、ある程度育てば貴重な働き手となる。そんなところに行く暇があるなら、手伝いの一つでも……という家庭は多いだろうし、子供達にしても貴重な自由時間を勉強に使いたくはないだろう。

しかし、たった一時間程度座っているだけで、パンが確実に手に入るのなら話は別だ。日々の食事にも事欠く生活を送っている家庭だって皆無ではないのだ。

さらに自分の頑張り次第で、滅多に口に入らない甘味がもらえるとなれば、子供達のやる気も上がるというものだろう。

結果、子供達の学力の向上は目覚ましく、さらに文字を書けたり計算ができたりする事で、将来的に就ける職業の幅も広がる。収入が上がれば、食べる為におこる犯罪は減るだろう。

貧困層の底上げにも一役かっているのだ。

ミーシャが知り合った子供達も、明日のパンに困るほどではないが、子供達の教育にお金をかける余裕はない家庭で、国立図書館の勉強会がなければ自分の名前を書くことも出来なかったことだろう。

「母ちゃんに名前書いてあげたら喜んでくれたんだよ～」

「あたしも～」

「オレも！　ばあちゃん、泣いてたし！」

嬉しそうに笑う子供達の顔は、とても誇らしげに明るかった。


国立図書館の前に着いて辺りを見回していると、遠くの方から小さな女の子が走ってきた。濃い蜂蜜色の髪がフワフワと光を弾いている。途端に、足元を大人しく歩いていたレンが、さっと走り出した。

「あっ！　おねえちゃ～ん！」

「アナッ！　また転んじゃうから、気をつけて！」

最近四つになったばかりのアナは、どうも勢いはあるのだが転びやすい。

案の定何もないところで転びかかったのだが、それより先に足元にたどり着いていたレンが飛びついてどうにかバランスを取り戻し、アナはキャッキャと楽しそうに笑った。

「レン、ありがと」

アナが座り込んでレンを撫でると、気をつけろよ、というようにレンはアナの顔をぺろりと舐めた。どうやら小さなアナの事をレンは庇護対象と定めたようで、何かというと世話をしようとするのだ。その様子はとてもかわいらしく、ミーシャは後から追いつきながらにこにこと笑った。

「アナ、一人で行くなよ！」

慌てたような声と共に、茂みからガサガサと男の子が顔を出した。

そのすぐ後ろからもう一人。

「ユウ。テト」

「あ、ミーシャお姉ちゃん」

名を呼べば、少年たちも嬉しそうな笑顔を浮かべる。

ユウがアナの兄で同じ蜂蜜色のフワフワの髪。

テトは二人の隣の家に住む幼馴染で、黒い髪に褐色の肌が特徴的な少年だった。祖父が南からの移民で、その血を濃くひいているそうだ。

少年二人は今七歳で、いつでも妹の面倒を見ながら三人で行動しているのだ。

「みんな、髪に枯れ草ついてる。何をしてたの？」

アナの柔らかな髪に絡みついた枯れ草を取ってやりながら笑えば、子供達は手に持った袋を見せてくれた。

「水辺で野草摘み。雨上がったからさ～」

「ごはんなの～」

袋の中には数種類の食べられる野草が入っていた。

水辺は近隣の住人に等しく恵みをもたらしている。

遊びと思えば、しっかりと家の手伝いをしていたらしい子供達に、ミーシャは「えらい」と頭を撫でた。

「いろいろ採れるのね～。みんな、見つけるの上手ね」

大人の入り込みにくい狭い茂みの中を探していた為、枯れ草だらけになっていたのだろう。

褒められて少し照れくさそうに顔を見合わせる子供達の手を引いて、湖のそばの少しひらけた場所へと誘導すると、ミーシャは草の上にそのまま腰を下ろした。

「そこの屋台でね、可愛い飴を見つけたの。お裾分けよ」

そういって飴の袋を見せれば、子供達から歓声が上がる。

うれしそうに差し出された子供達の手を見て、ミーシャは首を横に振ると、それぞれの口の中に直接飴を放り込んだ。

さっきまで野草摘みをしていた子供達の手は、泥や草の汁で汚れていたのだ。

口の中に広がる甘味にうっとりと目を細める子供達を眺めながら、ミーシャは子供達にいろいろ質問してみる。

勉強の事、家の事、普段の遊び。

子供達は口々に楽しそうに色々と話してくれた。

無邪気なそのおしゃべりを聞いているだけで、上手くいかない薬草園の気鬱も晴れるような気がして、ミーシャも楽しそうな笑顔で一つ一つに相槌をうつ。

「そういえば、これ。お姉ちゃんにもあげる」

ふと思い出したようにテトが袋の中から真っ赤に熟れたトマトを取り出した。

「爺ちゃんが作ってるんだ。雨のせいで水吸って大きくなりすぎて破れちゃったから売れないって、おやつにもらったんだよ」

手のひらほどもあるトマトは確かに皮が破れてひびが入っている。

瑞々しく色も綺麗だけど、確かに、これでは商品にならないだろう。

「味もちょっと薄いんだけど、汁気タップリで美味しいよ。俺たち、水代わりに持ってんだ～」

そういってユウが、自分の袋からも同じようなトマトを取り出しかぶりついた。

ミーシャはマジマジとトマトを眺めた後、ユウの真似をしてそのままかぶりついた。

口の中に果汁が溢れる。

確かに、少し水っぽいが充分美味しかった。

「ちゃんと美味しいのに、勿体無いね。雨が降りすぎるとダメなの？」

口の周りをベタベタにしているアナの口元を拭きながら、テトが頷いた。

「水を吸い上げすぎると表面の皮の成長が追いつかずにはじけちゃうんだって。傷が付くとそこから虫が入ったり、すぐ腐っちゃうから、売れないんだ。おかげで食べ放題なんだけど、最近、ちょっと飽きちゃった」

肩をすくめるテトにユウも頷く。

「確かに。食事もトマトのスープとかトマト煮込みとか、トマト味のものばっかり。勿体ないのは分かるけど、飽きるよな～」

妙に大人びた仕草や話し方が可愛くて笑ってしまいながら、ミーシャはふと、頭の隅を何かが掠めるのを感じた。

「……あげすぎても、ダメなのね？」

「そりゃあ、ね。大きくはなるけど味が悪いって爺ちゃんが言ってた。何事も適当な量があるんだって」

「そう言って、俺たちのパイ取り上げんだぜ。ひどいよな～爺ちゃん。俺たちの方がこれから成長するんだから栄養必要だってのにさ！」

「そう、食べ過ぎって言ってさ～！」

途端に祖父への不満を口々にこぼす二人の声が耳に入らないほど、ミーシャは考え込んでいた。

「……適当な……」

頭の中を色々な情報がグルグルと回る。

整えられた、まるで園庭のように美しい薬草園。

青々と茂った通常よりも大き目の薬草達。

「……私なら、分かる？」

ミランダの諭すような瞳と言葉。

そして、半ば雑草に埋もれながら、それでも存在していた母親の昔作った薬草園の跡。

「お姉ちゃん？」

突然固まったように動かなくなったミーシャに、子供達は不安そうにその顔を覗き込んだ。

それすらも気づかず、ジッと考え込んでいたミーシャは、突然ガバリと立ち上がった。

「……わかったかも」

ぽそりと呟くと、突然止まったり動き出したりと変な動きをしだしたミーシャを心配そうに見つめていた子供達を、ミーシャはガバリとまとめて抱きしめた。

「ありがとう、三人とも！　悩んでたことが分かったかもしれない！　今から、確かめてくるね！　このお礼は必ず今度するから！」

叫ぶようにそう宣言すると、ミーシャは薬草園に向かって走り出した。

「……なんだったんだ？」

「……サァ？」

突然、ぎゅうぎゅうに抱きしめて、嵐のように去っていったミーシャの後ろ姿を、三人は呆然と見送った。

「おねえちゃん、なんだか嬉しそうだったねえ？」

アナは、どさくさ紛れに押し付けられた飴の袋を嬉しそうに握りしめた。

「おばあちゃんにあげてもいいかな？」

呑気な妹の言葉に顔を見合わせてから、少年二人は肩をすくめた。

「いいんじゃない？」

「ま、姉ちゃん、またくるだろうし、そん時には何だったのかわかんだろ」

歳のせいか最近体調が悪く食欲のない祖母も、甘いものなら食べてくれるかもしれない、と三人は顔を見合わせて頷きあう。

興味の対象をすぐに移した子供達は、荷物を手に家に向かって走り出した。

十三　薬草園の問題点

「栄養過多による急成長がもたらす弊害、ですか？」

いつも通り薬草園の手入れをしていたアドルは、突然出かけていたはずのミーシャに呼び出された応接室で首を傾げた。

ミーシャの為に与えられていた応接室の机の上には様々な資料が、机の上が見えないくらい積み重なり広げられていた。

その机を挟んだ向こう側で、ミーシャは重々しく頷いた。

その頬はほんのりと赤らみ、瞳が興奮の為にキラキラと輝いていた。

「今日、子供達にヒントをもらったんです！」

そういって、ミーシャがアドルに手渡したのは大きなトマトだった。

赤く熟したトマトは瑞々しかったが、残念なことに皮の一部が弾けて中身が見えていた。

「これは？」

「食べてみてください」

唐突な要求に戸惑いながらもアドルは、ミーシャの笑顔に押されるようにトマトに齧り付いた。

少し水っぽく感じるが、特に変わった味がするわけでもない普通のトマトだった。

「次はこっちをどうぞ」

ミーシャが何を言いたいのか分からず困惑顔のアドルに、新たなトマトが手渡された。

今度は先程より小振りだが、傷は無いようだ。

「……美味しいですね」

甘味があり、旨味も強い。

明らかに先程より濃い味にアドルは目を細めた。

「同じ品種のトマトです。作った方も同じ。ただ、育て方が少し違って、最初に食べたトマトは普通に畑で育てたもの。もう一つは屋根のある場所で鉢に植えて育てていたものです。土も肥料も同じですが、唯一水の量だけが違います。今年は雨が多いから、外で育てたものは水分の取りすぎでハジけてしまったそうです」

両手にトマトを持ち、ミーシャが説明してくれるトマトの話をアドルは首を傾げながら聞いていた。

「……トマトの話は分かりました。が、それが何なのですか？」

困惑顔を崩さないアドルに一瞬不満そうに唇を尖らせた後、ミーシャは、机の上にある資料を指さした。

「ここにあるのはセデスの成長記録です。種から育てて苗を選別し畑に植え、花が咲くまでに大体三か月かかるかかからないか、ですね」

「それが何か？」

「私が採取していたセデスは、花が咲くまでにどれほど早くても四か月はかかってました。そこから、一番薬の効果の強い実が実って熟すまでさらに二ヶ月近く。ここのセデスたちは明らかに成長が早すぎるんです」

「……それは」

「セデスはもともと雑草かと思うほど繁殖力が強く、比較的場所を選ばず育つ薬草です。それが過ぎるほどの環境と栄養を与えられたせいで、このトマトと同じ事が起こったんじゃ無いでしょうか？　初日に齧ったセデスの葉、明らかに香りも独特の苦味も薄かったんです」

「それで、急成長による弊害、と、おっしゃったんですね」

畳み掛けるように話すミーシャの眼を見つめ、アドルが呟いた。

「……確かに、それだけ成長速度が違えば変わってくるものもあるかもしれません。が……」

「アドルさん」

迷うように視線を彷徨わせるアドルの視線を、今度はミーシャがしっかりと捕まえた。

「ある人に「植物は大地に根付くものだ」と教えていただきました。そして、私になら分かる、とも」

ミーシャの脳裏に、何かを試すように自分を見つめるミランダの眼差しが浮かぶ。

そうして、今まで自分が採取してきた薬草の様子や、雑草に呑まれながらも生き残っていた十年以上前に作ったという母の薬草園。

「薬草の中には険しい岩場にしか生えない種類があります。逆に湿度を好み、水辺に育つ薬草もあります。それぞれの場所で、それぞれに合った成長をするのです。母の作っていた薬草園は小さな規模でしたがキチンと自然を感じました。区切るのではなく、あるがままの姿で色々な植物が混在し、生きていました」

ミーシャの翠の瞳が、一瞬フッと伏せられた。

強い意思を浮かべ輝いていた瞳が伏せられた途端、そこにゆらりと切ない光が滲んで見える。

それは、郷愁か憧憬か……。

ミーシャの事情など知る由もないアドルには分からなかったが、その切ない色に胸の奥がツキリと痛んだ気がした。

しかし、瞳が伏せられたのは本当にわずかな時間で、直ぐにあげられた翠には、どこにもさっきまでの愁いを見つけることはできなかった。

その事にホッとしたようなガッカリしたような、相反した不思議な感情をアドルは味わうこととなる。

自分の感情を言葉にするのに必死なミーシャは、そんなアドルに気づくことはなかった。

「ここの薬草園を見た時、とても美しいと感じました。まるで庭園のようだ、と。王城の庭ならそれでも良いのです。でも、作りたいのは王城の庭《それ》では無いですよね？　人の目を楽しませる場所ではなく、人の体を癒す物の育つ場所でしょう？」

感情のままに紡がれるミーシャの言葉は、理路整然とは程遠く拙いものだった。

しかし、その言葉は確かに惑うアドルの心のどこかにふれた。

「……ここで、作りたいもの」

ここまで、美しく整えた薬草園は誇りだった。

木を切り開き、根を掘り返し、レンガを積んで、土を作った。

王城より派遣された庭師の言う通りに動いただけだが、土弄りなどそれまでろくにした事のなかった体は悲鳴をあげ、慣れるまでは本当に大変だったのだ。

そもそも、本来の薬師としての役目を擲ち庭師の真似事をするアドルに、同業者でも眉を顰める輩は多かった。

それでも、自分の手で作り上げたいと願い、地に這うようにして、仲間とともに一から作り上げたのだ。

だけど、そうして作り上げた薬草園で育つ薬草達は、本来の役目を果たそうとはしなかった。

薬としての役に立たない薬草達はまさにハリボテ。宝石のふりをしたガラス玉でしか無い。だが、ガラス玉でも美しく目を楽しませることは出来る。いつか、本物になる日も来るかもしれない。そう、自分を慰めることで誤魔化し、手探りの中、必死で育ててきたのだ。

ここまで整えるのに、二年以上の歳月がかかっている。

その全てを擲ってまた一から始めろ、とミーシャは言っているのだ。

しかも、それが上手くいくという保証は無い。

アドルの脳裏に初めて王と謁見し、理想を聞き、興奮とともに語り合った日々の記憶が蘇る。

薬草が手に入りにくい環境を変えたい、と。

物流が滞っても、最低限の薬を自分たちで作り出す事が出来れば、救えるはずの命は増えるはずだと目を輝かせていた。

その言葉の裏に、あの悲惨な日々があったのは間違いない。

原因不明の流行病の為に門扉を閉ざした王都の中、ただ、死んでいく人々を看取るしかできず無力さを噛み締めた。

治せずともせめて、この痛みを取りのぞいてやりたい。熱をさげ、腫れた喉を癒せば、水を飲ませることもできるのにと歯噛みした。

たったそれだけの薬草すらも、物流の滞った王都では手に入れる事が難しかったのだ。

王の願いは、あの日々を生き延びたアドルの願いでもあった。

もう一度、理想を夢見て歩き出す気力が自分にはあるだろうか？　これまでの日々を共に歩んできた仲間は、まだ、ついてきてくれるだろうか？　とアドルは自問する。

「アドルさん」

黙り込むアドルをミーシャの翠の瞳が射貫く。

真っ直ぐに向けられた翠に包み込まれるような心地がして、アドルは無意識のまま大きく息を吸い込んだ。

心の奥から、えも言われぬ高揚感が湧いて来る。

「私に、出来るでしょうか？」

呟かれた言葉はまだ少し頼りない響きを伴っていたが、その瞳はミーシャの熱を移したかのようにキラキラと輝き出していた。

「できます」

なんの根拠もない、だけど真っ直ぐな肯定の言葉がアドルの体を貫いた。

（そうか。私には出来るのか）

いつからか、自信のなさを表すように丸まっていた背筋がすっと伸びる。

アドルは、大きく深呼吸を一つすると、ニコリと笑顔を浮かべた。

「まずは、何からはじめましょう」

「そう、ですね。まずはそれぞれの薬草達を区切ってたレンガを壊しちゃいませんか？」

まるでいたずらを企む子供のような無邪気な瞳で、二人は未来について相談をはじめた。

それは、王と理想を語り合ったあの日以上の興奮を湧き起こし、アドルを酔わせる。

（なんだろう？　今なら、なんでもできそうな気がする）

机の上の資料を引っ掻き回しながら、次々とやりたい事が浮かんで来る。

それは久しぶりの感覚で、常にない全能感を感じながらアドルは、次々と未来予想図を白紙の上に描きはじめた。

「ミーシャ様は博識なのですね」

城への道を辿りながらテンツがポツリと呟いた。

普段、無口なテンツの唐突な言葉に驚き足を止めたミーシャは、少し肩をすくめて再び歩き出した。

「私は生まれた時から森で暮らしていましたから。というか、薬草園の職員の中に、一人でも薬草の採取を専門にしていた人がいたならば、気づけていたはずなんです。不自然なほど早く育つ薬草にも、香りが少ない事にも」

話が弾みすぎて少し日が暮れてきた町を、ミーシャはゆっくりと歩いていく。

露店はすでにほとんどが閉まり、路地裏からは夕食の支度のいい香りが漂ってきていた。

「ですが、彼らも日々、薬を作る仕事をしていたのでしょう？」

不思議そうに首をかしげるテンツにミーシャは少し困ったように笑った。

「私も、そう、思っていたのですけど、王都の周辺にはあまり薬草が採取できる場所がないそうです。この国はほとんどが平地で山が少ない。平原で採れる薬草もあるけれど、たくさんの人が王都に集まってきた結果、手付かずの平原は王都周辺には少ないそうです。結果、王都近辺の薬師はどうしても乾燥した原料を扱う事が多くなるし、生態は教本から得る知識が中心になってしまうのだそうです」

先程、アドルと話していた中で知った王都の薬師の現状は、ミーシャにとっても驚きの連続だった。

アドルからして、自らの手で採取をした経験は数えるほどしかない、との事だった。

基本全てを自分でまかなっていたミーシャにしたら、信じられない話である。

「薬草によっては、乾燥したものより摘みたての方が効果が強いものもある」と言ったミーシャに「知らなかった」とアドルは目を丸くした。それを見てミーシャは、さらなるショックを受けたものだ。

「生のものが手に入りにくいから、自分たちで育てようとしているのだと思っていましたから。……違ったんですけど、ね」

苦笑とともにつぶやくミーシャに、薬師の心得などないテンツでは、なんと言葉をかけていいのか分からずに黙り込むしかなかった。

「でも、今日は本当にありがとうございました。騎士様をお使いに使ったなんて知られたら、きっと怒られちゃいますね」

生まれてしまった沈黙を振り払うように、ミーシャがおどけた顔でななめ後ろを歩くテンツを振り返った。

子供達と別れて薬草園へと駆け戻ったあと、ミーシャは確認のために、いくつかの質問と共にテンツにトマトを買いに行ってもらっていたのだ。

できれば同じ生産者がいいと言われて、テンツは、どうせならと子供達の祖父を訪ねて下町まで足を運んでいた。

その結果が、アドルが食べたトマトであり、ミーシャの推論を支える情報であった。

「いえ。子供達の家は分かっていましたから」

ミーシャの安全の為に、警備の人間と連携して調べていた情報が生かされた瞬間だった。

国立図書館で偶然仲良くなった平民の子供だが、裏でつながる何かがないとも限らないと念のため調査を依頼していたのだ。結果は、特に問題なかったため、その後もミーシャとの交流を見逃されてきたのだ。もちろん、当のミーシャはそんなことは知らない。

突然訪ねてきた王城の騎士に、子供達以外の家の住人が目を白黒させていたがそこは気づかなかった事にして、テンツは無事お使いを完遂させたのであった。

「今度、お礼に何かお菓子でも作っていこうかなぁ～。その時は、連れて行ってくださいね？」

楽しそうなミーシャの言葉にわずかに微笑んで、テンツは小さく首を縦に動かした。

十四　謎の少年

「お姉さん、それ、面白いの？」

不意にそんな言葉が耳に飛び込んできて、ミーシャは目を通していた本から顔をあげた。

薬草園が改装工事に入り、力仕事ではさすがに役に立たないミーシャは、持て余した時間を本でも読もうと国立図書館にきていた。

一階の本棚の森を散策した後、いつものように中二階の薬草の本が集められている一角で読書に励んでいたのだ。

顔をあげた先に、帽子を目深にかぶった少年を見つけ、ミーシャはコテンと首を傾げた。

薬草の本が集められたこの一角はほとんど人気が無く、いつ来てもミーシャの貸し切り状態だった。たまに人の気配がしたと思っても、すぐにいなくなってしまう。

専門書を集めた部屋が他にもあるようなことを言っていたし、薬師や医師などの同業者はそちらに行っているのだろうと、そんなふうに思っていたが、風土記や伝承など、少し怪しげな本が交ざっているこの場所が面白くて、ミーシャはいまだにこちらへと通っていたのだ。

「昔話の中に出てくる薬草の本なの。独特の視点と解釈がおもしろいよ？」

読んでいた表紙を見せると、少年は目を丸くしてから声を殺して笑った。

「昔話の薬草って、本当にある薬草なの？」

「ウ〜〜ン、作者の創作もあるけど、実在する薬草も出ていたりするみたい。後、名前は違っても薬草の効果からこれなんじゃないかって考察があったり。……君も薬草に興味あるの？」

年のころは七〜八歳だろうか。

目深にかぶった帽子でわかりにくいけれど、柔らかそうな金の巻き毛と少し吊り上がった猫のような青い瞳が見えた。

「いや、別に？　僕はあっちの歴史書の方にいたんだけど、見かけるたびにお姉さんがここで楽しそうにしてるから、そんなに面白いのかなって気になったんだ」

あっち、と指さされたのは吹き抜けをはさんだ向かい側の中二階の方だった。

「歴史が好きなの？」

中二階には一階にある本に比べて専門書よりのものが置いてあると聞いていたミーシャは、この場所に日常的にいる口調の少年に目を丸くした。

「別に、好きでも嫌いでもないかな。読むように言われたから見てるだけ。あ、でもこの図書館を造ったラクシュール王の話は面白かった」

まだ、絵本を読んでいる方が似合いそうな少年の言葉に、ミーシャは少し考えてからニコリと笑った。

「この図書館を造った王様のお話、かあ。それはちょっと気になるかも。どこにあったか教えてくれる？」

無邪気に尋ねられた少年は、不思議そうな顔で首を傾げた。

「生意気、とか適当なこと言うな、とか言わないの？」

それは、少年が手にした本を覗き込んで声をかけてくる大人たちによく言われる台詞だった。

別に何を言われようと気にしたわけではなかったけれど、わざわざ覗き込んだ挙句、意地の悪い事を言ってくる大人たちに辟易していた少年にとって、素直に賛同してきたミーシャはとても不思議な存在に見えたのだ。

「え？　なんで？」

不思議そうな顔の少年に、ミーシャもまたきょとんとした顔で首を傾げた。

「面白かったんでしょう？　私も気になったから読んでみたかっただけなんだけど」

真っ直ぐに自分を見つめる翠の瞳に嘘はなくて、少年は、嬉しそうに微笑んだ。

「僕、キャロっていうんだ。おねえさんは？」

「私はミーシャよ。よろしくね、キャロ」

キャロは、ミーシャを歴史書の集められている棚の方へ連れて行こうと手を引いた。

帽子のつばの影から、青い瞳が嬉しそうに笑っているのが見える。

キャロが立ち上がり、ミーシャが椅子に座っているからこそ見えるのだが、そのことの意味をミーシャは気づいていなかった。ただ、その瞳の色が誰かを思い出させて、だけど思いつく前にキャロの手がミーシャを立ち上がらせてしまう。そうすると見下ろす形になってしまい、ミーシャからは大きすぎる帽子に隠れてキャロの顔はほとんど見えなくなってしまった。

「あっちにあるよ、行こう」

無邪気に手を引くキャロは、ミーシャが面白そうといった本を紹介してくれる気満々のようだ。

「あ、ミーシャが読んでた本、僕も読んでみたいから、それもあっちに持っていこう」

「いいのかしら？」

「最後に戻せば大丈夫だよ！」

これまで基本取り出した本棚の近くにある椅子やソファーで読んでいた為、本を持って移動することを戸惑うミーシャに、キャロがあっさりと答えてミーシャの読んでいた本を小脇に抱える。

「キャロは、図書館に慣れているのね」

素直に手を引かれながら話しかけるミーシャに、キャロが肩をすくめる。

「そうでもないよ。普段は別の町に住んでるから。ただ、この時期は毎年遊びに来るから、暇つぶしと勉強を兼ねてよくここに来るんだ。ここなら安全だし、いろんな本があるから時間も潰せる」

「遊びに来る」と言ったわりにキャロの声がひどく冷めていて、ミーシャは親の都合で来ているのかな？　と首を傾げた。友達もいない遠い町に一人では、確かに暇を持て余すだろう。かといって、一人でどこにでも行っていいよというにはキャロは幼く見えた。

国立図書館《ここ》ならば、大人の目も多いし、危険な物もない。本が好きなら子供一人で置いておくには最適だろうとは思ったけれど、独りぼっちでずっと本を読んでいるのは、小さな子供としてどうなのだろうと、ミーシャは他人事ながら心配になった。

(子供は体を動かすことも必要だと思うの)

ミーシャの脳裏に元気いっぱいに走り回るアナたちの姿が思い浮かぶ。

「ね、キャロは一人なの？」

「ん？　今はね。たぶん、何かあったら迎えに来ると思うよ」

くるりと吹き抜けの周りを歩いてちょうど反対側までついたキャロは、慣れた様子で踏み台を持ってくると、一冊の分厚い本を取り出した。

「これだよ。で、こっちに来て。ミーシャは特別にご招待」

にこりと笑うと、再びミーシャの手を引いて歩く。近くにある適当なテーブルに行くのかと思えば、キャロはその全てを通り過ぎてしまった。

そして、本棚の隙間に隠されるようにあった小さな扉を開けると、中に入ってしまう。

大人だと軽く腰をかがめなければ通れないほどの小さな扉に戸惑いながら、ミーシャも導かれるままにそれをくぐった。ちらりと背後を見れば、今日も護衛のためについてきていたテンツが見えたが、彼が、部屋の中までついてくることはなかった。

「わ、こんな場所があったの？」

そこは、入口こそ小さかったが、中は天井も高く、大人でも支障なく動くことができる居心地のよさそうな部屋だった。

足元には厚いじゅうたんが敷かれ、座り心地のよさそうなソファーセットが置いてある。

大きめのソファーは昼寝につかわれることもあるのだろう。たくさんのクッションと畳んだブランケットまで置いてあった。

「特別室なんだって。面白いでしょ？　この部屋に人を招待したのは初めてだ」

キャロは楽しそうにミーシャにソファーを勧めると、机に置かれた小さなベルを鳴らした。

すると、ミーシャ達の入ってきた扉とは別の扉から、メイド服を着た女性が入ってくる。

「お茶をお願い」

ミーシャの姿を見てわずかに驚いた様子を見せたメイドは、しかしキャロの短い言葉にただ黙って頭を下げると静かに出て行ってしまった。

「キャロのお家の人？」

音もなく動く滑らかな所作は、王城でミーシャについている侍女たちを思い出させた。

「いや、図書館の人だよ。この部屋を借りている時に、世話役としてついてくれるんだ」

キャロがあっさりと首を横に振るのと同時に再び扉が開き、カートを押したメイドが戻ってきた。

そして無言のまま手早くお茶とお菓子をセットしていく。

「控えなくていい」

準備が終わる瞬間、キャロが小さくつぶやいた。

そうすると、メイドは再び小さく頭を下げ部屋を出て行く。

その間、目線は下げられたままで一言も話すことはなかった。基本、お世話をしてもらうときは少し話をしたりお礼を言ったりするのが日常であるミーシャは、その沈黙を少し居心地悪く感じた。

だけど、キャロは気にした様子もなく、目線を合わせることもなかった。

(貴族のお家の子供かな?)

メイドとはいえ大人相手に堂々としたその様子は、人を使い慣れている支配階級のものだった。

そう思えば、キャロの着ている服が、平民のような服装でも生地が良いものであるとか、傷一つない滑らかな手足とかの説明も付く。だいたい、大人が読むような難しい本を「面白い」と称した時点で、普通の教育を受けていない事は分かるというものだ。

「どうぞ。ここで出されるお菓子、おいしいよ?」

だけど、無邪気に勧めてくるキャロの様子を見て、ミーシャはすべての疑問を呑み込むことにした。

(ま、いいか。大人だらけの図書館で、お友達を見つけた気分なんだろうし)

少しキャロより年上だけど自分がまだ子供のカテゴリーに入る自覚があるミーシャは、あっさりと気分を切り替えて、勧められるままにお茶に手を伸ばした。

この部屋に入るとき止めなかったテンツ。

それだけで、この少年が危険ではないことは保証されている。気のせいか、テンツの顔が強張っていたようにも見えたけれど、ミーシャにとっては問題ない。

「あ、本当。おいしいね、このお菓子」

「でしょ。このためにここに来る価値、あると思うんだよね」

無邪気におやつを楽しむ裏で、大人たちが慌てて駆けずり回ったとしても、子どもたちにとっては関係ない事なのである。

お互いにお薦めの本を紹介しあって、お茶を飲みながらのんびりと読書をする。

本棚の陰に置かれたソファーも居心地は良かったけれど、人の気配を気にしないで済む静かな個室は、読書には最適だった。やがて、ぽつぽつと続いていた会話もなくなり、それぞれに本の世界に没頭し始め、部屋は紙をめくる微かな音が聞こえるほど静寂に包まれていった。

そして、気がつけば本に熱中していたミーシャは、ふと顔をあげた視界の先、向かいのソファーでキャロが本を膝に乗せたまま転た寝していることに気づいた。

（風邪ひいちゃうかな？）

そっと静かに読んでいた本を机に置くと、ミーシャは眠っているキャロに近づいた。小さな体をソファーに横にして端の方に置いてあったブランケットをかける。

そして、少し迷った後、キャロが被ったままだった帽子をそっととった。

つばの大き目なキャスケットをかぶったままだと寝苦しそうに見えたからだ。

艶やかな金の巻き毛がこぼれ落ち、枕代わりのクッションの上に広がった。

子供の柔らかさを持った髪はふわふわで、思わずミーシャはそっと撫でてしまった。

見た目どおりの極上の触り心地に、思わず笑みがこぼれる。

（綺麗な髪）

しばらく柔らかな手触りを楽しんだ後、ミーシャはそっとその場を後にすることにした。

窓のないこの部屋では時間がわかりにくいが、読んだ本の冊数を考えると、かなりの時間が経過していることが分かる。

（テンツさん、心配……は、してないだろうけど、随分待たせちゃったな）

ミーシャもいつもならば適度なところで読むのをやめて、気になったものは借りて帰るようにしていたのだが、止める人もいない居心地の良い環境でずいぶん夢中になってしまった。

「あ、そうだ。伝言……」

先ほどのメイドさんにお願いしてもいいけれど、目が覚めた時にミーシャがいなければがっかりするかもしれない。

持ってきていたメモ用紙に、先に帰ることとしばらくは毎日同じ時間に国立図書館に来る予定だという事を書き残して、ミーシャはその小さな部屋を後にした。


ミーシャが去った部屋の中、キャロはむくりと起き上がった。

夢うつつで、ミーシャが近づいてきているのは気づいていたが、何をするつもりなのか気になって眠ったふりをしていたのだ。

「なんだ、あれ」

帽子を取られたときには少しヒヤッとしたけれど、結局は、まるで小さな子供にするように優しくブランケットで包まれて髪を撫でられただけだった。

キャロは、国立図書館の中にある特別な隠し部屋を自由に使い、メイドを顎で使ってみせた。それだけで、キャロが「価値のある子ども」だとミーシャにも分かったはずだ。

だけど、ミーシャはほかの誰かのようにおべっかを言うわけでもなく、ただ友達にするようにお茶を楽しみ、本の感想を言い合って笑っていた。

そして、隙を見せてみれば本性を出すかと思ってキャロが眠ったふりをしても、ミーシャは変わらず優しいままだった。

「……まるで小さな子供になったみたいだ」

キャロにそんな態度をとる大人は誰もいなかった。

特殊な生まれのキャロは、早く大人になることを求められていた。叔父だけは大人びた振る舞いをするキャロの事を少し悲しそうに見ていたけれど、キャロにはどうすることもできない。

何より、一番身近な母親が、誰よりもキャロの教育に熱心だったのだからしょうがない事なのだ。

優しいけれど甘やかしてはくれない。愛してると言ってはもらえるけれど、暗い夜も雷の鳴り響く日も、キャロは一人だった。

「お父様のように賢くならなくては」「お父様のように強くなるのよ」

キャロが、母親の言葉を柔らかな鎖のようだと感じたのはいくつの時だっただろう。

「気持ちいいって笑ってたな」

ミーシャの手の感触を思い出すように、キャロの小さな手がそっと自分の髪に触れた。

机の上には、きれいな文字で書かれた短い手紙。

「……そうか、明日も来るんだ」

キャロの唇が緩やかな弧を描いた。

「ミーシャは今日も図書館に行っていたの？」

夕食をともにしながら、ラライアがミーシャに声をかけた。

その手に握られるグラスに入った赤い色に、少し恥ずかしい気持ちを刺激されながらも、ミーシャはコクリと頷く。

「はい。薬草園の方は本格的な改装工事に入って、私に手伝えることは今のところなくなってしまったし、あそこなら雨にも邪魔されませんから」

あいも変わらず降り続く雨は、ミーシャの行動範囲を狭めてしまったが、今のところ退屈はしていない。

「いいわね。私も一日中こもってみたいわ」

くるりとグラスを回して、ラライアがぼやいた。最近体調が回復してきたラライアは、少しずつ王族としての公務を増やしているのだ。

何しろ、現在公務を賄える王族というのが、ライアンとラライア以外にいないのである。

これまでは、寝付いている時間の方が長かったラライアは、必要最小限の事しかできず、すべてはライアンの肩に乗っていた。

忙しすぎるライアンに内心やきもきしていたラライアは、文句を言って見せても、実は少しずつ増える公務を喜んでいた。

それが分かっているミーシャは、止めることもできず苦笑する。

「まだ本調子ではないのですから、ほどほどにされてくださいよ?」

「わかってるわよ。ここでまた倒れたら、今までの苦労が水の泡だもの」

苦手な早寝早起き、規則正しい生活も、ようやく体が慣れてきてそれほど苦にはならなくなってきた。興味を持てなかった食事も「これも薬です」と目くじら立てるミーシャの下、きちんと取るし、ミーシャがいなくても用意された薬草ジュースも薬も残さず飲むようになった。

冗談のようだがそれだけで、ベッドから起き上がるのも辛かった体が、きちんと動かせるようになってきたのだ。

ミーシャがあまりにもうるさく口を出すおかげで、他の者が小言を言わなくなったのもよかったのかもしれない。

慢性的な倦怠感の辛さは他者には伝わりにくい。どうしても怠けてダラダラしているようにしか見えず、すれ違いざまにチクリチクリと嫌みを言われることも多かった。

もともと気が強く責任感の強いラライアは、自分の不甲斐なさなど十分に承知していた。だから、少しでも調子が良くなると動き出し、また体調を悪化させて寝込むを繰り返していたのだ。そこをよく知らない人間に表面だけは正しい「ご進言」をされて、つい反発してしまう。

結果、「ろくに王族としての責任を果たせないくせに癇癪ばかり起こす姫」という、不名誉な印象がついてしまっていたのだ。

それが、ミーシャが来てからは、後をついて回ってはこまごまと口出しをしてくる様子が各所で見られるようになった。

ライアンに「不敬をとがめない」と言質を取っていることは周知されていた為、止める側近もおらず、顔をしかめながらも渋々従うラライアの姿に、それ以上追い打ちをかける事もはばかられるのか、言葉の棘を向けるものは激減した。むしろ「姫も大変でございますな」と同情される始末である。

無用なストレスが減れば、イライラも減る。

そもそもミーシャの小言も「朝は決まった時間に起きる」「食事を好き嫌いしないで」など、まっとうなことしか言っていないのだから、それをストレスととらえるかはライア次第である。

そして、少しずつではあるが変わっていく自分の体に気づいてしまえば、反発する気もなくなるというものだ。まあ、頻繁に「あなたは私の母親なの⁉」と言いたくなる気持ちにはなるが……。

「ライア様、飲み物ばかりではなくきちんと食事もとってください」

夕食分の薬草ジュースは摂取済みだ。幼い頃から飲み慣れたキャラスワイン（こういうとミーシャが微妙な顔をするのでおもしろい）ばかりを飲んでいたライアにミーシャが声をかける。

「わかってるわよ」

この時期は、栄養があるからと食事がわりにこれを飲んでしのいでいることが多かったため癖になっていて、ぼんやりしているとグラスばかり傾けてしまうのだ。ハッと気づいてライアは、少し気まずそうにグラスを置いた。

綺麗な仕草でカトラリーを使い食事を始めたライアに、ミーシャは見とれた。

洗練された仕草とは、それだけで美しいものだ。

ミーシャも頑張ってはいるのだが、そこは、努力した時間が違う。

そういう意味では、ライアと食事を共にする時間は、ミーシャのマナー実践の時間になっているともいえた。何しろ目の前には良いお手本がいるのだから。

「そういえば」

ライアに見とれていたミーシャは、昼間に感じた疑問の正体に気づいた。

綺麗な金髪の巻き毛。晴れた日の青空のような青い瞳。

「今日、国立図書館で新しい友達ができたんですけど、ラライア様と瞳も髪の色もそっくりでした」

キャロをどこかで見たような気がしていたのは、ラライアと似ていたからだと気がついて、ミーシャは満足そうに笑った。それにラライアが首を傾げる。

「国立図書館で？」

「はい。キャロっていうかわいい男の子です。とても賢くて、難しい本もすらすら読むんですよ。そういえばお茶もごちそうになっちゃいました」

「……そう」

なにか茶のお礼をしようかな？　と浮かんだ思いにとらわれていたミーシャは、ラライアがその時微妙に眉をひそめたところを見逃してしまった。それはほんの一瞬で、すぐに元に戻ったけれど、その表情を見た忠実な侍女キャリーがそっとその場を音もなく後にする。

「毎日楽しそうで何よりね。忙しそうだし、ミーシャも元気が出るように一杯いかが？」

ラライアはクスリと笑って、ワイングラスを掲げる。

「結構です」

失態をさらしたあの日から、事あるごとにからかわれているミーシャはさすがに慣れてきて、ツンと横を向いて断った。けれど、その耳がかすかに赤くなっていることは隠せない。

「おいしいのに」

「私は健康なので、無用なのです！」

追い打ちをかけるラライアに、ミーシャは行儀悪いと知りつつ唇を尖らせた。

「あの子がミーシャに接触しましたわ」

食事が終わり、ミーシャが自室へと戻ったのを確認して、ラライアは兄の執務室へと突撃した。

先ぶれもなく、ノックの音と共に入ってきた妹に目を丸くしたライアンは、潜めた声に肩をすくめた。

「知っている。それがどうかしたのか？」

「はぁ〜〜？」

ラライアの口から思わず淑女らしからぬ声がもれたが、気にする者はいなかった。

正確にはラライアに付いてきていた護衛も侍女も、ラライアが扉の外に締め出したのだが。

「どういうつもりですの？　お兄様」

「別になにも」

書類から顔を上げることもなくさらりと答えるライアンに、ラライアの眉がキリリと吊り上がる。

妹の怒っている気配を察知したライアンは、そこでようやく書類から手を離した。

「この時期にあの子が王都に戻ってきているのも、一日の大半を国立図書館で過ごしているのも、毎年のことだろう。最近、足繁く通っているミーシャに会ったとしても不思議ではないじゃないか？」

さらりと返され、一瞬納得しかけたラライアは、首を横に振った。

そして、バンっと机を両手で叩く。

「誤魔化さないでください、お兄様。警戒心が強いあの子が、自分から知らない人に声をかけるはずないでしょう！」

精一杯威嚇するラライアに、しかし、慣れているライアンはどこ吹く風だ。

「確かに話題には出したが大したことは言っていない。隣国から遊学に来ている子がいて、熱心に国立図書館に通ってるとだけ」

ほんの少しも信用していない目が、じっとライアンを見つめる。

それに、肩をすくめて返すと、ライアンは再び書類へと目を落とした。

「まあ、その前にたまたまジオルドが報告書を持ってきていて、そっちのテーブルに置きっぱなしだったから、もしかしたら、何か目に留まったかもしれないけど」

「～～～っもう！　完全に誘導してるじゃないですか。厄介な事になっても、知りませんからね！」

捨て台詞を残して去って行ったラライアの「怒ってます！」と言わんばかりの足音が遠ざかっていくのを聞きながら、ライアンはため息をついて天井を仰ぎ見た。

「すっかり元気になったな」

「よろしいのですか？」

部屋の隅で気配を消しながら書類に目を通していたトリスが、そっと声をかけた。

「ラライアが？　それとも……」

「もちろんあの方ですよ」

そっと手渡された書類には、ある少年の今日一日の行動がまとめられていた。

「あぁ、自分のことをキャロと名乗ったのか。まあ、間違いではないな。もう誰も呼ばなくなった愛称だが、それとて、今ではあの子のものだ」

何か痛みを堪えるように、わずかにライアンの眉が顰められる。

「俺はね、期待してるんだよ、トリス。誰にもどうにもできなかったラライアが、ああして俺に文句を言いにこれるほど元気になったように。ミーシャがあの子を救ってくれるのではないかってね」

つぶやきは、静寂を取り戻した執務室に寂しく響いて消えた。

十五　楽しい時間

「ミーシャ、見つけた。なんで中に入ってこないんだよ？」

ふいに背後から声をかけられて、ミーシャは振り返った。

そこには、仁王立ちしたキャロの姿がある。

「あら、キャロ。こんにちは」

相変わらず帽子を深くかぶったキャロの表情は見えないものの、声は明らかにいらいらしているように聞こえた。しかし、ミーシャは気にした様子もなく笑顔で挨拶をする。

「こんにちは……じゃ、なくて、なんでこんなところで寄り道してるのさ」

同じような時間に国立図書館に来ると言っていたミーシャのメモを信じて、昼前には図書館にいたキャロは、昨日の時間を過ぎても姿を現さないミーシャを捜して、図書館の外まで出てきていたのだ。

入口の所で待ち構えていればすれ違う事もないだろうと思っていれば、当の本人が人待ち顔で立っているものだから、思わず声をかけてしまった。

「まさかもういると思わなくて、外で待っていたら会えると思ったのだけど」

少し恥ずかしそうに答えるミーシャに、イライラしていたキャロはあっという間に機嫌を直した。

「暇だったから昼食前には来てたんだ。ここはご飯もおいしいし」

いつまでも姿を現さないミーシャにイライラしていた自分が少し恥ずかしくなって、キャロは少し早口で答える。まさか、すれ違わないように入り口で待っていてくれていたなんて思ってもいなかったのだ。

「そっか。そういえば、昨日いただいたお菓子もおいしかったもんね」

特に疑問にも思わなかったようにミーシャが答えた時、足元に何かが走ってきて、キャロはとっさに身構えた。しかし、その正体に気づいて緊張を解く。

「……こいぬ？」

走ってきたものの正体はレンだったのだ。そのままレンはミーシャの足に飛びついた。

「あら、レン。戻ってきたの？」

すぐにしゃがみ込んでレンの頭を撫でるミーシャにキャロが声をかけようとした時、遠くからミーシャを呼ぶ声がした。

「おねーちゃーん、待ってる子来たの～？」

「ありがとう、ちゃんと会えたよ～」

ミーシャは、立ち上がると声をかけてきた小さな女の子に手を振った。

「ミーシャ、知り合い？」

キュッと帽子を深くかぶりなおして、キャロはそちらを窺いながら尋ねた。

「そう。私がここにずっといたから心配してくれたの。最初は一緒に待っていてくれたんだけど、レンが退屈そうだったから遊んでもらってたのよ」

足元でお座りしていた白い子犬が、キャンッと元気に鳴いた。

「レン？」

指さすと自分の名前が分かったのか、白い子犬がぴょんッと跳びはねた。

「そう。旅の途中で拾って、それからずっと一緒にいるの。レン、この子が昨日話してたキャロよ」

紹介されたレンは、キャロの前に行儀よく座ると、よろしくというようにパタパタと尻尾を振った。

「凄い、賢いね。言葉が分かってるみたいだ」

キャロは、自分もミーシャをまねてしゃがみ込むと、そっと手を出してレンの頭を撫でてみた。

「うわ。ふわふわだ」

身近にいた生き物は馬くらいだったキャロは、初めて触った子犬の柔らかさに目を丸くした。

「レン、触ると気持ちいいよね」

レンの毛並みに夢中になって撫でていたキャロは、ふいに響いたミーシャとは違う声に身を硬くした。しかし、すぐ隣に座ったのが先ほど声をかけてきた自分よりも小さな女の子だという事に気がついて、すぐに警戒をとく。

「私はアナ。お兄ちゃんはミーシャおねえちゃんのお友達？」

無邪気に首を傾げるアナに、キャロは、少し迷った後コクリと頷いた。

「お兄ちゃんたちは、今日はおじさんたちのお手伝いで船に乗ってるの。お兄ちゃんも見に行こう？」

「え？　なに？」

言われたことを理解する前に立ち上がったアナに手を引かれ、キャロは自分より小さな女の子の手を振り払うのも戸惑われて困ったようにミーシャを振り返った。

「アナのお兄ちゃんとそのお友達が、湖の漁師さんのお手伝いで船に乗っているんですって。湖畔からその様子が見えるから、一緒に見ようって誘ってるのよ」

くすくす笑いながら、ミーシャがアナの言葉を解説してくれる。

「？　そう言ってるのに！」

アナが伝わっていなかったことに拗ねて唇を尖らせた。

「いや、あの説明で分かれって方が無理でしょ」

「もう！　いいからいこう！　お魚たくさん取れたらお兄ちゃんにもわけてあげるね」

ぐいぐいと引っ張られて、戸惑うキャロの背中をミーシャが笑いながら押した。

「少しだけ付き合ってあげて。きっと楽しいよ！」

足元でレンも誘うように鳴くと、先に湖の方へ走って行ってしまった。

「おにーちゃーん！」

湖畔からアナが沖に浮かぶ小舟に向かって手を振る。

船で網をあげていた少年達が声に気づいて、手を振り返してくれた。

「僕と同じくらいの年に見えるけど」

それを隣で見ていたキャロが、ぽつりとつぶやいた。

「お兄ちゃん、もうすぐ八歳だよ」

それにアナが目は湖の方に向けたままで答えた。

「おなじ年だ」

「平民の子供たちは、あれくらいの年にはああやってお手伝いするのが普通なのよ。自分のお家の手伝いの外に、人手が足りないと声をかけられてああしてお手伝いして。その中から自分に合った仕事を見つけて、十歳ぐらいで弟子入りして本格的に働き始めるの」

「お魚もらってくるのよ。今日の夜ご飯！」

嬉しそうに笑うアナと沖に浮かぶ小舟を交互に見て、キャロは黙り込んでしまった。

（やっぱり、貴族の子供みたいだね。商人の子供なら、こんなに戸惑わないだろうし）

自分と同じ年ごろの子供が働いていることに衝撃を受けているキャロに、ミーシャはキャロの正体に一歩近づく。

「あのね、アナもお手伝いするんだよ？　お兄ちゃん達待ってる間、野草を探すの」

黙り込むキャロに何を思ったのか、アナが突然胸を張った。

「お兄ちゃんにも教えてあげる。持って帰ったら夜ご飯のおかずが増えて、お母さんに褒めてもらえるのよ？」

「え？　いや。僕は……」

「だいじょうぶ。むずかしくないよ。アナ、ちゃんと教えてあげるから」

再びぐいぐいと手をひっぱられ戸惑うキャロに、ミーシャは笑って手を振った。

「せっかくだから昨日の実践しよう！　昨日読んだ本に出ていた植物もあるから見つけてみて」

ミーシャの言葉に、キャロは目を瞬いた。

昨日、ミーシャと共に読んでみた中の一冊に植物図鑑があった。そこには確かに「食用に適している」と記述されたものもあったけれど、キャロにとってはそれは文字の中の情報でしかなかったのだ。

「おにいちゃんも知ってるやそうあるの？　じゃあ、教えっこしよう！　おいしいの、あるかな？」

有無を言わさず茂みの中に突入させられて、キャロはなんだかおかしくなってきた。

(僕は本を読むために来たはずなのに、なんで野草探しなんてしてるんだ？)

ちらりと背後を見ると、変装してこっそりついていたはずの護衛が、少し離れたところからはらはらしたように見ているのを見つけた。

いつも無表情で淡々としている護衛の珍しい表情に、さらに笑いがこみ上げてくる。

(あ、ミーシャの護衛に話しかけられてる)

挙句に諦めろというように、ポンポンと肩を叩かれているのを見てしまったキャロは、ついには声をだして笑いはじめた。

「なにかおもしろいものあった？」

「いや、なんでもない。あれ、食べれる野草だと思うんだけど、どうだ？」

きょとんとしたアナに首を横に振ると、キャロは低木に巻き付くように生えている蔓に手を伸ばした。

「あ、すごい。おにいちゃん！　それ、スープにいれるとおいしいのよ！」

手を叩いて喜んだアナも負けずに手を伸ばす。

「お兄ちゃん、どれでもとっちゃダメ。色がうすくて柔らかい葉っぱだけとるの。緑で大きい葉っぱはかたくておいしくないし、つるまでとっちゃったら次がとれなくなるから」

適当にむしろうとするキャロに、アナがまじめな顔で注意をする。

「わかった。色が薄い葉だけを採るんだな」

同じく真剣に頷くキャロを、少し離れたところから見守るミーシャは楽しそうだった。

薄暗い図書館にこもってばかりではいけないと思っていた為、アナたちと会えるようにできないか考えていたのだ。年長組二人がいなかったのは予定外だが、元気なアナのおかげで見事連れ出すことに成功した。しかも、なぜだか野草狩りが始まっている。

（さすがアナちゃん。無邪気パワー炸裂）

なんだかんだでミーシャも年長組二人も、アナのパワーに巻き込まれがちなのだが、初めて会ったはずの少年まで同じ扱いになるとは思っていなかった。昨日は賢さ故に、少し世間を斜めに見ていた様子があったキャロが、今はアナにつられて無邪気に笑っていた。

「あ〜、お兄ちゃん、飛び込んだ！」

突然、アナが指をさして叫び、その手に導かれるように湖に視線をやれば、小舟から泳いでこちらに来る二つの影。

なかなかのスピードで二人、競うように泳いでいた。

「お兄ちゃん、速い速い！」

「二人ともがんばれ～～」

どうやら泳いでいるうちに自然と競争になっていたようで、二人のスピードはどんどん上がっていく。

「すご～い！　がんばれ～」

はしゃいで跳び上がるアナが、岸辺の濡れた泥に足を取られツルッと滑って転びかけた。

「あぶなっ」

隣にいたキャロが、反射的に支えようと手を伸ばしたが、一回り小さいとはいえ勢いの付いたアナの体を支えることができず、二人とも湖の中に落ちてしまった。

幸い、お尻から滑るように落ちたため怪我はなさそうだが、見事に頭まで湖に浸かってしまう。

ガバリと起き上がれば、水の深さは座ってへその辺りまでしかないが、全身びしょ濡れで帽子まで脱げてしまった。

「ああ！　もう！　あんな場所で跳びはねたら、滑るってわかるだろ！」

「えへへ、ごめんね～」

前に落ちてきた髪をかき上げながら文句を言うキャロに、アナが笑いながら謝った。

「お前～、絶対反省してないだろ！」

長い髪から水を滴らせながら笑うアナの頭を、キャロが呆れた顔をしながら軽く小突いた。

「なにやってんだ、アナ。そして、こいつ誰？」

そこに丁度泳ぎ着いたユウが声をかけた。少し遅れてテトも到着する。

「先にスタートするのずるいだろ。やり直しだ、やり直し！　で、だれ？」

ユウとテトは、小舟の上から見知らぬ少年がいるのに気づいていた。

ミーシャが一緒にいるのは見えたから、変な人物ではないだろうと思う。けれど、見知らぬ少年がアナの側にいるのはやはり落ち着かずそわそわしていたら、本日の雇い主に一段落ついたから帰っていいと解放してもらえたのだ。

漁を中断して送ってもらうのも悪いし、いちいち反対側にある船着場から回ってくるのが面倒で、湖に飛び込んだのはご愛嬌だ。

今日は久しぶりの晴天で、蒸し暑かったため丁度良かったのもある。

「だれ？　お兄ちゃんはミーシャおねえちゃんのお友達よ？　名前は……あれ？　なんだっけ？」

「「知らないのかよ！」」

首を傾げるアナに同時に突っ込むユウとテト。

それを見て、ミーシャが大笑いしている。

「あ～～、キャロだ。よろしく」

のどかなやり取りになんとなく毒気を抜かれ、キャロは名前を名乗ると手を出した。

「……ユウだ。妹がすまない」

「テトだよ。二人とは幼馴染。ところで、この帽子キャロの？」

差し出された手を一瞬戸惑ったように見てから握るユウに、水に浮かんで流されそうになっていた帽子を拾い上げ差し出すテト。

それを見て、ようやく自分が帽子をかぶっていないことに気づいたキャロは、驚いた顔で頭に手をやる。

「……ああ、僕のだ。ありがとう」

何気ない顔で帽子を受け取り、キャロはどうしようかと迷う。

帽子をかぶらず髪をさらすのは、あまりよくないことだと言われていた。しかし、いまさら慌てて被っても遅いし、そもそも濡れた髪で濡れた帽子をかぶるのも不自然極まりない。

迷うキャロに気づかずに、アナが後ろからツンッとキャロの髪を引っ張った。

「キャロの髪、キラキラで綺麗ね。アナの髪よりキラキラ」

「確かに、きれいな色だな」

「お前らも似たようなもんだろ。俺だけ真っ黒でつまんねぇ」

自分の髪もひっぱってにこにこ笑うアナと、頷くユウに嘆くテト。

それを見てキャロは、知らないうちに緊張していた肩から力を抜いた。

父親譲りの金髪に青い瞳。

さらして歩けば身元を表明しているようなものだと、ずっと言い聞かされていたのだ。

だけど、目の前の子供たちは気にしない。

ただ、きれいな色だとほめて、それだけだ。

キャロは、なんだか笑いたいような、泣きたいような複雑な気持ちだった。

その気持ちをなんと表現していいのかわからずに、口を開いては閉じるを繰り返してしまう。

そんなキャロに、子どもたちが不思議そうな顔をして何か言おうとした瞬間。

「キャワワン！」

岸辺から、勢いよくレンが飛び込んできた。最初は大人しくミーシャと待っていたのだけれど、

いつまでも上がってこない子供たちにしびれを切らして、自分も水遊びに参加しようとしたのだ。

子狼の小さな体と言えど、勢いがついていれば派手に水しぶきが上がる。

結果、座り込んだまま話していた子供たちは、盛大に頭から水しぶきを浴びることとなった。

すでに濡れているからいまさらだが、顔にかかるのはいただけない。油断していた分、運が悪かったテトは、思いっきり水を吸い込んでしまいせき込んでいた。

「レ～～ン～～」

「キャウ？」

うらめし気な声をあげるテトに、レンは「なに？」というように可愛らしく首を傾げた。しかし、なぜだかその目は笑っているように見える。

「お前、絶対ねらってやっただろ！」

とびかかるテトを華麗によけるレン。

突如始まった鬼ごっこは、盛大に水しぶきをまき散らし、被害者を多数生み出す。

「うわ！　テト、お前こっちに被害が！」

「やん！　泥がはねたぁ！」

「馬鹿、こっちに来るな！」

大騒ぎが始まった水辺から、ミーシャは三歩後ろに下がった。

「う～ん。三人はともかく、キャロ君には着替え用意した方がいいかしら？」

楽しそうにはじける笑い声は、もう少し収まりそうになかった。

一度打ち解けてしまえば、子どもたちが仲良くなるのはあっという間だった。

そこには、大人たちの定めた身分など関係ない。

もっとも、キャロにつけられていた護衛達にとってはびしょ濡れになったことは大問題だったようで、いつの間にか用意されていた大きな布でぐるぐる巻きにされた後、速やかに回収されていった。

「すぐ戻って来るから図書館でまってて！」

結局ほとんど話すことのできなかったミーシャに、キャロは連れ去られながらも大きな声で宣言していった。

子供たちも手伝いが無事終わったことを報告に一度家に帰るというので、ミーシャは予定通り国立図書館で過ごすことにした。

「では、私はレンを王宮の方に連れて行ってきますので」

「はい、図書館のいつもの所にいますね」

びしょ濡れドロドロのレンを図書館の中に入れることもできないので、こちらもテンツが回収搬送を買って出てくれた。

ミーシャも一緒に戻ろうかとも思ったけれど、既に何度も通っている図書館の中だし短時間なら問題ないだろうと残ることに決めた。

「できれば一階の職員待機所近くにいてくださいね」

少し心配そうなテンツに頷くと、ミーシャは図書館の前で一人と一匹と別れて中に入った。

図書館から王宮まで、テンツの足なら往復で三十分もあれば戻ってくるだろう。

（テンツさん、心配性だな）

そんなことを思いながら、たまには物語でも読もうかとミーシャはいそいそと本棚の方へと足を進めたのだった。

十六　キャロの正体

「君、ちょっといいかい？」

不意に声をかけられて、ミーシャは読んでいた本から顔をあげた。

読む本を選ぶために本棚の間を歩き回り、気になる本を手にして中身を確認していたのだ。

一階はあらゆるジャンルが大量に並べられているため、逆に選択が難しい。

読むものが決まっていないと、延々と本の海を泳ぐことになる。

もっとも、ミーシャにとってそれはそれで幸せな時間と言えるのだが。

そんな幸せな時間を唐突に遮った犯人は、見知らぬ男性だった。

仕立ての良い服に艶のある髪や肌は明らかに金がかけられており、男が富裕層の一員であることを示していた。

「その髪と瞳の色。君が噂の『森の民』の子だろう？」

じろじろとぶしつけな視線が値踏みするように全身を走り、不快感にミーシャは微かに眉を顰める。それでも、どこの誰かもわからぬ以上失礼な態度はとれないと、ミーシャはその不快感を呑み込んだ。

「どちら様でしょうか?」

一応お忍びのため気軽な格好をしているが、これでもミーシャの立場は隣国の公爵令嬢である。無視して立ち去ってもよかったのだが、年長者に対してミーシャの常識がそんな失礼なことはできないとストップをかけた。

「ああ。名乗りもせずに申し訳ない。私はヤゴール伯爵家のものだ」

微妙に上から目線の上、家名だけで名前は名乗らない相手に、ミーシャは眉を顰めた。

(ヤゴール伯爵って、確かそれなりに大きな商会を持っているところだったっけ? 当主は高齢だけどまだまだ現役で、四人いる息子の誰もまだ後継として指名していないって聞いた気がする)

礼儀作法の一環で、ミランダに貴族一覧を見ながら各家の特徴を教わっていたミーシャは、記憶の引き出しを引っ張り出した。

胡散くさい笑みを浮かべた男は、まだ随分と若く見えた。

(長男さんの息子の誰かか、年が離れているという四男さんか、どっちかしら?)

どちらにしても、貴族としてみるならアウトである。

お互い跡継ぎでない立場である以上、生家の身分に左右されるのが貴族社会だ。

あちらは伯爵家、ミーシャは公爵家。

本来なら、正式に名を名乗り話しかけてもいいかお伺いを立て、許されてから会話スタートだ。

お互いお忍びであることを考慮すればそこまで堅苦しくなくても大丈夫ではあるが、それは暗黙の了解というやつで、一方的に上から目線な行動をしていいわけではない。

(まあ、ミランダさんに教えてもらうまで私も知らなかったんだけど)

さらに実を言えば、この国の貴族がミーシャに個人的に接触することは王命により禁じられているのだが、そこはミーシャの知らない話である。

じっと相手を見つめたまま黙り込んだミーシャに何を思ったのかは分からないが、男がペラペラと話し出した。

「王妹殿下の治療に携わる栄誉を得たと聞いているよ。この短期間で夜会に出れるまでに、殿下の体調を復活させたとはすばらしい。さすが、幻の一族と言われるだけあるね」

「……はぁ？」

何が言いたいのか良く分からなくて、ミーシャは首を傾げた。

「さぞかしその他にも、素晴らしい薬を持っているのだろう？　中には死人を生き返らせたり、不老不死になったりする薬もあるとうわさに聞いているよ」

「え？　そんなものあるんですか？」

流れるように覚えのない薬の存在をまくしたてられて、ミーシャは思わず目を瞬いた。そんなものまで調合できるとしたら『森の民』を捕えようとする人が出るのもうなずける。

「あぁ、分かっているとも。一族の秘密なんだろう？　だが、その秘術を独り占めするのはよろしくないと思わないかい？　その秘術があれば救われる命がたくさんあるというのに」

嘆かわしい、とでもいうように額に手を当て首を振る男は、ミーシャの言葉など何も聞いていないようだった。芝居がかったそのしぐさに、ミーシャの困惑は深まるばかりだ。

「あの、お身内に具合悪い方がいらっしゃるのですか？」

それでもどうにか真意を探ろうと会話の努力をするミーシャに、男は我が意を得たりというように一歩詰め寄った。

ぶつかりそうな勢いに、思わずミーシャも一歩下がる。ついでに手を伸ばされたので、持っていた本を胸に抱き込むようにしてガードしてみた。

空を切った手に、男の顔が一瞬不快そうにゆがめられたが、またすぐ元の胡散くさい笑みに戻った。

「幸い私の家族は健康だけど、世の中には幻の薬を待ちわびている人間がたくさんいるんだよ、お嬢ちゃん。私の家は手広く商売をしていてね。家の商会を通せば必要な人のもとに効率よく薬を販売できるんだ。もちろん少しばかり手数料はもらうが、君にもたくさんのお金が手に入る。いい話だろう？」


男は、ヤゴール伯爵家の四番目の息子だった。見る目もなければやる気もなく、ただ特権を享受しているだけの甘やかされた、という枕詞がつくが。そして、そういう人間の例にもれず、プライドだけは山のように高かった。

老年に差し掛かろうというときにできた末の息子に、普段は甘い父親も商売の事に対しては堅実で、兄たちと違い大きな案件を任せることはなかった。子供としては溺愛していても、商売人の目で見れば一人前には程遠いとの判断からだった。

しかし、男はそれを不満に思っていたのだ。自分だってやればできるのにチャンスを与えることもしないなどひどすぎる、と。

だから、商売の種を探すという名目で、ぶらぶらと街を歩き回り時間を潰していた男は、たまたまミーシャを見かけて歓喜した。

ヤゴール伯爵は、先の戦争では物資輸送で多大な功績をあげ、伯爵ではあったが、ライアンと直接対話できる位置にいた。ミーシャの話も『森の民』の話題も当然情報を持っており、家族団らんの時に話題に出したりもしていた。

男は、その話の都合のいいところだけを覚えていたのだ。

父親はきちんと不可侵の命が出ていることも言っていたのに……。

その話通りの色を持った美しい少女が街を歩いていた。護衛らしい騎士を連れているがたった一人だけだ。平民の子供に声をかけ、擦りむいた膝に薬らしきものを塗ってやっているのも見かけた。

無邪気な笑顔は、ひどく善良で人がよさそうに見えた。

(チャンスじゃないか！)

薬がなくて困っていると罪悪感を刺激して、うまく誘導して薬を手に入れる。

王妹殿下御用達の薬。さらには『森の民』のブランド付きだ。どれほど高値を付けても欲しいという客は現れるだろう。さらに、噂の『森の民』と交渉できる権利を得たと言えば、自分の価値も上がるはずだ。

自分は金と名声を手に入れ、少女も苦労せずに大金を得ることができるだろう。

どちらにも損のない素晴らしい提案だと男は自分に都合のいい夢を思い描き、ゆがんだ笑みを浮かべた。

当然、街で少女を見つけたことは誰にも言わなかった。せっかく見つけたチャンスを誰とも分け合う気などなかったからだ。

（父さんも、商人たるもの他者を出し抜いてこそ一人前だって、いつも言っているからな）

さすがに護衛がいる時に話しかければ止められてしまうだろうと思ったので、男にしては辛抱強く時を待った。当然のように仕事はさぼったし部下に押し付けたけれど、大事の前の小事と気にしなかった。部下たちもある意味いつもの事だったため、ため息一つで呑み込み、幸か不幸か男の行動はどこにも発覚しなかった。

そして、賽は投げられたのである。


（え？　商売？　なんで？）

一方的にまくしたてられて、今度こそミーシャは途方に暮れた。

（確かに私は薬の調合ができるけど、症状も分からない人に合わせて薬を作るなんてできないし、そもそも、この人の求めている薬って何なのかしら？）

なんと返事していいのかもわからず黙り込み、思ったような反応を見せないミーシャに男はじれったくなってイライラしてきた。

「まあ、いいです。どんな薬をどれくらい作ってもらうかは、今から詳しくお話ししましょう。店にご案内しますよ」

こんな子供相手に契約書など必要ないとは思ったけれど、取引を行うには書類を交わさなければ父親が納得しないだろうと、男はミーシャの手を引いた。

場所を移して、おいしいお菓子や宝石でも見せれば素直になるだろうと思ったのだ。

一方、突然腕を掴まれたミーシャは、驚いて体をこわばらせた。

突然現れて、理解できないことをまくしたて、どこかに連れ去ろうとする男が怖くて仕方なかった。大体、先ほどから話が通じている気がしない。

引っ張られる力に抗って、どうにか手を振りほどこうと暴れた。

「いやっ、離してください」

「は？　なんで動かないんだよ。さっさとしろよ」

男は、こんな素晴らしい儲け話に乗ってこないなど意味が分からず混乱する。

体の小さなミーシャが多少暴れたところで、男の手が緩むことはなかったけれど、大きな声を出されると人が何事かと寄ってきてしまう。

「誰のためかもわからない薬なんて作れません。大体、あなた誰なんですか⁉」

涙目で叫ぶミーシャに、男の焦りがピークになる。そもそも男はきちんとヤゴール伯爵家のものだと名乗ったのに、警戒される意味も分からなかった。

「そんなことを言って、薬を独り占めする気なんだろう！　なんてずるい子供だ。だまれ、うるさい！」

男の手が振り上げられるのを見て、ミーシャはとっさに目を閉じて衝撃に身構えた。

「なにしてる！　その手を離せ！」

しかし、悲鳴を上げたのは男の方だった。

「ミーシャ、大丈夫⁉」

焦ったような声は聞き覚えがあって、目を開けるとキャロが心配そうに顔を覗き込んでいた。

その背後では、男が頭を押さえてうめいている。背後に、分厚い本が落ちていた。もしかして先ほど聞こえたガンッという鈍い音は、あれで殴ったのだろうか？

「ああ、本を粗末に扱ってごめん。とっさに投げつけた」

ぽかんとした顔で本に目をやったミーシャに気づいたキャロが、少し申し訳なさそうな顔で謝った。

「まあ、破損もなさそうだし緊急事態だから許されるよね」

「ふふ……そうね。怒られたら、一緒に謝ってあげる」

いたずらが見つかった子供のように、悪びれた様子もなくつぶやくキャロに、ミーシャは思わず笑ってしまう。恐怖と緊張に固まった体から、いい具合に力が抜けるのを感じた。

「な……にをのん気に笑っているんだ。俺を誰だと思っている！」

突如与えられた暴力から立ち直ったらしい男が、頭を押さえながら立ち上がる。

「え？　子供をさらう変質者？」

キャロが見たのは何かわめきながらミーシャの腕をつかみ、殴ろうとしていたところだけである。

当然すぎる感想だった。

「だれが変質者だ！　俺はただ、そいつが秘薬を独り占めしようとするから説得していただけだ」

「は？　おじさん、人を説得するのに殴るの？　それってただの暴力じゃん」

男の叫びに、キャロが冷めた視線を向ける。

「だいたい、秘薬ってなんだよ。ミーシャ、心当たりは？」

「わからない」

突然話題を向けられて、ミーシャは反射的に首を横に振る。

「しらばっくれるな。『森の民』の薬と言えば、死人もよみがえらせると有名じゃないか。それを秘匿しようなんて重罪だ。俺は良かれと思って薬の販売を持ち掛けてやったのに！」

「死人をよみがえらせる薬って、おとぎ話じゃあるまいし。子供じゃないんだから現実見ようよ、おじさん」

呆れを通り越して、かわいそうなものを見る目を向けるキャロと男の温度差に、ミーシャは噴き出しそうになるのを必死にこらえた。さっきまでの恐怖の反動か、どうも情緒がおかしくなっているようである。

「おのれ‼　平民風情が偉そうに！　不敬罪で罰してやる！」

ついに飛びかかろうとした男の体を、背後から伸びた手が押さえた。

そのまま、鮮やかな手腕で組み伏せるのは、一見何の変哲もない男性だった。

しかし、その顔が、びしょ濡れのキャロを抱えていった人と同じで、ミーシャはほっと息を吐いた。

「もう。無茶をするなら離れて護衛させるのやめましょうよ。あなたに怪我されたら、物理でオレの首が飛ぶかもしれないんですよ？」

抵抗されないように男の腕を後ろ手に捻り上げ、どこからか出したロープで手早く縛りながら、のんびりとした口調で愚痴を吐く己の護衛をキャロは鼻で笑った。

「これくらいの距離で護衛対象を怪我させる程度の腕ならやめてしまえ」

「上司が辛辣で心が折れそうなのですが……」

「なにをオレの上でしゃべっているんだ！　はなせ！　俺を誰だと思っている！　伯爵家の息子だ

ぞ。お前たち、絶対に許さないからな！」

うつぶせに床に押さえつけられた屈辱で顔を赤く染めながら男が叫んだ。

「はいはい。話しはあっちで聞くから。図書館では静かにね～」

そのころには騒ぎを聞きつけた図書館の警備兵が駆けつけてきて、男は、そちらに引き渡されると速やかに連行されていった。

「ミーシャ、行こう」

言葉少なに護衛に声をかけたキャロは、わめきながら去っていく男を見送っていたミーシャの手を優しく引いた。

先ほどの男とは違う、自分より小さな優しい手は、ミーシャを安心させた。

ぼんやりと手を引かれるまま、ミーシャは図書室を出て、裏の応接間の一つに連れていかれた。

「ミーシャ、飲んで」

ミーシャは、気がつけばソファーに座っていて、温かな紅茶の入ったティーカップを持たされていた。

「びっくりしたよね。大丈夫。ここにはもう怖い人はいないから」

優しいキャロの声に促されるまま、紅茶を一口飲んだミーシャの瞳からポロリと涙がこぼれ落ちた。

無理もない。

荒事とは無縁の森の中で暮らしていたミーシャにとって、声を荒げる大人も実際に暴力を振るわれそうになったことも初めての経験だった。

驚いて、怖くて、逃げ出したかった。

「もう、大丈夫」

キャロは、声もなく涙を流すミーシャに、もう一度同じ言葉を繰り返した。

気休めにもならないかもしれないけれど、ここは安全なのだと繰り返すしかできなかった。

濡れた服を着替えるために連れていかれて、楽しかった気持ちを抱えたまま戻ってみれば、ミーシャが見知らぬ男に暴力を振るわれそうになっていた。

その光景を見つけた時の衝撃は計り知れない。

反射的に側の本棚から掴んだ本を、男の頭に投げつけられたのは、日ごろの訓練のおかげだろう。

高貴の出ゆえに、常に誘拐や暗殺の危険と隣り合わせの生活を送るキャロは、幼少期から緊急時の対処を学ばされていた。護衛が側にいる生活で何の意味があるのかと思っていたけれど、反射で動けるほどに体に対処法をしみこませてくれた、あの食えない護衛に初めて感謝しそうになったほどだ。

（まさか自分を守る為じゃなく、他人のために動くとは思ってなかったけど）

抱きしめるには小さすぎる体で、それでも、こういう時は一人は不安だろうとキャロはそっとミーシャに寄り添った。

「大丈夫。怖い大人はしっかりと罰を受けるからね」

いささか不穏なことを呟いていたキャロの言葉に、幸い自分の中の恐怖と闘っていたミーシャは気づかなかった。

「おじさん、ミーシャの警備体制、甘いんじゃない？」

その日、ミーシャに近づいてきたふとどき者の後始末を終えて、ようやく戻ってこれた執務室で自分を待ち構えていた小さな影に、ライアンは肩を落とした。

「まさか、あれほど警告を出したのに、手を出そうとする馬鹿がいると思わないじゃないか」

うんざりしたようにため息をつくライアンに、帽子を取ったキャロは、肩をすくめた。

「知らないの？　馬鹿は何言ったって理解しないんだよ、馬鹿だから。警告だけ出したって無駄だと思わない？」

キャロは、絶対にミーシャには見せないであろう、意地の悪い顔で笑った。

キャロ。

ミーシャにはそう名乗ったが、少年の本当の名前はカロルスと言った。即位半年で崩御した前王カロルスの忘れ形見である。

父親が亡き後に、生まれて間もない赤子は、母親のたっての希望で父の名前を受け継いだ。

ライアンが王になるとき、次代は兄の子に王冠を返すと宣言したため、反対勢力に命を狙われる危険を感じて、ひっそりと隠されて育てられた『幻の王子』。それが、彼の正体だった。

普段は前宰相の領地で過ごしているのだが、この祭りの時期だけは母親の希望で王都へと帰ってきていた。なんでも母親と父親が出会った思い出の日だそうで、母はこの時期は王墓へと日参して父を偲ぶのが習慣だったのだ。

（なんともロマンティックだね）

そんな母親を少し冷めた目で見つめつつも、カロルスにとっても、この時期は数少ない自由時間であった。正確には、何もしないでいい日、だが。

とはいっても、特にしたいことも思いつかず、国立図書館でぼんやりと本を眺めて過ごすのが常だった。

キャロは、亡き父親の愛称だった。

幼いライアンが兄の名を呼ぼうとして舌が回らず「キャロリュシュ」と呼んだのが始まりで、それも長くていいにくかったのかいつしか「キャロ」に縮み、いつの間にか家族やごく親しいものが使う愛称になっていたそうだ。

幼い頃から父の婚約者として共に過ごしていた母もそう呼んでいたそうで、懐かしそうに話してくれる母親の表情から、幼いカロルスにその愛称は幸せの象徴のようにしみこんでいった。同じ名前の自分が、母や周囲からそう呼ばれる事はなかったけれど。

だから。

叔父のライアンを訪ねて行った部屋で、何気なく目を通したミーシャの旅の報告書に興味を惹かれ、国立図書館に会いに行った時。

何も知らないミーシャに名前を聞かれて、ついうっかり魔が差したのだ。

今はもう、誰も呼ぶことのない愛称。

幸せの象徴として刷り込まれてしまったその名前で呼んでもらえたら、どんな気持ちになるのかと、そう思ってしまった。

叔父は自分を中継ぎの王と称し、正統な血筋に戻すのだと、次代の王に兄の忘れ形見であるカロルスを指名した。

まだ生まれたばかりの赤子に、望んでもいないでっかい重荷を押し付けたのだ。

母親をはじめとした周囲は、大切に育ててくれた。

二言目には「父のように」と言いながら。

カロルスは優秀な子供だった。一を聞いて十を知り、剣術や体術を学ばせれば見る見るうちに上達していった。一度聞いた事を忘れることはなく、手本を示せば応用すらして見せたのだ。

母親は歓喜した。

命を懸けて守ってくれた愛しい夫の忘れ形見を、誰よりも立派な王にするという未来に固執して、情熱を傾けた。

結果、カロルスは母のぬくもりの代わりに過剰な教育を詰め込まれ、冷めた子供に成長してしまったのだ。

誰もが、自分の後ろに亡き父を見る。

自分は何のために生きているのか。

優秀ゆえに泣くこともできず、カロルスは徐々に荒んでいった。

ミーシャに興味を覚えたのは、立場は違うが自分と同じにおいを感じたからだ。

まだ十三歳なのに大人顔負けの知識を持ち、実際にそれを駆使して人を助ける子供らしくない子供。薬草の知識以外にも機転が利くのか、カルト教信者の起こした事件を解決した話は、まるで物語の中の主人公のようだった。

そして、不慮の事故で母親を亡くしたばかりだという。

だけど、実際に会ってみて、カロルスはがっかりした。

いつでも心のどこかが冷めているカロルスと違い、ミーシャは温かかった。

（僕とは全然違う）

どこの誰とも知らないただの「キャロ」と目線を合わすように話をしてくれて、何でもないようなことにも「すごいね」と褒めてくれた。少し試すようなことをしてみても最初と変わらず、自分より幼い、ただの子供として接してくれた。

誰よりも早く、大人であることを求められてきたカロルスには、新鮮な体験だった。

転た寝すれば、行儀が悪いとたたき起こすのではなく、優しくブランケットで包んで、あやすように髪を撫でてくれた。あの時湧き起こった何とも言えない気持ちを、カロルスは今も忘れられずにいる。

そして、ミーシャに紹介されて平民の子供たちとあんなふうに遊んだのも、初めての事だった。

そこでは立派な王様を目指す跡継ぎではない、ただの年相応の子供になれた。

びしょ濡れになって、お腹が痛くなるくらい笑って、そして心のどこかがぽかぽかとするのを感じた。

（きっとあれが幸せっていうんだ）

王になる。それは、今のカロルスには大人たちに押し付けられた夢《感傷》でしかなかった。

特にしたいこともないし、逆らう理由もないから漫然と従っていたにすぎない。

だけど……。

思い出すのは、楽しそうな笑顔と声もなく涙する姿。

「ねえ、ライアン叔父さん。ちょっと守りたいもの《欲しいもの》見つけたから、少し真面目に王様目指すね」

「は？」

突然のカロルスの宣言に、ライアンは目を白黒させた。

どこかで「だから厄介なことになるって言ったのに」とため息をつく、ラライアの声が聞こえた気がした。

十七　不穏な気配

カーテンを閉めた薄暗い部屋の中、コンコンと苦しそうな咳が響く。

老婆は、数日前から体調を崩して、止まらない咳に苦しんでいた。

「熱も下がらないし……。やっぱりお薬買ってくるわよ？」

娘は年老いた母の背中を心配そうにさすりながら声をかけた。

「……薬飲むほどじゃないよ。寝てれば治るさ」

咳き込みすぎて少し嗄れた声で老婆は答えた。

年老いた母娘の二人暮らしだ。けして楽ではない生活の中、薬代を捻出するのは大変だ。

それをよく分かっているから、軽い風邪程度で薬を買うのは気が引けた。

たとえ、それがいつまでも倦怠感と微熱が引かず、なんだかいつもと様子が違うと感じても。

……老婆は不安を自分の年のせいだと片付けた。

七十を過ぎてだいぶ経つ。昔と違って体力も落ちたのだから、治りが遅くてもしょうがない、と。

「……でも」

それでも心配そうな娘に、老婆は皺だらけの顔で笑ってみせた。ここ数日続く微熱のせいで、すっかり窶れてしまったその笑顔は、痛々しいだけではあったが。

「暑くなったり寒くなったり、雨のせいで湿気も酷いしね。なぁに、お天道様が顔を出せば、すぐ元気になるよ。さ、良いから、あんたは仕事にお行き。気になるなら、たんと稼いで、なんか美味しいものでも食べさせておくれよ！」

渋る娘をどうにか部屋から追い出して、老婆は閉められたカーテンの隙間から外を眺めた。

さっき、ようやく止んだと思った雨が、また、しとしとと降り出していた。

「まったく、変な天気だよ。雨は止まないのに、妙に蒸し暑いし……。まるで、あの時みたいじゃないか」

忌々しげに空をにらんだ時、また、込み上げてきた咳の発作に老婆は体を二つに折って噎せた。

脳裏をよぎった不安は、咳の苦しさにどこかに飛んで行ってしまう。

そうして、薄暗い部屋の中、老婆の苦しそうな呼吸だけが静かに響いていた。


「見つけた～。みんな、何してるの？」

降り続く雨の合間をぬってアナ達の家を訪ねたミーシャは、子供達は湖に出かけたと聞いて捜していたのだ。

湖の岸辺の藪の中に入り込んでいた三人を見つけられたのは本当にラッキーだった。

大人の腰ほどはある葦のような植物の陰になって岸辺からは見えにくかったのだ。

突然茂みの中に飛び込んでいったレンの行動と、「ここら辺にいるはず」と教えられたポイントに子供の小さなサンダルが置いていなければ、そのまま見過ごしていただろう。

「あ～、レン！　それにミーシャお姉ちゃん！」

突然レンに飛びつかれてよろけながらも顔をあげたアナは、頬に泥をつけたままニッコリと笑顔を浮かべた。

そのまま、ゴソゴソと藪をかき分けて、足元にはしゃぐレンを引き連れたままミーシャの元へとやってくる。レンは、アナがミーシャのもとにたどり着いたのを見届けると、再び湖の方へと駆け下りていった。おそらく、まだ湖で何かしている少年二人の元へと行ったのだろう。

「あのね～、昨日しかけたワナを見てたの」

岸辺の泥に浸かっていた足だけでなく、簡素なワンピースの裾まで水で濡らしたアナは、満面の笑みで教えてくれた。

「お魚取ってたの？」

「うん！　キャラス！　お婆ちゃんが元気ないから、食べさせてあげようって思って～」

元気一杯の返事にミーシャの頬が一瞬引きつった。

脳裏にバケツの底でうごめいていた姿がよぎる。

見た目はアレだが、この町では本当にあれが滋養強壮の一つとして市民に親しまれているらしい。

「とれた？」

「うん。さっき、一匹かかってたの！　もう一つのワナにも、はいってるみたい」

引きつったミーシャの表情にも気づかず、アナが嬉しそうに頷いた。

最近、体調を崩して寝込みがちな祖母に食べさせてあげられると思えば、嬉しさもひとしおなのだろう。

「大漁！　もう一つの方に二匹もかかってたぜ！」

そこに泥だらけになった少年二人が満面の笑みで戻ってくる。手に持っている竹で編んだ深い籠を掲げて見せる様子は、本当に満足そうだった。

ユウの言葉に、アナが跳び上がって喜んでいる。その様子に、少年たちと共に戻ってきたレンも楽しそうに一緒に跳びはねる。ちなみにその体は、いつの間にか子どもたちとお揃いに泥まみれになっていた。

「すごいね！　今夜はご馳走だね！」

（……トマト煮、は、美味しかった。おいしかったよ、ね。うん）

はしゃぐ子供たちの様子に、ミーシャはそっと心の中で自分に言い聞かせた。

興味深そうにのぞき込んで匂いを嗅いでいるレンと違い、テトの持つ籠の中を覗く気にはなれなかったが……。

「姉ちゃん、どうしたの？」

一頻り、キャラスが取れたことを喜び合った三人は、ようやく意識をミーシャの方へと向けた。

いつも元気なミーシャがなんだか少し疲れたように見えて、アナたちは不思議そうにミーシャを覗き込んだ。それに、ミーシャは苦笑しながら首を横に振る。

「何でもないわ。トマトのお礼にお家に行ったのだけど、みんながいなかったから捜しにきたの。それより、お婆ちゃん、病気なの？」

ミーシャに尋ねられた子供達は、心配そうに顔を見合わせた。

「……病気、ってほどでもないんだけどさ。元気ないんだ」

「身体がだるいってよく横になってる」

「お熱もチョットだけ高いの。お婆ちゃん、年寄りは疲れやすいんだって言うけど……」

（風邪の初期症状かしら？）

しょんぼりとした三人の様子に、ミーシャは子供たちが次々に口にした症状から見当をつける。

「あのねお姉ちゃん、自分でお薬つくれるの。前にアナちゃんが怪我した時に使ったお薬もお姉ちゃんがつくったのよ？　だから病気の事にもちょっと詳しいんだ。良かったら、お婆ちゃんが病気かどうか診てみようか？」

柔らかなアナの蜂蜜色の髪を撫でながら、ミーシャはニッコリと微笑みかけた。

「ほんと!?」

アナの目が驚きに見開かれる。

「もちろん。でも、とりあえず、手と足の泥を落としましょう？」

「うん！」

無邪気に喜ぶアナの横で、ユウとテトが少し戸惑ったように顔を見合わせた。

ユウ達は薬が高価なものだと言うことを知っていたのだ。野菜を作って商売しているユウの家は食うに困る事は無いが、気軽に医師にかかれるほど裕福な家庭でも無い。

その戸惑いを読み取って、ミーシャはクスリと笑うと少年達二人の頭を撫でた。

「お友達のお婆ちゃんのお見舞いに行くのは、不思議議じゃ無いでしょ？　それで、症状にあった薬をたまたま持ってたら分けてあげるのも。ね？」

「……うん！」

柔らかな笑みとともに促すように軽く背中を押されて、二人は泥を落とすために急いで湖へと駆けおりていく。

「あ、まって！　おにいちゃ～ん！」

慌てて後を追いかけるアナとレンに、ミーシャも笑って湖へと下りて行った。

泥だらけのレンをどうにかしないと何処にも行けない。

洗われるのを嫌がったレンが逃げ、それを捕まえるために子供たちが追いかけるうちに、すっかり水遊びになってしまったのは、まあ、予想の範疇内だった。その勢いで、ミーシャまで巻き込まれてしまったのは想定外だったが……。

はしゃぐ子供たちの様子を見て、タオルと着替えを用意するためにテンツはそっとその場を離れた。


倦怠感と咳の発作。熱は高くないが、夜になると微熱が出る。覗いた喉は赤く腫れていたけれど、咳が続いたためだろう。

胃のむかつきもあるため食欲が落ちていた。

「風邪の初期症状でしょうね。喉の痛みを抑える薬と胃薬を出しておきます。食事をとる少し前に飲んでください。念の為、解熱剤も置いておくので、発熱した時に飲んでくださいね。後は、食欲がなくても栄養があるものをできるだけ取ってください」

裏庭に面した寝室で横になっていた老婆は、孫とそれほど年の変わらない幼い少女に少し面食らっていたものの、落ち着いた所作で診察されるにあたって、申し訳なさそうな表情になった。

孫達が連れてきた少女が「薬師」だと名乗ったときは、てっきり親がそうである子供のごっこ遊びだと思っていたのだ。

子供の遊びに付き合ってあげようという軽い気持ちで受け入れたら、どうも「本物の」薬師であるらしい。

説明とともに並べられる薬も、おそらく「本物」なのだろう。

「診察していただいてから申し訳ないのですが、この程度の病で薬を買うほどの余裕は我が家には無いのです」

困り顔で断りを入れる老婆に、ミーシャはゆっくりと首を横に振った。

「お金をいただくつもりはありません。私は薬師ではありますが、商売をしているわけではありません。隣国より遊学にきた身で、商売する予定もないんです。今日は、お友達のお婆ちゃんのお見舞いに来ただけですから」

ミーシャの言葉に戸惑いつつも、老婆は、簡単に首を縦にふることは出来なかった。

ミーシャが何気なく手渡そうとしている薬が、自分たち家族の三日分の食費くらいの価値があることが分かっていたからだ。

困った顔で受け取ろうとしないアナ達の祖母に、ミーシャも困ってしまう。

まさか、受け取ってもらえない事態が起こるとは考えもしていなかったのだ。

戸惑い顔を見合わせる一同に、壁際で待機していたテンツがスッと一歩前にでた。

「ミーシャ様は、お孫さん達のおかげで、行き詰っていたお仕事の現状を解決する糸口を掴むことができました。そのお礼と思って、どうぞ受け取っていただけないでしょうか？」

生真面目な表情そのままに告げる言葉は柔らかな思いやりに満ちていて、そのギャップに強張っていたその場の空気がフッとほどけた。

「アナちゃん達、本当にお婆ちゃんのこと心配していて、少しでも力になりたかったんです。そもそも、この薬草も元々私の住んでいた森に生えていたものを私が摘んできたものです。必要な人に使ってもらえたほうが、嬉しいんです」

テンツの支援に力を貰って、ミーシャはジッと相手の瞳を見つめた。その横で、アナ達も必死の表情でコクコクと頷いている。

複数の真剣な瞳に見つめられ、老婆は、ぎこちないながらも口元を笑みに綻ばせた。

「心遣い、いただきますね。ありがとうございます」

「はい。足りなくなったらおっしゃってくださいね！　というか、また様子を見に来させてくださいね！」

やっと了承の言葉を得たミーシャは、満面の笑みを浮かべた。

勢い込んで言葉を重ねるミーシャの姿は、大好きなものを手に入れた子供のようで、垣間見えたその幼さに、老婆はようやく自然な笑顔を浮かべることができた。

（立派な薬師様のようだけれど、やっぱり子供なのね）

森に住んでいたといっていたから、この少女にとっては貴重な薬草も野に生えている草花と同じ価値なのかもしれないと老婆は考えた。そう思えば、幼いアナが野草の花束を差し出してくる笑顔と被って見えるから不思議なものだ。

それならば、笑顔で受け取るのが大人の務めというものだろう。

目の前で渡された薬を飲んで見せながら、老婆は包み込むような柔らかな笑みを浮かべ、もう一度「ありがとう」と礼を言うのだった。


「アドルさん、この国の医療機関ってどんなふうになっているのですか？」

薬草園の方針を転換するにあたり、薬効の無い薬草を大切に育ててもラチがあかないだろうと一度全部引き抜いてしまった。

しかし、薬としては使えなくともハーブティーのようにして飲めば僅かなりとも効力はあるはず、との目論見で、ミーシャ達は薬草を乾燥させて利用することにした。

その、陰干しした薬草の選別をしながら、ミーシャは疑問に思っていた事をアドルに聞いてみることにしたのだ。

先だってのアナの家族の様子から、この国の人達は簡単には医者にかからないように見えた。

ミーシャの故郷でも医師や薬師の存在は希少であったからわからないでは無いが、それでも、ミーシャの知る限り、簡単な痛み止めや咳止めくらいは自宅に常備していたように思う。

少なくとも、母親について回った小さな農村のいくつかではそうだった。

それでも手に負えないほど重症化した患者達を診るのが、レイアースの仕事だったのだ。

もっとも、仕事といってもレイアースが金銭を受け取ることはほとんど無く、良くて野菜や干し肉などを受け取るのが殆どだったのだが。

「森の恵みを皆で分け合うのは当然のことなのよ」と言うのが母の口癖だった。

「そうですね。普通に開業している医師や薬師もいますが、王都では何軒か無料で診察をしてくれる医療所があります。ただ、診察は無料なのですが、薬代はいただくので貧しい方達は滅多に訪れませんね」

手元の作業に集中しながらアドルがさらりと答えた。

「薬は有料なのですか？」

「王都では、薬の原料になる薬草を基本他所から持ってくるしかないので、どうしても割高になるのですよ。……薬草園が、本来ならその解消策になるはずだったのですが」

ミーシャの疑問は、アドルの深いため息と共に解消された。

（薬草園《ここ》がうまくいけば、その医療所では、薬も無料か格安で配るはずだったのかな？）

陰干しのおかげでほどよく水分の抜けた薬草は濃縮された香りがした。

ハッカのような味のする薬草を一枚コッソリと口に運んだミーシャは首を傾げた。

数年前に起こったという謎の流行病を受けて、国としてはいくつかの対策を講じようとしているが、どうにもうまくいっていないのが現状なのだろう。

鼻に抜ける爽やかな香りを楽しみながら、ミーシャは黙々と作業を続けるアドルを横目で眺めた。

「……頑張りましょうね」

ポツリと呟かれた声に顔を上げたアドルは、いまいちわけがわからないままに至近距離で翠の瞳を見つめ返した。

「そうですね」

柔らかな笑顔と共に頷いたアドルは、一つ頷くと薬草の選別作業へと意識を戻した。

十八　その時森の家では

『お兄様。

この手紙をお兄様が読んでいるということは、私は森へ帰ってくる事が出来なかったのでしょう。

屋敷に滞在したまま、すれ違いになってしまっただけなら、それで良いのですけれど、もし、そうでないのなら……。

どうぞ、のこされたミーシャを護ってあげてください。

この森深く隠すように育ててしまったあの子は、人の悪意というものを知りません。

きっと、たくさん傷ついてしまうでしょう。


そして、出来ることなら『森の民』としての道を取り戻してあげてください。

我が子ながら、あの子は教えてもいないのに誰よりも一族の誇りと力を持っていると思うのです。

親の欲目かもしれませんが。

そして、しっかりと確認したことはないのですがあの子は一族の力を引き継いでいるようなのです。

本当なら、もっと早くにお兄様に託すはずだったのですが、弱い私はどうしても愛しい娘からこの手を離す事が出来ませんでした。

お兄様。

お兄様には分かっているとは思いますが、私はとても幸せでした。

一族の森を遠く離れ、愛する人と共に生きる事を選択したあの日を後悔したことはありません。

本当に、本当に幸せだったのです。

長い時を見守り続けてくださり、ありがとうございました。

最後までわがままで自分勝手な妹でごめんなさい。

私の愛する娘をどうぞよろしくお願いします』

少し乱れた文字は、急いでこの手紙を書いた事を伝えてくる。

常にない家の乱れた様子からも、相当急いで飛び出していったのであろう事はすぐに想像がついた。

経過した月日の為に読み取りにくかったが、家の前に残るたくさんの馬の蹄の跡からも、状況の切迫具合は伝わってきた。

そんな中でも、そろそろ訪ねてくるであろう自分に向けて、律儀に一筆残した妹の義理堅さを賞賛するべきかラインは少し迷った。

それとも、勘の鋭いレイアースのことだから、何かを感じていたのかもしれない。

長く人気の途絶えた冷たい居間の椅子に腰掛け、隠し戸棚の中にあった自分宛の手紙を読み終えたラインはゆっくりと息を吐いた。

心の中を吹き荒れる感情の嵐を、そうしてどうにかやり過ごす。

人の死を多く見つめてきたラインであっても、血を分けたたった一人の妹の遺書となってしまった手紙を読むのは、ひどく心にこたえた。

いつものように戦場を渡り歩く中、約束の時が来たのを思い出したのは虫の知らせだったのかもしれない。妹の住処へと向かう道すがら耳に入って来たのは、不穏なうわさ話だった。

たとえ密葬にしても、人の口に戸は立てられないものだ。

まして、王弟のスキャンダルともいえる出来事はヒッソリと流れ、ラインはかなり真実に近い情報を手に入れていた。

それでも、とりあえずは此方にとやって来て、見つけたのが件の手紙だった。

(馬鹿妹め)

唇を噛み締め、心の中で悪態を吐く。

声にしてしまえば、抑え込んでいる嵐が噴き出してしまいそうだった。

決めた事は決して覆さない、気の強さを奥に秘めた柔らかな微笑を思いだす。

故郷を遠く離れこんな森の中で、だけど一言も辛いといった事はなかった。

手中の玉を慈しみ、月に一度の訪《おとない》を楽しみに、穏やかに静かに暮らしていた妹は、本人の言葉通り真実幸せだったのだろう。

(なら、憐れみを向けるのはお門違いだ。たとえそれが他人から見れば、ありえない日陰者のような暮らしだったとしても)

手の中の紙をグシャリと握りつぶすと、ラインはそれを暖炉の中へと放り込み火をつけた。

それから、黙々と住む人の居なくなった家の中を歩き回り、捜し出したいくつかの物品を同じように全て暖炉の中に放り込む。

それは、今はまだ世間に出すことのできない、過ぎた知識の塊だった。

妹がこの森の中で細々と続けていた研究の成果達。

本人も公表する気は無かっただろうが、研究者としての性で、気になることをそのままにしておけなかったのだろう。

外傷の治療をメインとする自分とは方向性が違うものの、コツコツと続けられたそれはラインの目から見ても見事なものだった。

この思想を今の医学に取り入れれば、劇的ではなくとも確実に薬学の一部が良い方へと書き換えられるだろう。

だが、だからこそ管理するもののいない状態で、世間に出していい情報では無かった。

こんな森の中に荒らしに来る人間もそう居ないだろうが万が一もありえる。と、いうか、妹の正体を知るものがいれば、好奇心のままにやって来ることもあるだろう。

そんな輩の手に落としていい知識ではないと判断したラインは、容赦なくそれらを消滅することに決めたのだ。

薬はたやすく毒にも変わる。

『森の民』として、最初に施される教育の一つであり、一人戦場で様々な悪意にさらされてきたラインにとっては、身につまされる言葉でもあった。

（悪いな、レイアース。せっかくの成果だから村に持ち帰って生かしてやりたいのは山々だが、生きてる人間優先だ。一応ある程度は記憶したから、覚えてる分は誰かにつないでやるよ）

一直線に故郷を目指すならともかく、レイアースの十数年の記録は、寄り道しながら運べる量ではなかったのだ。かといって、他の誰かに頼むには情報漏洩が気にかかる。

赤々とあがった炎を見つめながらラインは、少し迷うように手の中の冊子を弄んだ。

それは、妹の綴った日記であった。

毎日ではなく、何か心に残ったものをその時々に書き残したらしきそれは、薬師としての新たな考察と日常の思い出とがごちゃまぜに記されていた。

薬師としては宝ともいえる知識。

だが、それ以上に娘《ミーシャ》にとっては、大切な形見となるだろう。

少し迷った後、ラインは結局その冊子を自分の鞄の中に放り込んだ。

自分が責任持って管理をし、しかるべき時を見てミーシャに渡してやれば問題ないだろう。

最初の日付が、故郷の森を出た日だった事に、胸の何処かが痛んだ気がした。

それ以前につけていたものは、村から持ち出す事が禁じられたのだろう。

あの日。

妹が故郷から持ち出せたのは、数枚の衣服と生まれた日に父母から贈られた宝石、そして旅をするなら必要だろうと母親がかつて使っていた杖だけだったのだから。

「本当に馬鹿な妹だ」

秘密を燃やす赤い炎を見つめながら、ラインは、今度は小さくつぶやいた。

それでも、「幸せ」と微笑んだ妹の笑顔は今も鮮やかに蘇るから、ラインはそれ以上余計なことを考えずにすんだ。

あの男は、とりあえず最低限のルールは守ったのだろうから。

炎が全てを燃やし尽くすまで見守ったラインは、灰の始末をつけてから家を出た。

そうして、扉の前でクルリと辺りを見渡し、おもむろに指笛を吹く。

独特のリズムで高く低く響いたその音が、静かな森の中に響き渡る。最後の音が消えた時、バサバサと重たい羽音が響き、一羽の鳥が降り立って来た。

猛禽類の鋭い爪と目を持つその鳥は、ミーシャ達が伝達の手段として飼っていた伝鳥《つたえどり》だった。

「やあ、カイン。久しぶりだな」

親しい友にするように柔らかな言葉をかけ首元を指先で擽れば、カインと呼ばれた鳥は気持ちよさそうに目を細め首を傾げた。

「ミーシャ達も行ってしまって、一人は寂しいだろ？　俺はミーシャを追うつもりだが、カインも一緒に来るか？」

語りかける言葉をカインはジッと聞いていた。

そして、すぐにクゥッと喉奥で一声鳴く。

まるで返事をしたかのようなその声に、ラインはフッと笑みを浮かべる。

「じゃあ、さしあたり不出来な義弟の元に手紙を届けてくれるかな？　俺も後からいくから」

カインの足に書簡筒を取り付けると、飛び立ちやすいように腕を大きく振り上げた。

カインはその反動を利用して、力強い翼を羽ばたかせ空へと飛び立つ。

頭上高くクルリと一周弧を描いて見せてから、たちまち小さくなるカインの姿を見送った後、ラインもまた歩き出した。

後ろの小屋を振り返ることなく、スタスタと歩き去るその姿に暖炉の炎を見つめていた険しさはもう無かった。

深い森の中。

住む人も、訪れる人も失った小さな小屋は、少し寂しげに、しかしその中に抱える優しい日々の思い出を守るように、ただその場に立ち尽くしていた。


訪問は唐突に、そしてひっそりと終わった。


ミーシャが去った屋敷で、一人怪我の後遺症と闘っていたディノアークは、突然部屋の窓から飛び込んで来た『伝鳥』により、来訪者の存在を知った。

指定された日時に裏庭にある、忘れられた小さな薬草園へと赴けば、茂った木々の陰に隠れるように一人の男の姿があった。

ディノアークの姿を認めて、サラリと被っていたマントのフードを落とす。

そこから現れた見慣れた色彩に、男は一瞬肩を強張らせた。

それから、深々と頭を下げる。

言葉もなく下げられた頭をジッと見つめ、ラインは一つため息をついた。

言い訳もせず、ただ無言で頭を下げるディノアークを責める言葉は別段浮かばなかった。

幸せだと笑う妹の面影が、ラインからその言葉を奪ってしまったのだろう。

「顔を上げてくれ。別にあんたを責めに来たわけじゃない」

どこか気だるげな声に、ディノアークは顔を上げた。

記憶に残るままの話し方をする相手は、その言葉通り憎しみも悲しみもその瞳には浮かんでいなかった。

愛する妻と同じ、美しい翠がまっすぐに見つめてくる。

それにどこか居心地の悪さを感じて僅かに身じろげば、ズキリと腰から足にかけて痛みが走った。

「あぁ、そういえば背中を負傷したんだったな。神経に負荷が残ったか」

僅かにこわばる表情と体に、ラインがポツリと呟いた。

事もなげに言い当てられた現状に驚けば、苦笑が戻ってくる。

「あんたの怪我の話は伝わって来てる。そこから、怪我の経過や残りそうな後遺症を予測するのは別に難しくない。そんな化け物を見るような目はやめてくれ」

少し離れていたが同じ戦場にいたのだと伝えれば、ディノアークはあっけにとられた顔をした。

まさかそんな近くにラインが居たなんて思いもしなかったのだろう。

「話を聞いて訪ねようかと思った時には、あんたはもう戦場を離脱してた。まぁ、俺も直ぐには動けなかったし、側近達の素早い判断が仇になったのか良かったのか……。微妙なところだな」

ラインの言葉に、ディノアークは項垂れた。

戻って来た結果、自分の命は拾えたが大切な存在を亡くしてしまった。

黙り込むディノアークに、ラインは苦い笑みをうかべる。

責める気は無いと言っていながら、結局は似たようなことをしている自分に少し呆れる。

呑み込んだつもりの感情は、どうも容易に消せるものでは無かったらしい。

「すまなかった。ミーシャに会いに来たんだ。どこにいる？」

短い謝罪に小さく首を横に振り、ディノアークはミーシャの現状を告げた。

途端、ラインの眉間に皺が寄る。

「……よりによって、あそこかよ」

「なにか？」

小さな呟きは、ディノアークの耳には届かなかった。

怪訝そうな相手に、ラインはスッと表情を消し、首を横に振る。

「いや。なんでも無い。直ぐに訪ねてみよう」

ラインの言葉に、ディノアークは馬車を出すと申し出るが断られてしまった。さらに直ぐに旅立つというラインに表情が曇るのが自分でも分かった。

レイアースの事を話せる相手は少ない。

出来る事なら、ひと時でいいから語り合いたかった。

だが、そんなディノアークの心情など知らぬとばかりに、ラインはフードを被ると足元に置いたカバンを背に担いだ。

脳裏は、ここからレッドフォードまでの最速の旅路検索に忙しい。

「じゃあ、また。何かあればカインを飛ばす」

サラリと別れの言葉を口にして、ラインは振り返る事なく木立の中に消えてしまった。

わずかな余韻もなく去って行った後ろ姿が消えてしまっても、ディノアークはしばらく動く事なく、もうなんの気配も残さないその場所を見つめ続けた。

十九　サプライズは突然に

「舞踏会、ですか？」

ラライアの食事の給仕をしながら、ミーシャは首を傾げた。

「そうよ。夏が来るのを寿ぐ舞踏会。毎年、この時期にするの。王城だけじゃなく、城下町でもお祝いするわ。たくさんのランタンが飾られて綺麗よ？」

ラライアの言葉に、ミーシャはそういえばと街の様子を思い出す。

屋台街で綺麗なランタンが、たくさん売られていた気がする。

「楽しそうですね。夜の外出ってできるのかしら？」

何気なく呟いたミーシャの言葉に、ラライアが、注がれた特製ミックスジュースを飲み干してから、コテン、と首を横に傾けた。

「それは、申請すれば大丈夫だけど、ミーシャはダメだと思うわよ？　王城の舞踏会に出てもらうから」

「え？　舞踏会にですか⁉」

食後の薬を用意していたミーシャは、突然の言葉に驚きの声をあげた。

「聞いていませんが⁉」

何しろ、舞踏会の話も今聞いたばかりなのだ。それに参加しなければならないなど、聞いているわけがない。

「言ってないもの」

しかし、振り返ったミーシャの目に飛び込んできたラライアのニンマリとした笑顔に、ミーシャはおそらく大きな行事であろうそれが今まで耳に入ってこなかった理由を正確に悟った。

「……ラライア様。周りを巻き込みましたね？」

恨めしげなミーシャにラライアはクスクスと楽しそうに笑う。

「大丈夫よ。ミーシャのドレスは私が用意しているから。後は実際に着てみて最終補整するだけ」

「ラライア様！」

さらなる爆弾投下に、ミーシャは悲鳴をあげそうになった。

服までわざわざ用意されていては、逃げるのが難しくなる。

「そう言う問題じゃないんです。そもそも私、ダンスなんて踊れないですよ⁉」

舞踏会、と言うからには当然メインはダンスなはずで、踊らないという選択はおそらく無いだろう。

「大丈夫よ。お兄様はお上手だから、基本のステップさえ覚えておけば、後はどうとでもごまかしてくださるわ」

にこにこと笑顔で、ちっともフォローにならないことを言うラライアに、ついにミーシャは絶句した。

（王城の舞踏会で王様と踊らないといけないの？　私……）

固まるミーシャの手からキャリーがしずしずとラライアの薬を取り上げ、別の侍女がさりげなくミーシャの背後に立ってそっと肩に手を置いた。

「と、言うわけで、今から試着してきてちょうだい。その後、一応先生を呼んでいるからダンスのレッスンを受けてね。今年は私の体調もいいし最後まで参加できそうなの。楽しみだわ～」

無邪気な笑顔が、天然なのか計算なのかもはや分からない。

ミーシャがわかるのはただ一つ。

優しく置かれているだけの侍女の手から、何故だか逃げられそうにも無いという現実だけだ。

「ミーシャ様は国の賓客となっておりますから」

それでも、思わず縋るように壁際に控えていたキノへと目をやれば、恭しく一礼されてしまった。

「さっ、ミーシャ様。こちらへどうぞ。ついでに当日の髪形なども決めてしまいましょうね。腕がなりますわぁ～」

「一度、ミーシャ様をしっかりと飾り立ててみたかったんです」

「ミーシャ様はご自分のことは全てご自分でされてしまわれるので～～」

そうして、楽しそうな侍女達に背を押され連行されていくミーシャの姿を見送りながらラライアもまた楽しそうに笑い、さらなる爆弾を投げつけた。

「舞踏会、三日後だから、頑張ってね～～」

遠くからミーシャの悲鳴が聞こえた気がした。


「……疲れた」

行儀悪く机にうつ伏せになって、ミーシャはげんなりと呟いた。

「でも、とてもお似合いでしたよ？」

そんなミーシャの様子を咎めることなく、ティアが紅茶を入れてくれる。

コトンと横に置かれた茶器から香る爽やかな香りに、惹かれるようにミーシャは体を起こした。

「……いただきます」

現在、ようやくドレスの試着その他が終わり、客室の一つで休憩中だ。

この後、ダンスレッスンが始まるため、先生が来るのを待っているのである。

ミーシャのわがままで庭の小屋に移動した後も、ティアとイザベラはミーシャ付きとして王城の中に来れば側に付き従ってくれていた。

時には庭の小屋の方まで顔を出し何くれと世話を焼く二人の様子は、仕えている主人と侍女というよりも姉妹のような雰囲気になっている。

ミーシャも喜んで迎え、時間が合えば仕事の終わった二人と共に夕食を囲んだりと、良好な関係を築いていた。

ミーシャはティア達に対してはだいぶ遠慮が無くなったし、二人も他者の目がないときは侍女の枠をこっそりと超えて、笑いあったりする。

「……ティアは、ダンス踊れるの？」

「一応、一通りは」

王城の侍女になるにはしっかりとした身元が必要であり、低位貴族の娘が主流だった。

ティアも御多分に洩れず男爵家の次女であり、礼儀作法やダンスは教育の一環として一通りは修めていた。

「私の代わりに出てくれたらいいのに」

「ミーシャ様の代わりは誰にもできませんよ」

無理と分かっていてもグズるミーシャに、ティアは苦笑で答えた。

医療や薬草などには本職でも舌を巻くほどの知識を持ったこの少女は、変なところでは無知で幼い。

そのアンバランスさが可愛くて、つい必要以上に手を出してしまう。

今も、紅茶を飲みながら肩を落とす姿が哀れながらも可愛らしくて、口元は自然とほころんでいた。

内より輝くような白金の髪も、零れ落ちそうに大きな翠の瞳も、とても美しいのに、ミーシャは丈の長いドレスは動きづらいし凝った髪形は肩がこると、まるで町娘のような姿を好んでいた。

自国では公爵家の娘という話なのに、ちっともそれらしくない。

国の賓客のお世話に、年が近い方が緊張しないだろうという理由だけで選ばれたティアは、初めて会うまでは緊張で食事が喉を通らないほどだった。

しかし、実際に会って言葉を交わしてみれば、前述通り、気取ったところもなく素直で可愛らしく、生意気な実家の妹と交換してほしいほどだった。

なのに、ふとした瞬間の動作がとても洗練されて大人びて見えたりもするのだから、本当に不思議だった。

特に先ほどのように正装をして髪を丁寧に結い上げてしまうと、おいそれと声をかけるのも憚られるほどの美しさだ。

王城に勤めていれば、自然と目が肥える。

しかし、長年勤めている先輩達ですら息を呑んでいたのだ。

その時のことを思い出せば、ティアは誇らしさに胸が高鳴った。

気分は（うちの子が一番！）である。

「大丈夫です。基本のステップはどの国も大差はありませんし、そんなに難しいものでもありません。ミーシャ様ならすぐに覚えますよ」

にこにこと笑顔でお茶のおかわりを注いでくれるティアにミーシャは苦笑を返すと、小さく息をついた。

なんだか、ティアもイザベラも、たまにすごくミーシャのことをかいかぶっている気がしてならず、当のミーシャは戸惑うばかりだった。

（でも、そうね。決まった事をいつまでもぐずぐず言っていてもしょうがない、か……。できる事を精一杯、したらいいだけよね）

いつまでも駄々をこねる様な事をするのは性に合わないと、ミーシャはようやく気分を切り替えることにした。

少なくとも座ったり立ったりでドレスやアクセサリーを取っ換え引っ換えされているよりは、体を動かしている方が楽しそうだ。

（そういえば、お父様とも偶に踊ったっけ）

森の家で、訪ねて来た父親や護衛の騎士まで巻き込んで狭いリビングでクルクルと踊った。

音楽は母達が交互に奏でる笛や歌。

ミーシャの身長が足りなくて手を繋いでだったけれどとても楽しかったし、父と母が抱き合って踊る姿はウットリするほど綺麗だった。

ぼんやりと記憶の海に沈んでいたミーシャは、不意に聞こえたノックの音で我に返った。

ダンスの先生が来たのかと身構えたミーシャを、対応に出ていたティアが、少し戸惑ったように振り返った。

「ミーシャ様。お国の方より、お父様の使いだという方がいらっしゃったそうです」

困惑している表情から、ティアも知らされていなかった予定なのだろうと察せられた。

ミーシャにしても、聞かされていない訪問者に少し戸惑う。

今日は、予想外の予定を聞かされる日なのだろうか。

とりあえず、ここで考え込んでいてもしょうがないと入室を許可したミーシャは、案内して来たらしいキノの後に続いて入って来た人の姿に、思わず目を丸くして立ち上がった。

「カイト！」

それは、父の館で何かと世話になった若い騎士の姿だった。

他国の王城を訪問する為か、キッチリと騎士の正装を身につけ黒髪を後ろに撫でつけた姿はまるで別人のようだった。

シャツにズボンのラフな格好ばかりを見慣れていたミーシャの目には少し違和感があるものの、キッチリと騎士の礼をとった藍色の瞳が少し面白そうな感情をたたえているのを見れば、その違和感も消え、残るのは旧知に会えた嬉しさばかりだ。

「どうしたの？　突然！」

満面の笑顔で駆け寄ってくるミーシャに、カイトは少しだけ生真面目な表情を崩した。

「公爵様より預かりものを届けに参りました」

「預かりもの？」

ミーシャは、何かあっただろうか？　とキョトンと首をかしげる。

「あちらを発つ前に採寸をしていたでしょう？　作らせていた衣服がようやく出来上がったので届けに来たのですよ」

カイトの言葉にミーシャは「あっ」と口を開けた。

持たされた服で十分に満足していたミーシャはすっかり忘れていたけれど、そういえば持ってきた服は既製品を手直ししたもので、きちんとしたものは急いで作らせているといっていた。

わざわざ一から作るなんて大変だなあ、と思ったものだ。

「荷物の方はとりあえず、最初にお使いいただいていた城内の部屋の方に運ばせていただきました。後ほど、ご確認ください」

驚き顔のミーシャに、キノが慇懃に伝える。

「わざわざ、その為に来てくれたの？」

ティアに目線で促され立ち話をしていた自分たちに気づき、ミーシャは慌ててカイトをソファーに招いた。

すかさず、温かいお茶と菓子が饗される。

「ええ。後はミーシャ様の様子を見て来てほしいとの依頼です。流石に公爵様自らこちらには来られませんので」

微かに口元を綻ばせ、カイトは茶を口に運んだ。

騎士らしく鍛えられた指先が、意外な優雅さで華奢な茶器を扱う様子を、ミーシャはぼんやりと眺めた。

「父さんの怪我の様子はどう？」

今一番気になる事が、考える前にスルリと口をつく。

「順調に回復されています。ミーシャ様の教えてくださった運動も計画通りにきちんと行い、今では短い距離なら杖なしでも歩けるようになられました。馬は無理ですが、馬車でなら王城までの移動も可能になり、精力的に仕事をこなされていますよ」

聞かれるだろうと予想していたらしいカイトは、つかえる事なくスラスラと答えた。

まるで用意してあったかのような流暢な答えに、ミーシャはクスリと笑った。

心配をかけまいとする、父の心が少しくすぐったかった。

「まだ、傷が塞がったばかりなのだから、あまり無理しないようにお伝えしてね？　他の方達も順調に回復しているの？」

ミーシャの疑問に丁寧に答えていくカイト。

そんな寛いだ楽しい時間は、再び響いたノックの音で中断された。

「ダンスの先生がいらっしゃいました」

対応に出たキノの言葉に、ミーシャの表情が少し陰る。

「ダンスを習われているのですか？」

「……今度、舞踏会に出なくちゃいけなくて。急遽今日から……ね」

肩を落としたミーシャはふと思いついて、カイトをじっと見つめた。

若くして公爵家に仕えることができるなら、カイトももしかして貴族だったりするのだろうか？

王城でもそうだが、身分の高いものの側につく騎士や侍女が、平民であることはまれだという事をこの国に来てミーシャは知った。ジオルドは数少ない例外なのだ。

つまり、カイトも貴族出身だとすればそれなりの教育を受けているという事であるから……。

「……カイトは、踊れる？」

「……一応、一通りは」

ジッと翠の瞳に見つめられ、湧き起こる嫌な予感に少々たじろぎながらも、カイトは正直に答えた。

途端に、ミーシャの瞳がキラキラと輝きだす。

「私に届け物に来たのよね？　じゃあ、この後予定ないよね？　付き合って！」

「げっ、ウソだろ？」

思わず漏れた心の声を咎めるものはいなかった。

「この後、少し城下の視察に出ようかと」

「それってただの観光だよね？　大丈夫。城下町、私だいぶ詳しくなったし、後で案内してあげるから！」

はじめてきた他国の、しかも王城で、たくさんの人の目に見られながらのダンスレッスン。

想像しただけで胃の痛くなりそうなイベントに、どうにか逃げられないかと言葉を探すカイトの手をガシッと掴んで、ミーシャは身を乗り出してカイトの目をジッと覗き込んだ。

「お願い、カイト」

言葉は「懇願」だが、握った手の力は「逃がすものか」と物語っていた。

しばしの沈黙の後、先に目をそらしたのはカイトの方だった。

「分かった。……分かりましたから、少し離れてください。近いです」

グッと肩を押されて距離を取られても、自分の望む返事を引き出したミーシャは気にしなかった。

むしろ機嫌の良い笑顔で、いそいそとソファーから立ち上がる。

「じゃあ、行きましょう？　キノ、案内お願いします」

先ほどと違い、仲間を得て嬉々として歩くミーシャの、後を追うカイトの足は重かった。


ダンスレッスンは、予想していたよりも楽しかった。

森の家で戯れとはいえ踊ったり、父と母のダンスをうっとりと眺めていたのが良かったのか、ミーシャのダンスの呑み込みは驚くほど早かった。

記憶の中のステップとの差異は、ティアの言っていた通りほんの僅かで、修正するのにもさほど苦労はなかった。

何より、予想以上にカイトのリードが巧みであり、やや身長が足りないため少し歪なホールドも気にならないほど楽しく踊る事ができた。

「次回はヒールのある靴で踊ってみましょう。身長差が縮んで、もう少し踊りやすくなるはずです」

年配の女性の先生は、パートナーを自ら捕まえて来たミーシャにご満悦で、丁寧にステップを教えてくれた。

思っていたよりミーシャのダンスの基礎ができていた為、予定よりも速いペースで二曲目に取り掛かる事ができたのも、彼女の機嫌を良くする一因であった。

一方、突如パートナーに抜擢されたカイトの方はたまったものでは無かったようで、先生が出ていった瞬間、部屋の隅にあったソファーへと座り込んだ。

別段一～二時間踊り通したからと言って疲れるほど柔な鍛え方はしていなかったが、他国の王城で視線にさらされながらのダンスは、肉体的ではなく精神的に疲れた。

「なんでこんな目に……」

俯き、顔を覆った手の中でぽつりと呟いたカイトの心境は大荒れだった。

「カイトってダンス上手なのね。女性用のステップまで知っているから驚いちゃった」

そんなカイトの心境など知らぬミーシャは、向かいのソファーに腰掛けると無邪気に笑いかけた。

「教養の一環として騎士学校でも叩き込まれるんです。女性が少ないため基本男同士になりますから、非常にむさくるしい光景になりますが」

ため息と共に顔を上げ、入れられていたお茶を手に取る。

動いた後だからか、冷やされたハーブティーは喉を涼やかに通っていった。

夏も間近なこの時期に、飲み物を冷やすだけの氷があるのは、流石大国の王城ということか。

この一杯だけで、いかにここでミーシャが大切にされているかが伝わってくる。

フッと息を吐くと、カイトの疲れた様子に流石に無理やりに巻き込んだ負い目を感じているのか、ミーシャが気遣わしげな顔でこちらを見つめていた。

「ごめんなさい。考えてみたらカイトはこの国に着いたばかりで疲れているわよね」

「まぁ、確かに今朝方着いたばかりですが、気にされないでください。疲れているのは別の部分なので」

誤魔化すように苦笑を浮かべるカイトに、ミーシャはキョトンと首をかしげた。

部屋の隅で楽しそうにこちらを見つめ、こそこそ話している侍女たちの姿はある意味見慣れた光景なため、カイトの気に障ることはない。

だが、出口近くでこちらを凝視する、キノと呼ばれた執事服の男の視線はいただけなかった。

カイトの身のこなしから、武術のレベルや人となりまでも見通そうとする冷たい視線。

隠す気もないトゲトゲしさはいっそ潔い。が、好意的に受け入れられるかといえば、そんな訳もない。

もっとも、向けられた本人にある程度の心得がなければ気づけないほどの値踏みであったため、分かっていないミーシャに伝える気にもならない。

チラリとミーシャの背後の位置に立つキノに目をやれば、ニヤリと唇の端で笑われた。

その様子を見る限り、やはり、あのぶしつけな視線はわざとであり試されていたらしい。

ため息を呑み込み、カイトは、自分の懐から小箱を取り出した。

衣類だけであるならば、わざわざミーシャに面会する必要も実は無かったのだ。

公爵自ら手渡されたこの小箱を確実にミーシャに手渡すために、カイトは今、この場所にいた。

「しかし、舞踏会があるならば、ある意味丁度良かった。公爵様より、もう一つのお届けものです」

そっと机に載せられた布張りの小箱に、ミーシャは首をかしげた。

ミーシャの両手のひらに乗るほどの平べったい箱。

そっと手にとり、予想よりも重たいそれの蓋を取ったミーシャは大きく息を呑んだ。

「コレ！」

まるでミーシャの瞳を写し取ったような美しい翠のエメラルド。大きな一粒を囲むように素晴らしい銀細工の台座が輝きを添えたネックレスと、それよりも少し小さな粒で揃いの意匠のイヤリングのセットだった。

大きさといい輝きといい、国宝として扱っても遜色ないほどの見事な逸品だった。

「レイアース様とのご婚儀の際誂えたものだそうです。もしかしたら使う機会もあるかもしれないと持たされたのですが」

そう。ミーシャの瞳の色ということは、母であるレイアースとも同じということだ。

そっと微かに震える手が、ネックレスの宝石に触れた。

ミーシャの目がみるみる潤み、頬を涙が滑り落ちる。

「私、これ知っています。母さんが見せてくれた絵に描いてあったの」

森の家で、大切にしまってあった結婚式の姿を残した絵。

「母さんの宝物よ」と見せてくれた母の幸せそうな笑顔に負けないくらい絵の中の二人は幸せそうに笑っていた。

その中で母が身につけていた物だった。

「母さんの両親が遺してくれた石を、父さんがとっても素敵なアクセサリーにしてくれたんだって。ここに持ってくるのは怖いから父さんに預かってもらっているけど、私がお嫁に行く時にあげるからねって……母さんが……」

果たされなかった母娘の約束。

蘇る母親の笑顔に、ミーシャはホロホロと涙をこぼした。

カイトは少し迷った後、そっとミーシャの隣に座を移し、華奢な肩を抱き寄せた。触れ合った場所から伝わる温もりに縋るように、ミーシャはカイトの胸にその身を投げた。

抱きとめてくれた自分より少し低い温もりに、ミーシャの涙が吸い取られて行く。

少しぎこちなく頭を撫でる手は、優しい母のたおやかな手とは随分違っていたけれど、伝わってくる優しさは同じで、ミーシャは安心して泣くことができた。

これで最後と何度心に決めても、ふとしたきっかけで涙は溢れてくる。

だが、溢れる涙の意味が少しずつ変わって行くことに、ミーシャはまだ気づいていなかった。

どんなに辛い出来事も、流れる時が優しく癒してくれるのだということを、幼いミーシャはまだ知らない。

だが、いつか気づく日は来るだろう。

痛みが思い出という優しさに包まれて、流す涙は笑顔に変わって行くことを。

早くその日がくればいいと見守る瞳は、少し辛そうにでも優しく眇《すが》められた。

二十　ダンスと街の散策

「公爵より使いのものが訪れたようですね」

執務室に訪れたトリスの言葉に、ライアンは向かい合っていた書類から顔を上げた。

「なんでも若い騎士だそうで、キノ曰く、年の割になかなか出来そうな人物だそうですよ？」

追加される情報に、ライアンはさすがに首をかしげた。トリスが何を言いたいのか分からない。

ただ、なんだか含みたっぷりな感じはありありとしていて気持ち悪かった。

「……公爵が使いに出すくらいなのだから、若くとも手練れなのは当然のことだろう？　何が言いたいんだ、お前は？」

「加えて、随分とミーシャ様と親しい様子で、ダンスの練習のパートナーも務められたそうですよ？　息もピッタリだったとか」

ライアンの問いかけはまるで無視して、トリスは言葉を重ねた。

ライアンの顔が不機嫌に歪む。

「……知っての通り、俺はそれなりに忙しいんだ。訳の分からん問答に付き合う余裕は無いぞ？」

しかし、地を這うような低い声も、幼い時から付き合いのあるトリスにとっては微塵も響かなかった。

「おやおや、ピリピリして余裕がないのはいけませんね。少し休憩して気分転換してはいかがです？」

トリスはニッコリと笑顔でライアンの手からペンを取り上げると、腕を引いて立ち上がらせ、執務室から追い出してしまった。

トリスのあまりに唐突な行動にあっけにとられ、抵抗するのを忘れていたライアンはパタンと背後でしまった扉の音で我に返った。

「……何なんだ、一体」

一瞬、執務室に戻ろうかとも思ったが、あの様子ではトリスに再び追い出されるのは目に見えている。

ため息を一つつくと、ライアンは歩き出した。

確かに最近『花月祭』に向けての準備で根を詰めていたから、トリスの休憩を入れろという主張も間違いではない。

祭の準備もあらかた目処がついたところだし、少しくらい大丈夫だろう。

「そういえば、忙しさにかまけて、ラライアの顔を最近見てないな」

ここ最近の体調は随分安定していると報告が来ていた。ミーシャの薬や指示も最初は反発していたようだが、やや強引なミーシャのペースに巻き込まれ、今では素直に従っているらしい。

尤も、それでも溜まる鬱憤は、イタズラという形でちょこちょこミーシャに悲鳴をあげさせている事で晴らしているようだが。

「……妹のご機嫌伺いでも行くか」

今の時間なら自室で勉強の時間か、自分と同じく休憩でもしているだろう。

ライアンはラライアの部屋に向かって歩き始めた。


「ミーシャ、意外と踊れるんじゃない」

ラライアは、小ホールの隅に用意されたテーブルセットでノンビリとお茶を楽しみながら、クルクルと踊るミーシャを眺めていた。

今日はヒールのある靴を履いてのレッスンという事で、用意された靴は八センチほどの高さがあるものだ。

初めてのハイヒールに怯むミーシャに、踵の幅が広い物が用意されたのはせめてもの温情だった。

それでも、ミーシャは慣れぬ靴に、最初は普通に歩くだけでフラついていた。

結果、ダンスどころではなく、まずはキノにエスコートされながらの歩行訓練になっていた。

そうして、そろそろ大丈夫だろうと、先ほどようやく本来の目的であるダンスのレッスンが始まったのである。

ミーシャはステップ自体は覚えているのだが、靴のせいかどうにも足元が覚束ない。

もう、これは回数を重ねて慣れるしかないだろうという先生の判断で、ミーシャはクルクルと踊り続けているのだ。

ちなみに、病弱とはいえ一国の王女であるライアのダンスは完璧だった。

体調的問題で夜会にほとんど参加しない為、なかなか披露する機会は無いものの、「お手本よ」と一曲分だけ踊ったライアのステップは、まるで羽が生えているかのように軽やかだった。

優雅に終了のお辞儀をする姿にミーシャは盛大な拍手を送り、ライアに「大袈裟ね！」と眉を顰められた。

尤もツンっとそらした顔の口元が綻んでいたのは、横から見ていた侍女達からは丸見えで、皆に温かい目で見られていたことを当の二人だけが気づいていなかった。

「ミーシャのパートナーは、訪ねて来た自国の騎士がしているのではなかったのか？」

ノンビリとティーカップを傾けていたライアは、不意に背後から聞こえた声に顔を振り向かせた。

「あら、お兄様。どうなされたの？」

椅子の背に軽く片手を置いて立つライアンの姿に、ラライアは首をかしげる。

ライアンはそれに軽く肩をすくめてから、笑顔を浮かべてみせた。

「トリスのやつに働きすぎだと執務室を追い出されたから、妹のご機嫌伺いでもと思ってな」

「まぁ」

ライアンの言葉にラライアは目を丸くするとクスクスと笑い出した。

「確かに。お食事をご一緒する余裕もないほど、お忙しそうでしたものね」

「祭りが終わるまではいろいろとあるんだ。そう、いじめるな」

眉を下げるライアンに、ラライアはなおも機嫌良さそうな笑い声をあげた。

「ミーシャを訪ねて来た騎士様なら、朝のうちはご用事があるそうでいらしてないわ。侍女達がとても素敵な方だったと噂していたから、私もお会いしてみたかったのだけど」

「そうか……」「あっ」

ラライアの言葉に頷こうとした視線の先でミーシャが派手によろけて、ラライアが思わずというように小さく声をあげた。

幸いキノに抱きとめられて事なきを得たようだが、そこで一区切りとなったのかミーシャが戻って来た。

一人で歩くのに不安があるようで、キノに片手を借りエスコートしてもらっている顔色は芳しくない。

「お疲れ様。足運びがまだまだね」

ぐったりとした表情で座り込んだミーシャにラライアが声をかける。

反論する元気もないのか、弱々しい笑みを浮かべるとミーシャは、すかさず侍女が淹れてくれた紅茶を飲み干した。

そうして、さりげなくラライアの隣へと座ったライアンへと小さく頭を下げる。

「やっぱりこの靴、なんだか苦手で……。せめて、もう少し低くなりませんか？」

ションボリと肩を落とすミーシャは、すっかり落ち込んだ様子で見る者に哀れを誘った。

「どうも、靴に対する苦手意識からか、必要以上に体に力が入っているみたいだな」

同じく出された紅茶を飲んでいたライアンは少し考えるように黙り込んだ後、不意に立ち上がり、ミーシャの前に立った。

「私とも一曲、踊ってみよう。おいで」

手を引かれ、ミーシャは席から立ち上がり、部屋の中央へと誘われた。

「ミーシャ。足元を気にするのはやめて曲を聴くんだ。大丈夫。たとえ転びそうになったとして、ミーシャ一人くらい簡単に支えられるし、なんなら抱きかかえてやろう」

ニッコリと目を合わせてライアンがとったホールドは、キノの礼儀正しいものとは違い、力強くもう少しだけ彼我の距離が近かった。

抱き寄せられ、触れる場所が増えた分、少し恥ずかしさは感じるものの安定感はました。

「そうそう。パートナーにしっかりと身体を預けてしまえばいい」

驚いた顔で見上げるミーシャを、ライアンが褒めるように軽く頷くと、その仕草を合図にしたかのように曲が始まった。

さっきまで踊っていたものと同じ曲。

動き出した体に無意識に身構えるミーシャに、狙ったかのようにライアンが話しかけて来た。内容は、ラライアの最近の体調や疲れた時に飲む薬酒の話など、ミーシャにとっては馴染みの深いものだった。

思わず、意識が質問の内容に向く事で、体からは余分な力が抜け、そこをライアンのやや強引だが巧みなリードが曲の世界へと誘う。

気がつけば、あんなにぎこちなくしか踏めなかったステップも、リードにつられるように足が自然に動き、いつの間にか一曲が終わっていた。

その事にミーシャが気づくより前に、すかさず次の曲が始まる。

触れ合う体が、次の動きを伝えてくる。

何か考える間も無く、引きずられるようにミーシャは、いつの間にかリズムに乗ってクルクルと踊っていた。

「ミーシャは難しく考えすぎなんだ。ステップなぞ相手に適当に合わせとけばいい。その為のパートナーなのだから」

目を白黒させるミーシャに、ライアンが楽しげに笑ってターンを繰り返す。

ひらりと体の動きに合わせて、ドレスの長い裾がきれいに翻った。

ライアンの笑顔につられるように、いつの間にかミーシャの顔にも笑みが浮かび、気がつけば音楽を楽しむ余裕すらできていた。

くるりと回るミーシャに合わせて、ドレスの裾も綺麗な弧を描く。時間がたつごとにどんどん二人の息があっていき、それに呼応するように少しずつ、ライアンはステップの難易度をあげていった。だが、リズムに乗ったミーシャはそれと気づかずに、ライアンの誘う曲の世界に没頭していた。いつの間にか言葉は消え、二人の唇は弧を描くだけになっている。だけど、絡み合う視線がこの時間を存分に楽しんでいることを伝えていた。

立て続けに三曲踊りきり、二人はようやくダンスをやめた。

徐々に容赦なく振り回されていたミーシャは息を切らしていたものの、その表情は踊り始める前と比べるまでもなく明るい。

「お兄様ったら！　そんなにクルクル回したら目が回ってしまうわ！」

呆れたようなラライアの声もどこか楽しげに響き、ミーシャはクスクスと笑ってしまった。

「でも、とても楽しかったです。ありがとうございました」

ライアンにエスコートされてラライアの待つテーブルへと戻りながら、ミーシャはライアンにお礼を伝えた。

今日のダンスレッスンが始まってから一番楽しかったし、ステップもうまく踏めた気がした。

「こちらこそ。いい息抜きになった。当日もこの調子で楽しんだらいい。舞踏会といっても、結局は夏が来たことを祝う祭りなのだから」

振り回したことで少し乱れてしまった髪を指先で軽く直してやりながら、ライアンも笑顔を返す。

「はい。そうします」

ミーシャは嬉しげに目を細めると、コクリと素直に頷いた。

待ち合わせは、国立図書館の前だった。

カイトが午前中は用事があるということで、正午すぎに落ち合い、約束の街案内をする事になっていた。

祭りの二日前ということもあり、街は早めに集まってきた人々と、いつもの屋台に加え臨時開店の屋台がひしめきあい、さらに賑わっていた。

通り過ぎてきた街の様子を思い出して、ミーシャは、昼食を屋台でとる事にした自分の判断を内心で褒め称えていた。

普段は見られない他国の珍しい食べ物の屋台もあって、とても美味しそうだったのだ。

ちなみに、自国でよく食べられる料理が異国料理と看板を掲げていて、故郷を離れているんだと実感してしまったのはご愛嬌だ。

(久しぶりにレノのスープも良いかなあ……)

国立図書館の門柱に行儀悪くもたれかかりながら、ミーシャはぼんやりと考えていた。

ブルーハイツ名物の香辛料をたっぷり使ったスープは、週に一度は口にしていたほどの馴染み深いふるさとの味だった。

(あ、でもカイトは嫌だよね、きっと……。まぁ、屋台料理だし色んなもの少しずつ買えば問題ないよね?)

自分を納得させるようにコクコクと頷いていると、不意に目の前に人が立った気配がした。

顔をあげれば、待人来る、である。

もっとも、予想していたより一人多かったけれど。

カイトの隣に、三十過ぎくらいに見える男が一人立っていた。

カイトよりもさらに頭半分ほど背が高く、体の厚みもがっしりしている。

鮮やかな赤毛に赤茶の瞳には楽しそうな光がきらめき、ミーシャを見つめていた。

何よりの特徴は、洋服の片腕が肘先からペチャンコだった事だろう。

ミーシャの目が驚きに見開かれたのを見て、男はいたずらが成功した子供のような顔で笑った。

「よう、お嬢ちゃん。久しぶり」

「シャイディーン隊長さん！」

陽気に残った左腕をあげて挨拶する男は、父親の館で負傷兵として療養していたのを、ミーシャが治療した一人だった。

利き腕を肘先切断し、胸にも深い傷を負っていた。

下手すると命すら落としかねないほどの負傷でありながらも、絶望感に暗くなりがちな療養部屋を、持ち前のポジティブさとカリスマで明るく引き立てていた人物である。

元々騎士として最前線で戦っていたため鍛え方も違ったのだろう。ミーシャが旅に出る頃には傷の様子も驚異的な速さで改善しており、残った片手を駆使してリハビリどころか剣を振りまわしては「傷が開く」とミーシャを怒らせていた人物でもある。

「もう、隊長じゃないんだ。名前で呼んでくれや」

「え？　辞めちゃったんですか？」

朗らかな表情のままで告げられた言葉に、ミーシャは眉を下げた。思わず、確認するように隣に立つカイトを見れば、困ったように肩をすくめられた。

「おう。片腕無くなったら元のレベルで戦うなんぞ無理だ。役立たずが隊長様ですなんて、ふんぞり返ってらんねぇからな」

「って、引かなくて。大分周りに引き止められていたのですが」

対照的な二人の表情に、ミーシャは首を傾げた。

「あれ？　じゃあ、ここにはなんで？　カイトと一緒に来たんじゃないんですか？」

「いや？　一緒に来たぜ？　片手でも馬車は操縦できるからな。馭者として雇ってもらった」

からからと笑うシャイディーンの横でため息をついている様子を見るに、そこでも何か一悶着あったのだろう。

なんとなく聞きたいような聞きたくないような微妙な感じに、ミーシャは苦笑して気づかないふりをした。

「傷はもういいんですか？」

それよりも気になっていたことを尋ねれば、シャイディーンはひじから先の無い腕をぶんぶんと振って見せた。

「おかげで普通に生活する分には支障はねぇな。最初はどうもバランスが悪かったがそれも慣れた」

ニッと笑う横でカイトが首を横に振る。

「あなたがいなくなってから止めれる人がいなくて、無茶するものだから何度か胸の傷が開きかかったんです。今回だって完治しているわけでもないのに無理やりついてきて」

「あ、カイト！　お前、バラすなよ！」

慌てたようにカイトの口をふさぎにかかるシャイディーンに、ミーシャが冷たい目を向けた。

「……あれほど無理をすれば治りが遅くなると言ったのに……」

普段のミーシャの声とは違う低い声に、ピシリとシャイディーンの背が伸びる。

「近くに私がお世話になってる薬草園があるんです。薬や道具もあるので、少し診察させてくださいね」

冷気すら感じるミーシャの笑顔は、目が笑っていなかった。


その後、薬草園で部屋を借りシャイディーンの診察をしたミーシャによって、怒りの説教が繰り出されるなどの騒ぎはあったものの、一行はどうにか当初の予定に戻り、ひしめく屋台通りの一角で遅めの昼食にありついていた。

ちなみにシャイディーンの奢りである。

「そういえば、どうしてわざわざ付いてきたんですか？」

懐かしい故郷の料理に舌鼓を打ちながら、ミーシャは改めてシャイディーンに尋ねた。

治療のお礼を言うためだけに、わざわざ国境を越えてやってくるほど酔狂な人間ではないはずだ。

シャイディーンは陽気で大雑把だが、隊を率いる事が出来るくらいには、きちんと状況を読むしたたかな人間だということを、短い付き合いの中でもミーシャは気づいていた。

骨付き肉を焼いたものに豪快に齧り付いていたシャイディーンは、ミーシャのまっすぐにこちらを見つめる視線に、ふっと苦笑を浮かべた。

「まあ、バレバレだわな。まどろっこしいのは性に合わないから単刀直入にいうぞ？」

肩をすくめた後、手に持っていた肉を皿に置いたシャイディーンは、ミーシャに向かいガバリと頭を下げた。

「『森の民』に仲介してほしい」

言い切られた言葉に、カイトが息を呑んだ。

戦場で戦う者たちにとっては、伝説のように語り継がれる一族。

おとぎ話というには身近で、実際に命を救われたという者の話をじかに聞くこともある。

戦場の最前線に神出鬼没に現れては、敵味方なく平等に命を救い去っていく存在だった。

ミーシャの母親がその一族の人間だということは、領主一家に近しい者なら暗黙の了解で知っている事だった。そして、その事に触れてはいけないということも。

シャイディーンの突然の行動に同じく驚いて息を呑んだミーシャは、そろそろと息を吐くと頭を下げたまま固まっているシャイディーンをしげしげと眺めた。

「『森の民』に会って、何がしたいのですか？」

ミーシャの声は、騒がしい喧噪の中ひどく静かに響いた。

「……義手を作ってほしいんだ。形だけ取り繕ったものじゃない。ちゃんと動くやつをだ。あの一族なら、きっとその技術を持っているはずだ」

顔を上げたシャイディーンは、まっすぐにこっちを見つめる翠の瞳にしっかりと自分のそれを合わせた。

「普通の生活を送るのに、支障は無いと言ったのに？」

「……そうだな。飯を食って働いて、ただ生きていくだけなら片腕でも充分だ」

シャイディーンは静かな声で答えた。先ほどのミーシャと同じ、ひどく凪いだ声は、だがひりひりするような真剣さを含んでいた。

「だが、俺は欲張りなんでな。護りたいものがあるのに、片腕じゃ足りないんだ」

まるでピンと張り詰めた糸のような二人の雰囲気に、カイトは言葉を挟むことも出来ずただじっと見つめていた。

まるでそこだけ時が止まってしまったかのように、誰もピクリとも動かない。

そんな時間がどれほど続いたのだろう。

その空気を、最初にゆるめたのはミーシャだった。

「シャイディーンさんの希望が叶うかは分かりませんけど、知り合いに会わせることだけはお約束します」

ふっと息をついてそう告げると、ミーシャは少し冷めてしまったスープを口に含んだ。そして鼻を抜ける香辛料の香りに目元を和らげる。

「充分だ」

短く答えると、シャイディーンも食事を再開する。

そんな二人の様子に、カイトもようやくこわばっていた体から力を抜いた。

張り詰めた空気が、御前試合の時より重く感じたのはなぜだろう。

先ほどの緊張感など無かったかのように、のんびり食事を再開した二人に改めて何か言うのも変な気がして、ため息をひとつつくとカイトも目の前の肉を挟んだパンに齧りついた。

二十一　街の散策（カイトと二人編）

「じゃ、俺はちょいと他に用事もあるんで、ここからは別行動な」

シャイディーンは、自分の前にあった野菜と肉を挟んで油で揚げたパンの包みを手に取ると、ひょいっと足取り軽く立ち上がった。

「え？　一緒に回らないんですか？」

突然の行動にミーシャが驚いたように声をあげる。

「おう。嬢ちゃんに用事は終わったしな。これ以上は野暮ってもんだろう」

ふざけた調子で片目を閉じて見せる様子は、意外なことに様になっていた。

「それに嬢ちゃんに渡りをつけてもらうんなら、俺もそれまでこの国にいなくちゃだし、家やら仕事やらさっさと見つけないと。今なら、町中浮かれて気が大きくなってる奴らも多いだろうから狙い目なんだよ。ま、カイトが国に帰っちまう前に、そいつを通じてどこにいるかは連絡するから」

軽く片手をあげると、大きな背中はあっという間に雑踏に紛れて消えていく。

あまりの素早さに引き留める間もなく、ミーシャは、ポカンとその背中を見送るしかなかった。

「まあ、俺たちが国に引き上げるまでは同じ宿にいると思うし、心配はいりませんよ」

シャイディーンの行動に慣れているカイトは、特に気にする様子もなく食事をとっていた。

その様子に、ミーシャもいつもの事なのだろうと気を取り直し、少し冷めてしまったスープに視線を戻す。

ゴロゴロと入っている根菜の一つを口に運べば、よく煮込まれていたそれは、ほろりと口の中で崩れた。

「カイトは、行きたいところはある？」

「……そう、ですね。とりあえず大聖堂には行ってみたいです。あと、母たちに土産を頼まれているので、それを探すのに付き合ってもらえたらありがたいですね」

白身魚を揚げたものにかじりつきながら答えるカイトに、ミーシャは、女性の喜びそうなものを置いている店をいくつか思い浮かべて、これからの予定を組み立てていった。

「じゃあ、とりあえず大聖堂に向かおう。この人出だとすごく混雑してそうだから、礼拝の順番が来るまで時間かかりそうだし」

「あれ？　賓客として招かれているお嬢様なんだから、順番を飛ばせる裏技とかないのですか？」

食事を終えて立ち上がるミーシャにカイトがニヤリと笑って見せた。

「神様の家でそんなずるはできません！」

ツンっとソッポを向いて答えたミーシャに、カイトががっかりと言わんばかりに肩を落として見せる。

しばしの沈黙の後、二人は耐えきれないというようにくすくすと笑いだした。

「しょうがない。敬虔な信者らしく、人混みに揉まれる試練に耐えるとするか」

「それがいいと思うわ。行こ」

くすくすと笑いあいながら、二人は食事をすませると、人混みの中を目的地に向かって歩き出した。

目指す大聖堂は、王都がつくられた時からこの都市にある歴史ある建物であり、この国の国教の本拠地でもあった。

さらに、大陸でもっとも信仰されている宗教でもある為、先の戦争で王都を襲ったならず者たちも、神の家を冒涜することにしり込みしたのか、ほとんど被害を受けることはなかった。

そのため、建国以来、今も変わらぬ姿を保っているのである。

ゆえに信者であるならばもちろん、そうでないものも王都観光の目玉の一つとして、誰もが一度は訪れようとする場所である。

つまり夏の始まりを祝う「花月祭」を楽しもうと王都に人が集まるこの時期には、信じられないほどの人が溢れるのだ。そのため、地元の人間は商売でもしようと考えない限り、この時期はけして近寄ろうとはしない場所でもあった。

そうとは知らないにわか住民のミーシャは見事に人波にもまれ、一人流されていきそうになるところを、カイトに腕をつかまれ引き寄せられた事で危うく難を逃れた。

「予想をしていたとはいえ、本当にすごい人だな」

大通りから曲がった大聖堂へと向かう一本道は、どこから集まってきたのかと思うほどの人で埋め尽くされていた。

人波の中に入り込んでしまえば、その流れから抜け出すのは容易ではなく、ただ流されるままに前に進むしか術はない。

カイトの腕に抱え込まれるようにして守られながら歩くミーシャは、あまりの人の多さに目を回していて、周りを見渡すどころか、自分のまるで抱きしめられているような現状にすら気を回す余裕はなかった。

分かることはただ一つ。自分をしっかりとつなぎとめてくれているこの腕から離れたら、行きつく先は予測不可能。つまり、立派な迷子の出来上がりだという事だけだ。

さすがに、この年になって迷子は御免こうむりたい。

軽いパニックになっているミーシャは気づいていなかったが、たとえここでカイトとはぐれたところで、王城《いえ》までの道のりは分かっているのだから迷子にはならないし、カイトだってまた然りである。

一方、カイトは、仕方がないこととはいえ、体に腕を回しぴったりと抱き寄せても嫌がるそぶりどころか、しっかりと張り付いてくるミーシャの様子に首を傾げた。

しかし、強張ったミーシャの表情からなんとなくその心情を察して、こみ上げてくる笑いをどうにかこらえる。

そうして、人の流れに身を任せて歩きながら周囲の気配を探った。

良い具合に人混みに揉まれ、ミーシャにこっそりとつけられていた護衛は程よく引き離されていた。

あの位置からなら、こちらの姿は見えても声は聞こえないし、小柄なミーシャは人波に埋もれている上に自分が抱え込んでいるから、口元はおろか頭のてっぺんくらいしか見えないはずだ。

さらにこの人混みの中なら、会話のために顔を近づけても不自然には見えないだろうし、そうすると身長差で下を向くことになるから、自分の口元も隠される。

たとえ、読唇術の心得があるものがいたとしても、バレることなく話ができる今の状況は、正しくカイトが狙っていた状態だった。

「ミーシャ、そのまま聞いてくれ」

腕の中に抱え込んだミーシャの耳に唇を寄せ、カイトはひっそりとささやいた。

吐息が耳にかかりくすぐったかったのか、ミーシャの体が微かにピクリと跳ねる。

「公爵様より伝言だ。ラインが近く訪ねてくるから待つように、と」

「おじさんが⁉」

耳元で囁かれてすらようやく拾えるほどの声音でもたらされた伝言に、ミーシャは息を呑んだ。

それは、あまりに予想外な方向からの伝言だったからだ。

ラインの情報がくるならば、ミランダからだとすっかり思い込んでいた。

ラインを見つけるために、ミランダは現在ミーシャの側を離れて駆けずり回っているのだから。

ミーシャは、思わず後ろを振り向き、耳に唇を寄せていたカイトは、危うくぶつかりそうになって慌てて頭を後ろに引いた。

一方ミーシャも、振り向いたら予想外に近い距離にカイトの顔があり、驚きのあまりあやうく悲鳴をあげかけた。

「ごめんなさい！　……じゃ無くって」

反射的に謝り、気を取り直す。

今は動揺しているよりも、少しでも多くラインの情報が欲しいミーシャだった。

「伯父さん、父さんの所に来たの？　私の所にも来るの？　なんで？」

クルリと体ごと振り返ろうとして、強い腕がその動きを止めた。

ゆっくりとだが動き続ける流れに逆らわないように、前へと誘導される。

「少し、落ち着け。ミーシャの家族の話、あまりおおっぴらに広げない方が良いんだろう？　護衛の耳に入れたくない。静かに」

少し困ったように眉根を寄せるカイトに、ミーシャは小さく首を傾げた。

今日はカイトと一緒にいるから大丈夫と護衛の騎士は断っていた。

ミーシャは待ち合わせの場所で別れたきりだと思っていたのに、実はずっと護られていたというのだ。

「悪用されるとは思わないが、用心にこしたことはない。だから、落ち着いて、前を向いてろ。ミーシャの身長なら、人混みに埋もれて護衛からは頭の先しか見えないはずだから」

カイトの囁きに、ミーシャは、こんな場所で話を切り出したカイトの意図をようやく悟った。

王城内では、どこに耳目があるかわからない。

そもそも、いつでも侍女が側に控えていたし、今回のお出かけだって、本当は二人きりになるのをかなり反対された。

理由が「年頃の男女が二人きりなど、はしたない噂が流れてしまいます」だった為、ミーシャが笑い飛ばしてしまったのだが。

そんな中でラインの……、新たな『森の民』の話などしたらあっという間に王の耳に入る事だろう。

それが良いことか悪いことなのかはラインが判断する事で、ミーシャが勝手をして良い事とは思えなかった。

これまでに起こったいろんなことから、ミーシャも『森の民』が、自分たちの存在を公にしたがっていないことに気づいていたのだ。

「伯父さん、いつ来るの?」

ミーシャは、カイトの言葉に従うと前を向いたまま小さな声でつぶやいた。

「分からない。だが、公爵様に『伝鳥』を使って連絡して来たそうだから、多分、ミーシャにもそうするだろう。俺たちが旅立って四日後に現れたそうだから、その後にすぐ動いたとしたら、それくらいの遅れで着くとは思う」

同じほどの声音で返事が返って来る。

周囲の喧騒にまぎれそうな囁き声だが、ぴったりとくっついた状態のおかげか、不思議なほどよく聞き取れた。

「カイン、一緒にいるんだ……」

故郷の森で別れたままになってしまっていた大切な友人の存在に、ふっとミーシャの顔が柔らかく綻ぶ。

卵から育てたカインは、ミーシャにとって家族のような存在だった。

そして、たまたまカインが孵化した時期に訪ねてきたせいで、大変な子育て騒動に巻き込まれたラインも何かとかわいがっていたのを知っていた。何しろ、カインの名前はラインから一字もじってつけられているのだ。

「自由人の兄さんにあやかればこの子も頑丈に育ちそうだし、自由に空を飛び回るようになるでしょう」と笑っていた母親を思い出し、ミーシャの笑みが深まる。

「……わかった。カインが気付きやすいように、私の居場所がわかるようなものを窓にでも出しておくね。伝言を伝えてくれてありがとう、カイト」

王都観光の定番でもある大聖堂をカイトがあげたときに「カイトらしくないな」とかすかに感じた違和感が払拭され、ミーシャはくすくすと笑い出した。

張り付いている護衛の目をごまかすために、この人混みに紛れようと考え付いたのだろう。

突然笑い出したミーシャに、カイトが不思議そうに首をかしげる。

「カイトが大聖堂を見たいって変だと思っていたの。コレを狙っていたんでしょう？」

「……まぁ、まさかここまで酷い人混みとは思ってなかったけどな。祭りの時期を甘くみてた」

四方八方から押される衝撃からミーシャを守りながら、カイトは肩を落としため息をついた。

「まぁ、今更抜けられそうもないし、諦めて最後まで観光する。話の種にはなるだろう」

「歴代の奉納された彫刻は本当に綺麗よ？　……ゆっくり見られるかは分からないけど」

少し投げやりなカイトの声になおも笑いながら、ミーシャは顔を上げて改めてカイトの顔を見上げる。

「ココから出たら、お礼に飲み物を奢ってあげるね。美味しい果汁の屋台があるの」

「……楽しみにしとくよ」

ようやく主人から承った用事の全てを終えたカイトは、屈託無いミーシャの笑顔に苦笑を返した。

ミーシャは、自分に与えられた小さな小屋の寝室にしている部屋の窓の外に、小さなドライフラワーの花束を吊るした。

虫除けも兼ねているそれは、窓辺につるしていても不自然に思われることもないだろう。

たとえ花束の中に、乾燥した果実の実がついたままの枝が交ざっていたとしても……。

それはカインの好物であり、森でミーシャがおやつ代わりに食べさせていた物だった。

きっと賢いカインなら目敏く見つけてくれるだろう。

窓から入って来る風はまだ少し生温く、昼間の暑さを物語っていた。

幸い、今日は雨が降らなかったけれど、その代わりのように、この時期にしては日差しがきつかった。

結果、果実水がより美味しく感じられたから、悪いことばかりでもないのだろう、とミーシャは微笑んだ。

入場制限がかかっていた大聖堂内は、予想よりもジックリと楽しむことができた。

芸術方面には疎いのだと少し恥ずかしそうにしていたカイトも、廻廊に飾られた彫刻の数々に目を輝かせていたし、二度目のミーシャも目新しさはない代わりに前回は気付けなかった細部を楽しむことができ、とても楽しかった。

その後のお土産選びも、人気のものを適当に選ぼうとするカイトを「渡す人に合わせないと！」と説得し、幾つもの店を梯子する事になったがとても楽しかった。

ふと思いついて髪に手を伸ばす。

昼間は編み込まれて帽子の中に収められていた髪も、今は自然のままに肩に流され、夜風にサラサラと揺れていた。

その一部を、淡い桃色の花飾りのついた髪留めが飾っている。

「今日のお礼に」と別れ際にカイトが渡してくれたものだ。

部屋に戻って紙包みを開いたミーシャは、それが、何軒目かの店で「可愛いな」と目を留めていたものだと気づいて驚いた。

いつの間に購入したのだろう。

柔らかな布を花びらに見立て何重にも重ねた飾りは、ミーシャの優しげな雰囲気によく似合っていた。

嬉しくて、誰に見せる訳でもないのにいそいそと髪につけた自分の行動を思い出し、ミーシャは一人くすくすと笑った。

胸の奥がどこかくすぐったい気がして、だけど、それは少しも嫌な感じではなかった。

夜風に運ばれて、窓辺に吊るした花束から爽やかな香りが届く。

「お礼にポプリでも贈ってみようかな？」

野外の行動が多いから、虫除けも兼ねているものを贈れば喜んでくれないだろうか？

「……それよりも痛み止めとかの薬の方が喜ばれるかなぁ……。でも、可愛くないし……」

ブツブツ呟きながらも見上げた夜空は、綺麗な月がかかっていた。

二十二　初めての夜会1

「……ドキドキして口から何かが飛び出してしまいそう、です」

綺麗にドレスアップされ、最後に髪を整えてもらいながら、ミーシャはポツリとつぶやいた。

舞踏会は夜に開かれる。

その為、軽い昼食を取った後、ミーシャは侍女たちの手によって浴室に放り込まれ、いつもは断れば許される入浴後の肌の手入れを今日ばかりはと強行され（二人がかりで挟まれて泣き落とされた……）、全身ピカピカのツヤツヤにされた後、ドレスを着せられた。

普段、町娘が着るようなワンピースを好んで身につけているミーシャにとって、コルセットから始まる『正式なドレス』の着付けはなかなかに苦行だった。

「ミーシャ様は細いから、そんなにキツく締め付けてはいませんよ？」

サラサラの髪を綺麗に編み込みながらイザベラが柔らかく微笑んだ。

鏡ごしに目を合わせたミーシャは小さく肩をすくめる。

「そういう意味じゃなくって……」

「そうですよ〜。スゴイ人は、侍女どころか男の人の力を借りて締め上げますからね〜！　ミーシャ様のコルセットなんて本当に形だけですよ？」

ニコニコとアクセサリーの準備をしながら口を挟んで来るティアに、ミーシャは、今度は肩を落とした。

「そんなに力一杯締め付けたら、呼吸困難や血行障害になりそうなんだけど……」

「そうですね。毎回、倒れる方がいらっしゃるので、そういう方たちのために何部屋か救護室をご用意しています」

いつの世も、女性は美を追求するためには多少の無理をするものなのです、と澄まし顔で答える侍女たちに、ミーシャは唖然とした顔で黙り込んだ。

「さぁ、できましたよ？」

イザベラの声に顔を上げると、いつもはハーフアップの髪が今日は珍しく全て上に上げられていた。

ミーシャのすんなりと細い首が晒されている。

匂い立つような色香はないものの、若木のようなしなやかさは、人の目を集めるには十分の美しさだった。

慣れない髪形に浮かぶ戸惑いは、「失礼します」との言葉と共に、首にかけられた微かな重みで消えていく。

少し広めに開けられたデコルテを飾る美しい翠の輝き。

「やはり髪はアップにした方が、飾りが映えますすね」

賛辞の言葉と共に、耳にも翠が輝いた。

母親の形見の宝飾を手にしたときに、どうしてもつけてみたいという衝動が抑えられなかったミーシャは、侍女たちに相談したのだ。

せっかくコーディネートしてくれたけど……と恐縮するミーシャに、ラライアの用意してくれたドレスとの相性も悪くなかった為、周囲は快く受け入れてくれた。

代わりに「似合う髪形の研究」に付き合わされたり、「全体を一度見てみましょう」と再び着せ替え人形にされたりしたのはご愛嬌だ。

結果、ドレスの襟元のデザインが急遽変更になり、ミーシャは余計な仕事を増やしたと申し訳なさそうにしたが、直前の変更など珍しい事でもなかった為、誰も気にしていなかった。むしろ、お礼に渡されたハンドクリームに、かかわったお針子たちは大喜びだった。

「本当にお綺麗です」

「ええ、本当に……」

全てを飾り終え、イザベラとティアは、ほぅっと感嘆のため息をついた。

そんな二人にも気付かぬ様子で、ミーシャは鏡に映る自分の姿をまじまじと見つめていた。

普段は背中に下ろしていることが多い髪をアップにし、化粧までされた自分の顔は、自分というよりも母親に似ているような気がする。

何より、エメラルドのネックレスは、絵姿で見た母の結婚式を思い出させた。

「……母さん」

そっと鏡を指先でなぞれば、目元が熱くなり、ミーシャは慌てて鏡から目をそらした。

ここで泣いてしまっては、この数時間の二人の苦労が水の泡だろう。

だから、振り返ると精一杯の笑顔で、見守ってくれているティアとイザベラに笑いかけた。

「綺麗にしてくれて、ありがとう。自分じゃないみたいでビックリ！」

少しおどけた口調に、しんみりとした空気を吹き飛ばそうとするミーシャの心を感じて、二人はニッコリと笑顔を浮かべた。

「どこの国のお姫様よりもお綺麗ですよ！」

「本当に。ミーシャ様が一番です」

まだ、会場への移動まで時間があるから、と、ミーシャはティアたちとお茶を楽しんでいた。

「ところで、エスコートはどなたになったのですか？」

本来、主従が共にテーブルに着くのはあり得ないのだが、この部屋の中に限りで良いからとミーシャが強請って、二人も共にテーブルについていた。

「それが、当日を楽しみにしていて、とライア様が仰って、誰も教えてくださらないの」

ティアの質問にミーシャが困ったように答える。

「あら？　やっぱりミーシャ様にも内緒なのですね。私たちにも、教えられていないのですよ。よほどミーシャ様を驚かせたいのですねぇ」

おっとりと笑うイザベラに、ミーシャはほぅっとため息をついた。

「……まさか、ライアン様が来られることはないよね？」

最大の懸念事項を恐る恐る口にすれば、ティアとイザベラは顔を見合わせた。

流石に、それはないと思う。

けれど、ミーシャに対するライアの態度や、ライアンの対応を見る限り、絶対にないとは言い切れないのが辛いところだ。

護衛も兼ねて壁際に控えるキノを三人で振り向けば、しばしの沈黙の後、小さく首を横に振られた。

「流石に、公式の場に王と入場すれば大変なことになりますから。ライア様と共に、最後に入られると伺っております」

淡々と返された答えに、知らず緊張していた女性陣の強張りが解れる。

キノが言うのならば、間違い無いだろう。

いまだ未婚のライアンのエスコートで正式な場に登場したら、確かに、ある事ない事勘繰られて大変なことになりそうである。もともとミーシャがこの国に来ることになったきっかけも、側室の一人にでも召し上げてほしいという話だったのだから、信ぴょう性がありすぎる。身分的にも立場が下とはいえ一国の公爵家、しかも現国王の姪にあたる存在だ。血筋的には正妻として迎えられても問題ないのである。

「ですよね！　じゃぁ、誰でしょうか？　後、お知り合いなのはジオルドさんと、トリス様と～～」

気を取り直したようにティアが指折り数えるメンバーが実は錚々《そうそう》たる面々だと言うことに、ミーシャだけが気づいていなかった。

「あ、でもお城の大広間ですごくたくさんの人が集まるんですよね？　コソッと入って隅っこにいれば目立たないで済むかな？」

最大の懸念が消えたことでニコニコと笑顔になったミーシャは、サクサクとクッキーをかじり軽い調子で呟いた。

(((いや、無理でしょう)))

気持ちはわかるが、ライアが側に呼ばないわけがないし、それを抜きにしても何かと話題の少女が注目を浴びないわけがない。

表立った場に今まで出たことがないからこそ、噂が噂を呼び、この国の貴族の上位から下位まで興味津々になっていることを、使用人ネットワークで三人とも知っていた。

その人物が初めて公の場に出るとあって、今回の夜会はいつにも増して大盛況。

基本、花月祭の夜会は貴族籍さえ持っていれば、希望者は誰でも参加できる。

王は最初から顔を出し最後までいて挨拶を受けるのだが、人数がそれなりになるため貴族たちは前半低位貴族、後半高位貴族が主になり順々に交代していくのが暗黙の了解となっていた。

しかし、今年はどうも様子が違うと、会場設営メンバーが青くなっていたのだ。

その原因がミーシャであるのは確かだろう。

隣国の公爵令嬢で客人。

身分だけ見れば高貴だが、本人はまだ十代前半の幼い少女で夜遅い夜会への参加は危ぶまれる。

公爵本人がいればまた違うのだろうが、今いるのはあくまで幼い少女《ミーシャ》のみ。

つまり、どの時間帯に現れるのかまるっきり分からない状態なのだ。

だが、伝手がない以上この機会を逃せば、姿を見られるのは次がいつになるのか分からない。

貴族社会は情報社会。

ここ一番の話題に乗り遅れたくない。

そんな純粋な野次馬根性や、少女と顔繋ぎを得ることで得られる利益の皮算用をした、少し黒い願望などなど。

そんなこんなが渦巻いて、暗黙の了解などどこ吹く風。

最初から居座ろうとするものなど可愛いもので、中にはミーシャの現れる時間帯を教えろと直球勝負に出た強者《ばかもの》もいたらしい。

そんなゴタゴタから、ミーシャを守れる者はそう多くはない。

「……ジオルド様だと、立場はあるけど平民出身でいらっしゃるから、貴族達の盾にはなりづらいでしょうし、トリス様は婚約者がいらっしゃるのでその方をエスコートされるでしょうし……ねえ？」

「え？　トリスさん、婚約者がいらっしゃるんですか？」

いつもすまし顔で暗躍しているイメージのトリスと婚約者という単語が結びつかなくて、ミーシャは目を丸くした。

「公爵家の跡取りでもいらっしゃいますし、お家のつながりもあって幼い頃から縁を結ばれているそうですよ。政略ではありますが仲睦まじくされているお話もよく聞きますし。ただ、トリス様がお忙しくされていることと、ライアン様がまだ相手もいらっしゃらないことに遠慮して、婚姻は控えているそうですが」

「そうなんですね。今夜いらっしゃるのなら、ご挨拶できるかなぁ？」

好奇心で目を輝かせるミーシャをティアとイザベラはほほえましく見守った。

「そうですね。おそらくお会いできるかと。それにしても……あとはどなたがいらっしゃるかしら？」

どうにも予想がつきにくく首をかしげることになったのだが、そこに響いたノックの音が、全ての答えを連れてきた。

「お迎えが参りました」

開かれた扉の向こうにいたのは……。

「コーナンさん？」

「ほほ。ミーシャちゃん。三日ぶりじゃの？」

ニコニコと笑う白髪の紳士。

筆頭医師のコーナンだった。

「コーナンさんが私のエスコート役をしてくださるんですか？」

見慣れた穏やかな姿に、ミーシャは笑顔で駆け寄った。

ラライアの治療を通じて知り合って以来、何度となく会話を交わしたコーナンに、ミーシャは
「おじいちゃんってこんな感じかな？」と懐いていた。

さらには医師としても知識が豊富なため、話をしていても楽しかったというのもある。

どんなものでも、知らない知識を得ることはミーシャにとって喜びだった。

「これでも一応侯爵様じゃからな？　壁役として白羽の矢が立ったんじゃよ」

「そうなんですね。誰もエスコート役のことを教えてくれなくって。コーナン様で嬉しいです」

ニコニコと笑うミーシャにコーナンは軽く肩をすくめてみせた。

「いや？　ワシはうちの国の貴族《バカ》どもの壁役じゃ。正式なエスコートは彼じゃよ」

「え？」

ニンマリと笑ったコーナンの陰に立つ人物に気づき、ミーシャは驚きに目を見張った。

「カイト!?　なんで!?」

「……公爵様の代理を承った」

そこには、見慣れない貴族礼装に身を包んだカイトが、居心地悪そうに立っていた。

「……どうしてこうなった？」

ため息を噛み殺し、何度目かになるつぶやきをこぼす彼に、答えをくれる者などいなかった。

強いて挙げるならば、返ってくるのはニヤニヤと面白がっているような視線だけだろうか？

「……俺が公爵代理でエスコート役など。どう考えても荷が重いだろう」

宿から移動の馬車の中のぼやきに、馭者台の方から陽気な声が飛んできた。

「そりゃあ、今回のお使いでお前の身分が一番高くて、ミーシャの顔見知りで、かつ見栄えもいいからだろ？　諦めて胸張って、国の代表してこい」

楽しげな声は恐ろしい内容を軽々と返してくる。

「身分なんて……。跡を継ぐ予定もない伯爵家の三男なんていないも同じだし、ミーシャの顔見知りならここにいる全員でしょう⁉」

やけのように叫び返したカイトに、笑い声が返ってきた。

「じゃあ、ミーシャの隣に並んでも負けないそのお綺麗な顔」

カイトと共に馬車の中にいた正装の仲間達は、（あ、言っちゃった）と、顔を見合わせた。

いつもの騎士装束ではなく貴族礼装に身を包んだカイトは、どこから見ても貴族令息に見えた。

いつの間にか荷物に仕込まれていた、仕立てのいい礼装に負けることなく着こなしている。いつもは無造作に一つにまとめている髪も丁寧に櫛を入れれば本来の艶を取り戻し、今は凝った組紐で纏められていた。

どちらかといえば、叩き上げな雰囲気の漂う仲間内では、この貴族然とした空気感を出せる者などそういない。

「そんな事で代行を決めないでください」

ついにがっくりと項垂れたカイトを慰めるものはいない。

下手に同情して、自分にそのお鉢が回ってきては堪らないからだ。

客分としてヒッソリと会場隅で料理に舌鼓を打つのは大歓迎だが、隣国の貴族たち注目の中、王族と挨拶するのはごめんだ、というのが仲間内の総意だった。

「……まぁ、美しく着飾ったミーシャ様に一番初めに会えるんだし、役得だろ？」

「大人に囲まれて心細いだろうし、しっかり守ってやれよ？」

あくまで目線を合わさないまま心無い慰めの言葉をかける仲間に、カイトは恨めし気な視線を投げかけた。

そもそも、この舞踏会に参加するのは、あちらを出る前から分かっていた事だったはずなのだ。で、なければ荷物の中から自分の礼服が出てきた訳が説明つかない。

しかも、実家にいた時にすら袖を通したこともないような高級品は、明らかにミーシャの生家である公爵家が用意したものだろう。

なのに、自分には何の話もなかった。聞いたのは昨夜のことだ。

仕組まれていたとしか、思えない。

「まぁ、まぁ。娘の晴れ姿を見られない公爵様の思いも酌んでやれよ。代理の看板まで預けたんだから、わかるだろ？」

「……その重すぎる看板も憂鬱の原因の一つなんですけどね」

今回、他に自国よりの参加者はいない。

と、いうことは、「公爵家」どころか「国」の看板を背負っているに等しい行為なのだ。

さっさと後継から逃れ、一騎士を目指した身としては重すぎて、愚痴の一つもこぼしたくなるというものだろう。

まぁ、現実問題。

どれほど愚痴ろうが、逃げたかろうが、主命となれば逆らえるわけもなく。

歩みを止めない馬車は速やかに目的地へと到着するのである。

「じゃ、楽しんでこいよ〜〜」

荷物を下ろした馬車の馭者台で、シャイディーンが呑気に手を振って見送っていた。

二十三　初めての夜会2

その人物の名が読み上げられた時、ザワリと空気が動いた。

それは、会場にいる人々の意識の端に、最近常に留められていたものだったからだ。

隣国の王弟を父に持ち、遠い異国の幻の一族の血を引くという娘。

娘自身もその一族の知識の一端を持ち、体の弱いライア殿下の体調管理を任されたと聞く。

白金の髪と翠の瞳の類まれなる美貌を持ち、周囲の者を魅了しているらしい。

さらには役立たずと噂の薬草園にも介入し、何やら新しい動きが出ているそうだ。

いろいろなうわさが飛び交う割には、本人に会った事があるのはほんの一握りの高位貴族のみ。

それも、言葉を交わしたものはほとんどいない。

王家が神経質なほどに保護しているためであり、それゆえに、貴族たちの好奇心を掻き立てずにはいられない。そんな存在の名前に、会場の目はいっせいに扉の方へとむけられた。

果たして、そこにいたのは噂にたがわぬ美しい少女だった。

白金の美しい髪は淡いピンクのリボンと共に複雑に編み込まれ、パステルカラーの花飾りで品良く飾られていた。

髪に編み込まれたリボンと同色の淡いピンクのドレスは、裾の方にいくに従ってその色を濃くし、最後は濃い赤紫へと変化していく。少し高めの位置で結ばれたベルトがわりの幅広のリボンがそのウェストの細さを強調していた。

すらりと細い指先をエスコート役の手に預け、入り口で一礼して伏せられていたその顔がスッとあげられた時、名前に反応して振り返り、その姿を眺めていた人々は息を呑んだ。

まるで吸い込まれてしまいそうな美しい翠。

それが少女の大きな瞳だということに気づいた時、人々は知らず詰めていた息を吐いた。

まるで精巧に作られた美しい人形のような顔の中、そのキラキラと輝く瞳が、少女が人形などではなく生きている人間なのだと知らしめていた。

また、少女の白いデコルテを飾るネックレスと耳に揺れるイヤリングが、まるで少女の瞳の色を写し取ったかのような美しいエメラルドであったため、人々は自分達がまるで翠の空間に囚われたような錯覚に陥ったのだろうと納得した。

「なんて美しいのかしら」

「そうだな。それに見事な宝飾だ。流石、王弟の血筋ということか」

「思っていたより大人だな」

「あら、コーナン様が共にいらっしゃるのね」

「侍医が後ろ盾についたなら、うわさは本当なのか？」

ヒソヒソとした会話が広がる中、臆することなくまっすぐに顔を上げた少女は、エスコートされるまま王への挨拶の列へと並んだ。

するとエスコート役の青年と逆隣に立ったコーナンが、何事かを少女の耳に囁きかけた。

途端、少女の顔がふわりと綻ぶ。

整っているがために人間味の薄かった少女の雰囲気が、途端に華やいだものへと変わった。

それから、少し背伸びをするようにしてコーナンに何事かを囁き返した後、エスコート役の青年にニッコリと微笑みかけた。

青年が少し困ったような顔で笑顔を返す。

それは、まるで一幅の絵のように美しい光景だった。

王への挨拶が終われば、話しかける隙もできるだろう。

人々は噂の少女の人となりを知るために、虎視眈々と様子を窺うのだった。


大広間に一歩入った途端に向けられたたくさんの視線にミーシャは、一瞬怯みそうになった。

しかし、ミーシャは覚悟を決めて、下げていた視線をあげ膝を伸ばした。

たくさんの明かりで、まるで昼間のように明るい大広間には、大勢の着飾った人々が集っていた。

思い思いに歓談していたようだが、今は多くの視線がこちらに向いていた。

ミーシャは、とりあえず悪意のような嫌な感じはしないことにホッとして、もう少し辺りを窺う余裕が出てくる。

入り口から向かって右手に長い列が、正面の一段高い場所に設えられた玉座へと向かって延びていた。

遥か向こう、小さく見えるライアンと一瞬目があった気がしたけれど、あまりに遠すぎてはっきりとは分からなかった。

ふと、カイトに預けていた手が引かれて、ミーシャは視線をわずかに横に向けた。

「進んで」

視線を前に向けたまま、囁き声が降ってくる。

それで、ここが入り口であり、後ろには入場を待つ人たちがいることに思い至り、ミーシャは慌てて足を進めた。

慣れぬヒールの靴を履いたミーシャを思いやってか、カイトがゆっくりと足を進めてくれる。

その事に気づいて、さらにここにたどり着くまでの道で何度も転びかけて支えてもらったことを思い出して、ミーシャは少し可笑しくなった。

人目のあるところでは基本澄まし顔で敬語を崩さないカイトが、その瞬間は珍しく慌てて素がでていた。

隣を歩いていた人間が、突然転んだらそれは驚くことだろう。

「なんじゃやか、予想通りとはいえ注目の的じゃのう」

カイトと逆隣を歩くコーナンが楽しそうに囁いてきた。

「異国の人間が珍しいのかもしれませんね？　私もカイトのこんな姿初めて見ましたし」

囁き返して、ミーシャはカイトを見上げる。

（整った顔しているとは思っていたけど、こうしていると本当に貴公子に見えるなぁ～）

エスコート役として現れたカイトに驚いていると、父親の代理を言い渡されたことと、実は伯爵家の出身である事を教えられて、ミーシャはさらに驚いた。

公爵家で侍女をしていた叔母の伝手で、私設騎士団へと入り込んでいたそうだ。

「後継のスペアにもならない三男でしたから、自分の手で将来を探すしかなかったのですよ」

驚いているミーシャにカイトはそういうと、少し苦いものを含んだ笑顔を浮かべた。

そんな表情を見てしまえばそれ以上聞くこともできなくて、ただ（だからふとした所作が綺麗だったりダンスが上手だったりしたのね）とミーシャは心の中で納得していた。

「騎士の格好もかっこよかったけど、そういうのも似合うね」

無邪気に褒められて、カイトはただ苦笑するしかなかった。だが、イヤイヤしていた服装も心からの感嘆を込めてそう言われれば、悪い気はしなかった。

「ミーシャ様も、とてもお綺麗ですよ？」

ふと伝え忘れていた言葉を思い出し囁けば、ミーシャの目が驚いたように見開かれ、頬がほんのりと赤く染まった。それから、照れたようにカイトから視線を外すと慌てて話題を変える。

「それにしても、凄い人だね。貴族ってたくさんいるんだね」

「あっちの方に仲間の数名が固まっていますね。ちゃっかり料理の近くに陣取っているあたりが流石というか……」

耳までほんのりと赤く染めているミーシャに笑いながら、素直に話題変換に乗ったカイトは、そっと目線だけで一角を示した。

カイトにつられて視線を流せば見覚えのある顔が楽しそうに料理を手にしていた。視線に気づいたらしく、小さく手がひらりと振られる。

「おいしそう。良いなぁ。私もあそこに行きたい」

来たる夏の繁栄を祝うための祭りだけあって、料理もとても豪勢だ。

お茶を飲んだとはいえ、昼は軽食だったミーシャは空腹を覚えて、羨むような視線を向けた。

「挨拶さえすめば、どこに行くのも自由じゃ。まぁ、自国のお仲間に囲まれとるのが一番平和じゃろうしな」

ニコニコと話しながらもコーナンは、ミーシャに隠れて方々に鋭い視線を飛ばしていた。

自分の弟子たちを使おうと、なるたけ同じ時間に集うよう指示していた。壁は厚いにこしたことはないだろう。

「国を代表して顔出ししている方々に、無礼を働くほどの馬鹿も居らんじゃろう」

ご満悦な表情のコーナンに、ミーシャとカイトは顔を見合わせた。

いったいミーシャはどんな噂をたてられ、どんな注目のされ方をしているのだろう。

(知りたいような、知りたくないような……)

ミーシャとカイトが、二人で同じことを悩んでいる間に挨拶の順番は回ってきた。

「本日はお招きいただき、ありがとうございます」

ミーシャのエスコートをしてきた貴族の青年は、この辺りには珍しい濃い髪色をしていた。優雅に定型文の挨拶をする姿はもの慣れていて、青年が貴族にふさわしい高度な教育を受けていたことを物語っていた。

「いや、先日は公爵よりの使い、大儀であった。今日は無礼講の夜。大いに飲んで騒いで、楽しんでいってくれ」

鷹揚に頷きつつ観察するライアンの視線にも動じることなく、軽く膝を折る姿は堂にいっている。必要以上におもねる事ないバランス感覚は見事だ、とライアンは素直に感心する。

隣国の公爵代理という自分の立場をよく理解しているのだろう。膝を折り過ぎれば、属国に成り下がったのだとアピールすることになるし、かと言って礼を失せば無礼者と叩かれる。

(まだ若いがなかなか……。部下に欲しいくらいだな)

ひっそりと心の中で賛辞を送りつつも、隣でやや緊張しているミーシャへと視線を移す。

今日のミーシャは髪をアップにして、ほんのりとだが化粧までしていた。

印象的な翠の瞳が際立つように目のふちにキラキラと光る粉がはたかれているようで、その効果は抜群だった。真っ直ぐに見つめる瞳に吸い込まれてしまいそうな錯覚を受ける。

更に、小さな顔の横と首元で輝くエメラルドがその効果を高めていた。アレが噂の母君の形見だろう。

(着飾るとほんとうに雰囲気が変わるな)

最初に挨拶をした時の姿を思い出す。

あの時は濃い色のドレスだったが、明るい色もよく似合っている。

ラライアが用意したのだと自慢していたが、妹の見る目は確かだ。

チラリと隣に視線をやれば、話しかけたそうにウズウズしているラライアと目が合い、自慢気に笑われた。

まるでお気に入りの人形を見せびらかすかのような態度に、ライアンは困った奴だと肩をすくめたくなる。

「ミーシャ嬢も、本日の装いも美しいな。後で一曲お相手頂こう」

瞳に賞賛を込めて微笑めば、ミーシャも嬉しそうに微笑んだ。

「謹んでお受けいたします」

突然のダンスの申し込みにも動じる事なく受けるのは、事前にラライアが話していたのだろう。

練習の時の様子を思い出し、ライアンは更に笑みを深めた。

「では、また後に」

まだまだ挨拶の列が続く以上、一人一人にそれほど時間をかけるわけにもいかない。別れの合図をすれば、エスコートの男がそつなく誘導していった。

横目で窺う先で、ラライアの侍女に話しかけられているから、後の約束でも取り付けているのだろう。

意外と抜け目ない妹をチラリと窺えば、澄まし顔で微笑んでいた。

普段、公式の行事でも休みがちな妹姫の姿に、挨拶に来た貴族たちが少し驚きつつも話しかけている。

瞳と同じ色のドレスを身にまとった妹は、本当に健康そうに見えた。

実際、ここ数年で一番体調もいいらしい。

（ミーシャに感謝だな）

定型文な挨拶を適当に聞き流しつつ、ライアンは後の約束を思い出し機嫌よく笑った。


とりあえずの挨拶の波が一段落すれば、舞踏会らしくダンスが始まる。

最初の一曲は国王のペアが中央で一組だけで踊るのが通例であった。

王妃どころか婚約者すらいないライアンは、その時々で適当な高位貴族の娘と踊っていたが、今回はラライアがいるため兄妹のペアとなった。

踊り慣れているだけあって見事に息のあったダンスを披露する二人を、ミーシャは公爵家騎士団の仲間とコーナンの部下に囲まれてのんびりと眺めていた。

知り合いに囲まれて、たまに不躾な視線は飛んでくるものの、今のところ知らない人とは一言も話していない。

見事な囲い込みであった。

「ラライア様、お上手ですね」

「王族の嗜みと、体調の良い日は努力されておったからの。元々体を動かすのはお好きなようで、夢中になるあまりやり過ぎてまた寝込む、なんて本末転倒な事もあったがの」

目を細めてラライアを眺めるコーナンの様子は、正に孫を眺める好々爺そのものだった。

「だいぶ貧血の症状等は落ち着いてきたのですが、最近は季節の変わり目のせいか少し食欲が落ちてきているので心配なのです」

フワリとドレスの裾を翻し綺麗なターンを繰り返すラライアを見ながら、ミーシャは、ふと呟いた。

「ここ最近は、雨も多くて蒸し暑い。ラライア様で無くともウンザリじゃ。それでも、ミーシャちゃんのおかげか最低限の食事はとっておるようじゃしの。さほど、心配することもなかろうて」

不安気なミーシャを元気づけるようにその肩をポンポンと叩いたコーナンは、音楽が終わろうとしているのに気づき、ニンマリと笑った。

「さて、最初のダンスがこんな爺さんで申し訳ないが、一曲お願いいただけるかな?」

一番注目を浴びるであろう最初の曲を共に踊る事で、自分が後ろについているという立場を明確にしておこうという意図もあるのだろう。

気取った仕草で片手を差し出しアピールするコーナンにクスリと笑ったミーシャは、ドレスの裾をつまむと膝を折って了承の意を示してみせた。

「よろしくお願いします。足を踏んでも、大目にみてくださいね?」

そうして手を引かれるままにダンスの輪に加わる。

コーナンのリードはゆったりとして大らかで、安心感があった。

会場の雰囲気に知らず呑まれて無意識に硬くなっていたミーシャも、ゆったりと踊りながら、目に入る特徴的な人の話題を面白おかしく教えてくれるコーナンに、気づけば笑顔が浮かびリラックスしていた。

「そうそう。そうやって楽しく踊っとりゃええ。リードなんぞは男に丸投げしとけば良いんじゃからら」

どこかで聞いたようなことを呟かれながら、気づけばあっという間に一曲が終わり、元の場所へ戻っていて速やかにカイトの手に渡されていた。

すぐに始まった次の曲に滑らかに乗りながら、ミーシャはカイトと笑いあった。

「楽しそうだったな？」

「うん。コーナンさんが、踊りながら色んな噂話教えてくれたの」

クスクス笑いながら、ミーシャはカイトの腕の中でクルリと綺麗なターンを決めた。

グラデーションの綺麗なドレスの裾が広がり、花のようだった。

森の中で走り回ることで自然に鍛えられていたミーシャの体は非常にしなやかで、ステップもターンもまるで宙に浮いているかのように軽やかだった。

「舞踏会ってもっと緊張するものなんだと思ってた。でも、とても楽しいわ」

練習の時には難しいと思っていたステップも、今なら簡単に踏めそうだった。

ターンが気に入った様子のミーシャのためにカイトがワザと多めにクルクルと回れば、「目が回っちゃう」と言いながらも非常に楽しそうだった。

その後も、ミーシャは、花から花を飛び回る蝶のように、パートナーを代えて何曲も踊った。

踊っている間は人の視線は気にならなかったし、一人一人リードの癖があり非常に面白かった。

流石に立て続けに五曲も踊れば息も切れ、ミーシャが休憩のためにコーナンの所へと戻れば、カイトの姿がなかった。

不思議に思い見渡せば、ホールの方で見知らぬ令嬢と踊っていた。

長身のカイトに寄り添うように踊る令嬢は、ウットリとカイトに見惚れているように見えた。

「わしの知り合いの娘での。暇そうにしとったんで誘ってもらったんじゃ」

飲み物を渡してくれながら、コーナンが教えてくれた。

どこか言い訳のような響きに気づかず、ミーシャは、飲み物を口にしながら踊るカイトを見ていた。

遠目に見ると、本当に貴公子然としている。

人目がないところでは結構乱暴だし面倒くさがりなのだが、そんな様子は欠片も見えなかった。

「でも、王子様っていうよりやっぱり騎士様な気がするのは、体のキレが良すぎるからかしら？」

ターンの際や足の踏み出し方なんかを見ながら首をかしげるミーシャに、コーナンは小さくため息をついた。

（どうにもそちらの情緒は欠けているようじゃの。まぁ、それはあちらさんも同じか）

眺める先には、ソツなくリードをするカイトの姿。

周りから若い娘たちの秋波を送られているが、一向に頓着していなかった。

その無表情からは、本当に気づいていないのか、あえて無視しているだけだったのか分かりづらかったが……。

コクコクと美味しそうにジュースを飲むミーシャの前にスッと人影が立ち、ミーシャは顔を上げた。

「一曲お願いできますか？」

目の前に差し出された指先にクスリと笑い、ミーシャはグラスを給仕に渡すとゆっくりと膝を折った。

「喜んで承ります。ライアン陛下」

連れ出されたダンスホールの中は気のせいではなく、先程よりも周りの空間が広かった。

やはり、皆、国王に敬意を払いなんとなくスペースを空けるのだろう。

おかげで周りを気にすることなく、のびのびと踊ることができる。

「楽しんでいるようだな？」

「はい。コーナン様が気を使ってくださって」

「それは良かった。誰をつけるか、少し悩んだんだ」

相変わらず少し強引な、でも巧みなリードに、ミーシャはゆったりと身体を委ねた。

この数曲、色んな人と踊る中で、ミーシャは、下手に力むよりは体から力を抜いた方が、相手のリードを読みやすいということに気づいていた。

「随分、上達したな」

ほんのかすかな動きからでも、上手に次のステップを読み取るミーシャに、ライアンは少し驚いたように目を見張った。

それから、ふといたずらを思いついたかのように、グッとミーシャの華奢な身体を抱き寄せ密着度をあげると、予定にない複雑なステップを踏み出した。

習っていたものの応用の応用、とでも言うようなソレに目を丸くしたミーシャは、直ぐに考えるのを放棄した。振り回されかけて、頭で次のステップを考えていたらとても間に合わないと悟ったからだ。

引き寄せられ密着度が増した体から筋肉の動きを読み取り、ライアンがやりたいこと、行きたい方向を探る。

突然、複雑なステップを踏み出した二人の周囲から人が徐々に居なくなり、いつの間にかホールには二人だけが残されていた。

ソレにすら気づかないくらい、二人はダンスの世界に没頭し、踊り続ける。

息をつかせぬステップ。

激しいターン。

それなのに決して粗雑には見えないのは伸ばされた指先や足先、首や仰け反った腰の優美なラインなど、しっかりと隅々まで意識されているためだろう。

決して乱れず揃えられたステップは、まるで一心同体のようだった。

周囲の人間は、まるで魅入られたようにその姿を見つめるしかなかった。

永遠にも、一瞬にも感じる時が流れていく。

しかし、どんなものにも終わりは訪れる。

二人のダンスにつられたように熱の入った演奏がジャン！　と、最後の音を奏で、二人は終了のポーズで停止した。

奇妙に静まり返った空間に、二人ぶんの荒い呼吸の音だけが響く。

その音が緩やかになった頃、ホールドを解いた二人は、お互いの健闘を讃えるようにゆっくりと優雅に一礼をした。

一瞬の後、激しい拍手の音が響き渡る。

すっかり周囲のことを忘れていたミーシャは、突然の拍手にキョトンとしてあたりを見渡した。

そして、広いダンスホールの中、立っているのが自分たちだけだということに気づき、更に困惑して首を傾げた。

その様子にライアンは、ミーシャの手を引いて周囲に向けてもう一度礼を執らせてから、笑いながらこっちを見ているラライアの方へとエスコートしていった。

そこには、カウチやソファーが並べられ、衝立や天井から下げられた布で一部の視線を遮ることができるようになっている。

疲れやすいラライアのために毎回設えられるスペースであり、そこに招かれるのは貴族婦女達の一種のステータスになっていた。

「楽しそうだったわね、ミーシャ。随分、上達したじゃない」

ゆったりとカウチに身体を預けたラライアの向かいのソファーへと誘導されたミーシャは、すかさず手渡されたグラスを受け取りながら肩をすくめた。

「実は、ライアン様に合わせるのに必死でよく覚えていないのです。もう一度踊れと言われても、きっと無理ですね」

少し恥ずかしそうに答える様子は、無邪気でとても可愛らしかった。

「合わせられただけでも充分よ、あんなの。お兄様ったらはしゃぎ過ぎだわ」

呆れたような視線を向けられ、ライアンも肩をすくめて見せてから、笑い出した。

「水を向ければ向けたぶんだけついてくるものだから、つい楽しくなってな。悪かった」

ちっとも悪いと思っていない笑顔に、ラライアとミーシャは顔を見合わせてからクスクスと笑いだした。

「もう。いいわ。お兄様はさっさと出て行って、お待ちかねの他の令嬢のお相手でもしてきて。ミーシャはしばらくここで私の話し相手をお願い」

そのまま腰を落ち着けたそうなライアンを、すげなく追い払おうとするライアに、「私も疲れているのに」「つめたい」などとぶつぶつ文句を言いながらも、ライアンは素直に出ていった。

それと入れ替わるように、侍女に連れられてカイトがやってくる。

「さぁ、ミーシャ。改めてあなたのお知り合いを紹介してちょうだい。そして、いろいろお喋りしましょう」

突然やってきた王妹の使いだという侍女に連れられてきたカイトは、そこで待っていたミーシャと顔を見合わせた。その顔が「何事だ」と問いかけてきているのは分かったけれど、ミーシャは素知らぬ顔でカイトを紹介する。

「はい。こちらは私の父からの届け物を持ってきてくださったカイト=ダイアソン様です。公爵家の騎士団で腕を振るってくださっていて、私もとてもお世話になっているのです」

「……本日はわたくしたち一同を、パーティーにお招きくださりありがとうございます」

実質この国の女性のトップである王妹の前に、訳も分からぬまま引っ張ってこられたカイトは、目を白黒させながらも貴族の礼を執る。

「遠いところをよくいらっしゃいました。さ、お座りになって。ミーシャにはいろいろお世話になっているのよ。私とも仲良くしてくださるとうれしいわ」

ニッコリと笑顔のライアに逆らえる人間がいるはずもなく。なんとなく嫌な予感を感じながらも、カイトは勧められるまま向かいのソファーへと腰を下ろした。すかさず飲み物が運ばれてくる。

（カイト、頑張れ〜）

あまり女性との会話が得意ではないカイトを知っているだけに、こっそりと心の中で応援しながらも、ミーシャはそっとその隣の一人掛けのソファーへと腰を下ろした。

そして、ラライアの好奇心が満足するまで、カイトが解放されることは無かった。

二十四　エピローグ　もしくはプロローグ？

与えられた部屋に戻ってこられたのは、大分夜が更けてからのことだった。

いつもの小屋は庭の片隅にあるため、多くの人が訪れる今日は警備上の不安があるからと、本日は久しぶりに王宮の客室へのお泊りだった。

ミーシャは、湯を浴びてさっぱりした身体をベッドの上へと横たえ、大きく息を吐いた。

「付き合いきれない」とミーシャの手を引いてラライアは退出したが、城の大広間では朝方まで、パーティーは続くそうだ。ライアンは少しでも多くの人を労うために、最後まで付き合うらしい。

（大人ってタフだな……）

ひっそりとそんな事を考えながら目を閉じる。

柔らかな感触に身体を預ければ、そのまま、ズブズブと沈み込んでしまいそうな錯覚に陥り、自分が思っていたより疲れていたことを知った。

「楽しかった……な」

脳裏に、大広間での出来事が浮かんでは消えていく。たくさん踊って、たくさん笑って、色んな人と話した。

なんだか嫌な視線を向ける人もいたけれど、コーナンやカイト達が直ぐに遮ってしまったため、あまり印象には残っていなかった。

「お城の舞踏会……まるで絵本の中のお話みたいだよね」

幼い頃に父親が土産にと持って来た絵本の中に、女の子が王子様と踊る場面があった事を思い出して、ミーシャはクスクスと笑った。

何度も読み返しては憧れていた忘れられたお姫様のお話。

「王子様じゃなくて、王様と踊っちゃったし」

まるで背中に羽が生えたみたいに、体が軽かった。

ライアンが次に何をしたいのか考えるよりも先に分かって、足が勝手に複雑なステップを踏んでいた。

あれは、とても不思議な感覚だった。

気がついたら、音楽が終わっていて、たくさんの人から拍手をもらっていた。

「もう一度同じ事をしろって言われても、無理な気はするけど、ね」

きっとあれは、初めてのパーティーに出た自分へのご褒美的な何かだったのだろう。

(いっぱい、いっぱい、楽しかったし、明日から、また頑張ろう)

ふわふわした気持ちを抱えながらそう思うと、ミーシャは、あくびを一つこぼし、抵抗する事なく眠りの世界へと吸い込まれていった。

窓の外からは、楽しげな喧騒がかすかに聞こえている。

老婆は力の入らない体を薄い布団に預け、ボンヤリとそれを聞いていた。

微かな喧騒よりも、隙間風のようなヒューヒューという音がやけに耳についた。

高熱に侵された老婆は、その音が自分の喉から溢れる呼吸音だということに気づけない。

ただ、ボンヤリとした頭でそういえば夏の祭りがあるんだと考えるだけだった。

去年の祭りの頃はまだ元気で、臨時の出店で焼き菓子を売って小銭を稼いでいた。

それなのに、今は身体どころか指一本動かすのも億劫だった。

高熱によるひどい倦怠感。それを無視して無理に動けば、胸を破りそうな咳の発作と関節の痛みが起こった。

春が来る頃に崩した体調は、時とともに徐々に悪化していった。上がったり下がったりする熱に倦怠感。

すぐに良くなると気楽に考えていた老婆が、流石におかしいと思った時には、すでにベッドから下りることすら難しくなっていた。

娘がなけなしの金で手に入れてきた熱冷ましの薬も、飲んだその時には良くなるもののすぐにまた上がってきてしまう。滋養のためにと娘が忙しい時間の合間を縫って捕ってきたキャラスも、効いているのかいないのか……。

不意に喉奥から込み上げてきた咳の発作に、老婆は痩身を折り曲げるようにして耐えた。

薄暗い部屋の中、聞いている方が苦しくなりそうな激しい咳が響き渡る。

生理的に溢れてきた涙で滲む視界が、不意に紅く染まった。

ようやく治まった咳の名残でヒューヒューと喉を鳴らしつつ、老婆は自分の手を濡らす紅い液体をボンヤリと見つめた。

独特の粘度と臭いを伴ったそれの正体に思い至り、ぐったりと弛緩していた老婆の体がガタガタと震えだす。

己の皺だらけの痩せこけた手を染める紅い液体。

生まれた時から王都で暮らし、あの最悪の年を越えたこともある老婆にとって、現在の己の状況が示す未来は最悪だった。

恐怖に喉奥から悲鳴が溢れかけ、しかし老婆の弱り切った体は、そんな衝動的な行動すら許してはくれなかった。

代わりとでもいうように、再び咳の発作が老婆を襲う。

薄れゆく意識の中、老婆は仕事から帰ってくる娘を想った。

最近、疲れた顔をしていた。

自分の体のキツさを耐えるのに精いっぱいであまり気にかけていなかったが、最近、咳もしていたような気がする。

それは、最初の頃の自分と同じでは無かっただろうか。

(ああ、神様……)

最期のその瞬間、老婆は年老いた娘のことを思い血に染まった指先で祈りの印を結んだ。

「母さん、ただいま。今日は薬を買ってきたから、食欲なくてもチョット頑張って。向かいのビーンさんにまたキャラスを分けてもらったの。今年は豊漁なんだって……」

娘は、弾む足取りで安っぽい木の扉を開けた。

例年通り焼き菓子の屋台を出していたのだが、祭りの雰囲気が行き交う人の財布の紐を大分緩めてくれたおかげで、予想よりも多くの臨時収入を得ることができた。

普段は自分で捕りに行くキャラスや他の小魚も、向かいの親父さんが祭りの気前のいい空気に浮かれてタダで分けてくれた。

細やかではあるがなんだかいい事が続いて、娘は久しぶりに気持ちがウキウキしていた。

だから、気づくのが遅れたのだ。

薄暗い部屋の中が不自然に静まり返っていることに……。

体調を崩した母親は主に胸を病んでいるのか、最近では咳をしていない時もヒューヒューと呼吸をするたびに喉を鳴らしているのが常だった。

「……母さん？」

込み上げてくる不安に焦りながら明かりをつけた娘は、目に飛び込んできた光景に息を呑んだ。

窓際に置かれたベッドの上に母親はいた。

横向きに小さく丸めた半身をくすんだ紅に染め、大分苦しんだのか布団も服も乱れてメチャクチャだった。

今わの際に何を願ったのか、骨と皮だけの指を祈りの形に組んでいるのが、不思議とはっきりと目に飛び込んできた。

「アァ……、母さん」

すでに息をしていない母親へとヨロヨロと近寄った娘は、ランプの明かりに照らされた母親の手に触れようとして、ふと、手を止めた。

組まれた指先。

吐血によって分かりにくいけれど、そこにまるでミミズが這っているような赤い筋が、何本も走っているのが見えたからだ。

「ヒイッ！」

それに気づいた瞬間、娘は後ろに跳び退り、腰を抜かして座り込んだ。

止まらない咳と高熱。そして、死体に浮かび上がる赤い筋。

それは、数年前に王都を壊滅寸前まで追い込んだ病の特徴だった。

きっとしっかりと閉じられている母親の瞳をこじ開ければ、白眼は赤く染まっていることだろう。

襲いかかる恐怖に耐えるため、体が悲鳴を上げようと鋭く息を吸い込み、しかし、娘はその息にむせて咳き込んだ。

呼吸を妨げるほどの激しい咳の発作。

体を折り曲げるようにして耐えた娘は、ようやく治まった咳の後、ゼイゼイと荒い息をついた。

呼吸が楽になるにつれて、恐怖に支配されていた脳裏がすっと冷えてくる。

二人が住んでいるのは、貧しい人が肩を寄せあうようにして暮らしている一角だった。

辛うじて一軒屋の形を取っているものの、隣の家とは人一人通れないほど近い距離で立っている。

こんな場所で、流行病で母親が死んだと知られたら……。

病とは別の恐怖が、娘の体を走り抜けた。

女は震える手で、母親の体をスッポリと薄い上掛けで包んだ。

そうして、傍の椅子へと座り込む。

本当は、自分がやらないといけないことは分かっていた。

偉い人たちの政策で、もしも見慣れぬ病を見つけた時は、王立の治療院へと届けることが周知されていた。

恐ろしい死病を乗り越えた王都は、同じ恐怖を繰り返さないための対策として、こんな貧しい下町の者にすら、その情報を徹底して通達していたのだ。

だが、そうすると、自分は今後どうなってしまうのだろう。

他に身寄りもない年老いた母娘が暮らしてこられたのは、昔からこの場所に住んでいたからだ。

良くも悪くも距離の近いご近所と支えあうように生きていた。

だけど、こんな事を起こしてしまえば、このままここに住み続けることは難しいだろう。

きっと、追い出される。

五十近い女が一人、見知らぬ土地でどうして暮らしていけるだろう。

寒くもないはずなのに、女の体がカタカタと小さく震え始めた。

その想像は、自分が死んでしまうかもしれないという事より辛いものだった。

(少しだけ。少しの間だけ……)

だから、女は愚かとは分かっていても、動かない事を選択した。

ほんの少しの間だけ、心を落ち着けて、先の展望が見えたら、その時動けばいい。

少なくとも、二日くらいなら時間をおいても大した違いはないはずだ。
震える両手を握りしめ、女は何度も自分に言い訳を繰り返す。
その手の形が、もう動かない母親と同じ形を象っていることにも気づかないまま……。
こうして、人知れず復活した病は最初の犠牲者を出し、静かに牙を研ぎ続けたのだ。

書き下ろし番外編

カインのお話

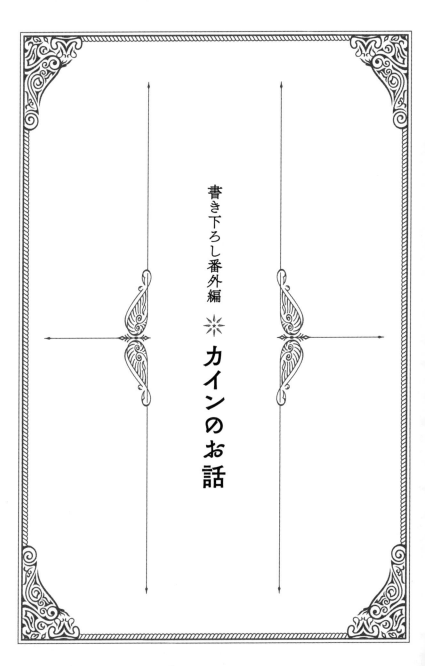

なぁに？

私の話が聞きたいの？

人間のくせに、変な人ね、あなた。

まぁ、別に良いけど。


私の名前はカイン。伝鳥って種属名らしいわね。足に結んだ手紙を運ぶのが仕事なの。

名前は、レイアママがつけてくれたのよ。

レイアママのお兄様であるラインからもらったんだって言っていたわ。

自由にのびのびと育つように、って。

私たちの種属は小さな頃は性別がわかりにくいからしょうがないのよ。

でもレイアママには、間違えて男性名をつけてしまった事を大きくなってから謝られたわ。

私的には気に入っているから問題なかったのよ？　だって、かっこいいじゃない？　できる女って感じ。

私の最初の記憶は、暖かくて狭い場所でうとうとしながら、どこからか聞こえる優しい音を聞いていた事。

今思えば、私に話しかけてくれるレイアママやミーシャの声だったんだけど、あの時の私はとても心地よい音楽のように感じていたの。

そして、ある日「あ、ここからでなきゃ」って思って外に出たのよ。

頑張って自分の周りにある硬い壁を壊したら、すごく眩しくて。

どうにか周りが見えるようになったと思ったら、そこにはミーシャとレイアママがいたの。

正直言って、その頃の記憶は酷く曖昧ね。

たぶん、小さすぎて覚えてないのよ。

あなたたちだって、赤ちゃんの頃のことなんて覚えてないでしょう？

ただ、しばらく経ってラインがやってきて、それから全てが色づきだしたの。

ラインがくれた甘いお水。

それを飲むたびに、まるで霞がかかっていたようだった世界がはっきりと見えて、聞こえてくる音の全てに意味があるのだって気付いたの。

そのお水はラインのお友達が作ったお薬で、脳の活性化を図るものなんですって。

よく、分からないけど、そのお水を飲んだ後に、ミーシャたちの鳴き声が規則性を持っていて、意味があることだって分かったのよ。

それから、他にもいろいろ。

私は〝考える〟事を知り、〝予測〟することを覚えたの。

そして、世界は広くて複雑で、とても素晴らしいものだと分かった。

だから、私はそう出来るようになるきっかけをくれたラインに、とても感謝しているの。

たとえその薬が研究段階のもので、下手すると死んでしまうような危ない薬だったとしても、ね。

死ななかったし、素晴らしい効果を得る事ができたのだから、結果オーライなのよ。

もっとも、その後の研究はうまくいっていないみたいだから、私が特別だったのかもしれないけどね。

空を飛ぶのは素敵な事だわ。

私たちの種属は、帰巣本能が強くて方向感覚も優れているの。

その習性を利用して、いくつかの地点を行き来するようになるのだけど、私は特別だから。

薬のおかげかは分からないけど、行きたい場所を強く願うと、なんとなくその方向がわかるの。

その能力を利用して、視察に出ていたディノパパを見つける事ができたのよ。

自分にその能力があるって分かったのは、ある日ふと「ラインに会いたい」って思った時だったわ。

何かに呼ばれているみたいに、ラインがいる方向がわかったの。

ちょうどミーシャ達のところに向かっている途中だったから、距離が近かったおかげもあるわね。

この能力も万能じゃなくて、あまり距離があると見つけられないのよ。

だけど、経験を積むごとにわかる距離は広がっていっているみたいだから、暇な時は色んなところへ行くようにしているの。

時には他の鳥の縄張りに入って危険な事もあったけど、それもまた経験よね。

それに、ただ本能に任せて突撃してくる奴らなんか、私の敵じゃないもの。

今では、故郷の森はもちろん、どこを飛んでいても私に喧嘩を売ってくる相手なんていないわ。

空は広いけれど、意外と情報が広がるのは速いのよ？

だって、私達には人間と違って国境なんてないのだから。

そういう意味では、ラインは私たちと似ているわね。

行きたいところには、どこにだって行ってしまうから。

だから、私はラインが好きなのかもしれないわね。


もちろん、ミーシャの事だって大好きよ。

生まれた時から一緒にいたし、姉のように妹のように愛しているわ。

ミーシャはいつだって森の中を駆け回っているから、私もよく一緒に遊んでいたの。

ミーシャの周りには、不思議なことがいっぱいだったから退屈しなかったしね。

時には森の不思議に惑わされて迷子になるミーシャを見つけて助け出したり、怪我の後遺症で苦しむレイアママのための薬を探して冒険したり。

たまにディノパパに手紙を届けて、森を巡回する。

そうやって、少し退屈だけど穏やかな日々を過ごしていくんだと思っていたわ。


だけど。

ディノパパが怪我をして、レイアママが天に召されて。

そして、ミーシャは悲しみから逃げるように国を出てしまった。

幸せな時間は、あっという間に消え、家族はバラバラになってしまったわ。

ミーシャは悲しみに目を閉ざし、耳をふさいでしまったみたい。

私を呼んでくれなかったし、私の声も聞こえなかった。

寂しかったけれど、レイアママを亡くしたミーシャの悲しみは分かるから我慢したわ。

人は目に見えるものしか見えないのだもの、しょうがないの。

ミーシャが旅立つとき姿を現して共に行ってもよかったのだけど、ミーシャには他にも仲間が一緒にいたから、それならラインを待っていることにしたの。

そろそろ近くに来ているって私の勘が告げていたし、その方が役に立てると思ったから。

なわばりを離れるための準備も必要だったしね。

そして、迎えが来たから。

私は、ミーシャを追いかけて、ラインと共に旅立ったのよ。

とはいえ、どこに行っても空は一つだから。

すぐに故郷の森に戻ってくることはできるし、寂しくなんかないわ。

ディノパパに手紙を届けることもあるだろうし、ね。


ねぇ、ミーシャ。

悲しみに目を閉ざしてしまうのはしょうがないわ。

けれど、いつまでも悲しみに浸っていてはだめよ。

世界は広く、空は何処までも続いているの。

私と一緒に森を飛び回っていたミーシャならわかるはずよ。

前に進むために必要なこと。

忘れてしまったのなら、教えに行くから。

もう少しだけ、待っていてね。

書き下ろし番外編

土禁です！

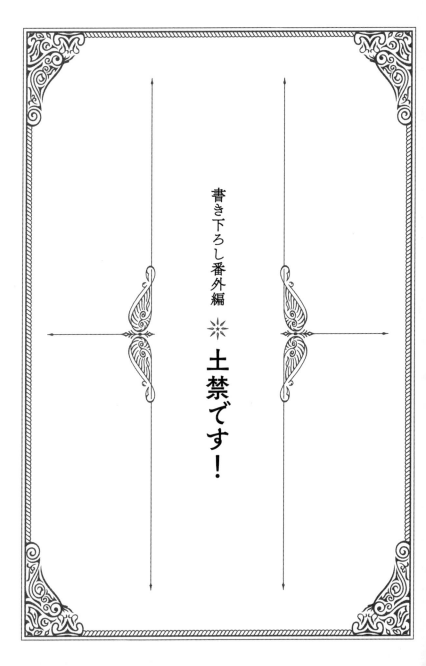

これまで自分の事は自分でする生活を送っていたミーシャは、王城で侍女に付き添われて過ごす生活に疲れてきていた。

侍女たちを嫌っているわけではない。

ティアもイザベラも、ミーシャが快適に過ごせるようにといろいろと気を使ってくれるし、堅苦しいのが苦手なミーシャに合わせて、本当なら御法度であろうに席について、一緒にお茶を飲んで友人のように過ごしてくれる。

しかし、もともと人気のない森の中で母親と二人静かに過ごしていたミーシャにとって、いつでも人の気配に囲まれている環境は、知らぬ間にストレスとして蓄積されていった。

結果、眠りが浅くなり、疲れが取れない。

（どうしようかな……）

まだ不調と言えるような変化はないものの、この生活を続けていれば、早晩体調を崩す予感がミーシャにはあった。人を癒すはずの薬師が倒れてしまっては、目も当てられない。

何より、治療を始めたばかりのライアに「この人に任せて大丈夫？」と不信感を持たれるのは困る。

（かといって、あまり薬には頼りたくないのよね……）

一応、眠りを誘導する薬のレシピは知っているものの、それを使うのは時期尚早である、とミーシャの中の薬師魂が言っていた。

そんな中、気分転換にとお城の庭を散歩していたミーシャは、庭の隅の目立たない場所に、ひっそりと佇む小さな家を発見したのである。

木立の陰に隠れるように立つその家は、外から見た限りではきれいに保たれているものの、人の気配はなかった。

そっと窓から中を覗き込めば、布の掛けられた家具らしきものが見える。

「この家、空き家なのかしら?」

一緒に散歩をしていたレンに話しかけると、レンも気になるようでクンクンと辺りの匂いを嗅いでいるが、答えなど返ってくるはずもない。

レンと顔を見合わせて、ミーシャは、もう一度窓から中を覗き込んだ。

位置的に居間のようだ。

奥の方に、煮炊きするための水場のようなものも見える。

そのほかには扉が二つ。

「なんだか居心地よさそう」

窓から数歩離れて、家の全体を眺める。

壁は白い土壁で、屋根は少しくすんだ赤。そういう色のペンキではなく、長い年月の中で色あせてきたのだろう。

小さな煙突が飛び出ていて、その横には木製の風見鶏がくるくる回っていた。

まるで絵本の中に出てくる家のように可愛らしい。

熱心に家を観察していたミーシャは、ふと何かが足に触れた感触で我に返った。

足元を見ると、さっきまであたりを駆け回っていたはずのレンが戻ってきていて「なにをしているの？」といいたげにミーシャを見上げていた。

「ねぇ、レン。このお家に住めたら素敵だと思わない？」

その後のミーシャの行動は早かった。

部屋に戻るとキノに庭で見つけた小さな家の事を話して、誰も住んでいないなら借りることはできないかと相談したのだ。

突然の事に目を丸くしたキノはそれでも「上に相談してきます」と快諾してくれ、どうやったのかは不明だが、許可をもぎ取ってきた。

「その代わり、しばらく使っていなかったのでメンテナンスが必要で、今すぐ移動というわけにも参りません。そこはご了承ください。それから、不具合を直すついでに改修も行おうと思っているのですが、何か希望はございますか？」

綺麗なお辞儀と共にそういわれたミーシャは、コテリと首を傾げた。

「何でもいいいんですか？」

「建物の構造上無理がなければ大丈夫とのことですが……」

頷くキノに、ミーシャは、パッと顔を輝かせた。

「それなら、お願いがあるんですけど……」

王城の隅にある数年前まで庭師の住んでいた小さな家に、ミーシャが居を移したと聞いたジオルドは、面白そうだとさっそく足を運んだ。

美しい花々が整えられた人気のある場所からだいぶ離れた、裏庭に近い立木の並ぶ庭の端の方にその家はあった。

木立に埋もれるようにひっそりと立つ小さな家は、もはや周りの木々の中に同化しそうな勢いだった。

(よく見つけたよな、これ。まさか王城の庭でも薬草を探していた、なんて言わないよな)

呆れ半分、感心半分。

微妙な表情で、ジオルドは扉を叩いた。

ちなみに時刻は夕飯時であり、ミーシャが帰っていることは確認済みである。

「はーい」

果たして、かすかに聞こえた足音と共に、扉越しにミーシャの返事が響く。

「よう、引っ越し祝いに来てやったぞ」

「ジオルドさん？」

軽い言葉に、びっくり顔のミーシャが扉を開けた。

柔らかな明かりと共に、夕飯の準備中らしい良い匂いが辺りに漂った。

「一人暮らし始めたって聞いたから、様子見に来たんだよ。土産も持ってきたから、入れてくれ」

ジオルドは笑顔でそういうと、手に持った袋を広げて見せる。

中を覗き込んだミーシャは思わずにっこりと笑った。

中には、ミーシャの好きな果物が数種類、山のように詰め込まれていたのだ。

「鳥の骨付き肉と根菜のスープはお好きですか？」

明日の分にと多めに作っていたスープの鍋を思い浮かべて、ミーシャは小首を傾げて誘ってみる。

ジオルドは、あたりに漂う香りを大きく吸い込んで、これまたにっこりと笑った。

旅の途中の野営でふるまわれたミーシャの料理はどれもおいしかった。

「昼過ぎまで外に出てたから腹ペコだ。ご馳走してくれるのか？」

疑問形だが、断られるとは微塵も思っていなさそうなジオルドの表情に、ミーシャは笑って小屋の中へとジオルドを招き入れた。

の、だが。

「ジオルドさん、止まって！」

扉をくぐろうとしたまさにその瞬間、大きな声でストップをかけられ、ジオルドは踏み出しかけていた足を空中でどうにか止めることに成功した。

いざ、中へ足を踏み入れようとしたところで突如制止されたのだ。

「ごめんなさい。ジオルドさん。家の中は土禁なの！」

「は？　どきん⁇」

聞きなれない言葉に、ジオルドが首を傾げる。

それに、ミーシャは慣れた様子で説明を始めた。

「土禁は、土足禁止の意味だよ」

「……土足禁止？」

言い直されてなお聞きなれない言葉に、ジオルドの困惑が深まる。

それに、ミーシャは重々しく頷いて見せた。

「そう。家の中に入るときは、入り口で靴を脱ぐの」

「へ？　靴？」

ジオルドは思わず自分の足元を見た。

騎士の仕事の一環で、城外に出ていたジオルドは現在支給品のゴツいブーツを履いている。

「加えて、お勧めは裸足なんだけど、これは文化の問題もあるので無理強いする気はないから。こっちの室内用の上履きを履いてね」

ズイッと差し出されたのは、布を細く裂いて編み込んで作ってあるサンダルのようなものだった。踵の部分がなく、つま先も開いているので涼しそうだ。

「……履き替えればいいのか？」

「そう。そこの椅子でどうぞ。今、足浴用のお水持ってくるね」

指さされた先には、背もたれのないシンプルな丸椅子が置いてあった。

良く分からないながらも、言われたとおりに椅子に座り、ブーツのひもを緩めるジオルドは、実は、ミーシャの勢いに押されているだけで、現状把握からは遠いところにいた。

そんなジオルドをしり目に、ミーシャは衝立の向こうへと消えていった。

自分で言っていた通り、足浴の水を取りに行ったのだろう。

本日も蒸し暑く、仕事とはいえそんな気温の中一日ブーツを履いていたジオルドにはありがたい気づかいではあったが、そもそも、靴を脱ぐ意味が分からない。

（ん？　そういえば、裸足推奨って言ってたか？）

改めて辺りを見渡せば、玄関の扉をくぐってすぐの所には荒い繊維で織られたマットが敷かれていて、正面には大きな木の衝立が立てられ、部屋の中が見えないようになっていた。

靴を脱ぐように勧められた椅子の横には上着をかけるポールが立てられていて、ミーシャのものらしい薄手のショールと帽子がかけられていた。

そして、その下には、見覚えのある小さな靴がちょこんと置かれている。

「……ミーシャも、当然履き替えているのか」

「お待たせしました。これ、使ってね」

大きな桶を抱えて戻ってきたミーシャは、笑顔でジオルドの足元に桶を置いた。

中には、半分ほど、水が入っている。

「あぁ、ありがとう……って、ミーシャは裸足なんだな」

周囲の観察に忙しく靴をまだ脱いでいなかったジオルドは、ふとミーシャの足元を見て目を瞬いた。

ミーシャは、靴どころか靴下すらもなく、素足だった。

レッドフォードでは、屋内に入るからと言ってわざわざ靴を脱ぐ文化はなかった。

自室に戻れば、場合によってはサンダルのような楽なものに履き替えることもあるが、基本は外から帰った靴のままである。自室などで入浴後などにくつろぐときには裸足や柔らかな布で作られた靴を履くこともあるけれど、第三者がいそうな場面で素足をさらすことはほぼなかった。成人した貴族女性であれば、はしたないと咎められるほどだ。

目を丸くしたジオルドに、ミーシャがいたずらを見つかった子供のような顔で笑う。

「やっぱり、こっちの感覚だとお行儀悪く感じるよね？　でも、私の家では、いつもこんな感じだったんだよ？」

言い訳をするように少し笑いながら、ミーシャは、ジオルドにタオルを渡した。

「お鍋火にかけたままだから、先に行くね？　上着はそっちにどうぞ」

良くも悪くも、一月以上共に旅をした仲間である。

お客様というより、家族が帰ってきた感覚に近いのか、特に世話を焼く様子もなくミーシャはあっさりと部屋の中へと入っていった。

一人取り残されたジオルドは、とりあえず途中だった靴を脱ぐと、桶の中に足をつけた。

冷たい水が心地よい。

ほっと一息ついて。

渡されたタオルで足をぬぐったジオルドは、きちんとそろえておかれた上履きを見て考えた。

（ミーシャは、裸足推奨って言ってたし、本人も裸足だったな。なんだか良く分からんが、ミーシャの故郷の風習なのか？　招かれたのなら、その場所のルールに従うのが正しいよな）

その間、三秒。

ジオルドは、用意されていた上履きに足を入れることなく、裸足のまま足を踏み出した。

「へぇ、一階なのにわざわざ床が板張りになってるんだな」

王城や貴族の大邸宅ならともかく、一般的な家庭の家であれば、一階の床は土を固めた土間が一般的だ。

しかも、きれいに磨きこまれており、素足にもトゲトゲとした感触が当たることはない。

「あ、スリッパ履かなかったの？」

鍋を掻きまわしていたミーシャが気配に気がついて振り返り笑った。

「あぁ、気持ちいいもんだな。てか、この小屋、最初から板張られてたのか？」

「ううん？　引っ越す前に家の中では裸足で過ごしたいって話したら、希望を聞かれて板を張ってもらっちゃった。最初は厚めの絨毯でも敷いとくつもりだったんだけどね」

小皿に少しだけスープを差し出すミーシャから素直に受け取りながら、ジオルドは改めて床に目を落とした。

（よく見たらこれコルグ材じゃねえか。しかも色からみて、少なくとも加工して十年はたってそう）

ダークブラウンの艶のある床は、王室御用達の高級床材で、もともとはブラウンの色味が時間経過とともに深みを増していく特徴がある。触った感じは滑らかで柔らかに感じるのに、実際は非常に硬く、カトラリーや皿を落としたくらいでは傷もつかない。

（急遽取り寄せたのか、幸い献上品の中に在庫があったのか。どっちにしてもいったい幾らかかったのやら……）

皿の中身を味見しながら、ミーシャをチラ見する。

が、確実に分かっていないないだろう。

「相変わらず旨いな」

「よかった。スープだけじゃ足りないだろうから、ハムも焼くね。その間に、そこのスープ皿に注いでもらっててい い？」

ジオルドの感想に嬉しそうに笑ってから、ミーシャはさりげなくお手伝いを頼んだ。

野営の時は、自分のできることをそれぞれに協力するのが当然だったため、無意識の言葉だった。

「了解」

ジオルドもまた、特に嫌な顔もせずに、言われたとおりに皿を手に取ると自然に動き出した。

（うわ。皿もカトラリーも一級品じゃん。テーブルは、デニカントのアンティークか。……これは、完全にトリスの趣味だな）

置かれている家具もシンプルな作りながら、老舗の工房のシリーズ物の家具で、わずかに頬がひきつる。

ちなみになぜ高級品にジオルドが詳しいかと言えば、城内の家具を適当に扱った際、トリスに説教がてら解説されたからだ。

無造作に置かれた椅子が、ジオルドの半年の給与と同じ値段と聞いて驚愕した思い出は記憶に生々しい。

（いかにもな感じに豪華な物じゃないのは、気づかれてミーシャが遠慮しないようにか？　どんだけ気を使ってんだか）

ここまでくると驚きよりも呆れの方が勝って、ジオルドは鼻で笑うと、気を取り直して夕食の準備を手伝うのだった。


そうして整えられたテーブルの上。

二人向かい合わせに座って、ミーシャとジオルドの夕餉の時間が始まった。

「そういえば、室内で靴を脱ぐのは、ミーシャの家のルールなのか？」

料理に舌鼓を打ちつつ、ふと思いついて、ジオルドが首を傾げた。

「そうだよ。でも、母さんと一緒に近くの家々を回った時、どこも基本は土足のままだったから、今思うと母さんの故郷の風習だったのかもしれないけど……」

パンを割りながら、ミーシャも思い出すように首を傾げながら答える。

基本、ミーシャは森の家での生活しか知らないため、比較対象は極まれに往診するレイアースについて回り覗き見た寒村の様子と、父親の屋敷の生活しか知らないのだ。

「ふぅん、それって森の民の村だよな？　なんか意味があったりするのか？」

「そうだなぁ。あまり考えたことなかったけれど、靴を履き替えることで外から汚れを室内に持ち込みにくくなるとかかな？　衛生面を改善することで病気を起こしにくくなるし。森の家には玄関の横に水瓶が置いてあって、中に入る前に手を洗って口を漱ぐ習慣だったんだよ。後、裸足で過ごすことで足の裏のツボが刺激されるとか、風通しが良いので足が蒸して不衛生になりにくく……あ、そういえば父さんのお付きの人が水虫が改善したって喜んでたね」

ミーシャの言葉に、ジオルドの眉が上がる。

ミーシャの父親のお付きと言えば、おそらく護衛の騎士も兼ねているのではないだろうか。

何処もそう変わらないと思うが、ジオルドの支給されている騎士の装備一式はどうしてもきっちりしたものが多く、足元はブーツになる。

万が一剣を落としたり戦闘になった場合の保護の意味合いもあるため、靴の皮は厚く硬く、通気性は最悪である。それで走ったり戦闘訓練などもするため、当然蒸れるし汗をかく。

さらに言えば、基本若手は寮で集団生活である。

おおっぴらには言えないが、水虫に悩まされている騎士は多い。

「それは、足を洗って通気をよくするだけで改善するのか？」

突然呟かれた言葉に、一瞬意味が分からなくてミーシャはきょとんと眼を瞬いた。

「……足だ」

重々しく響く声で、ジオルドが呟いた。

何なら自身の足を指さすジオルドに、つられてミーシャも足元に目を落とす。

「……あ、水虫？　ひどくないならまめに水で洗ったり通気をよくすることで改善するみたいだよ？　後、ひどい方には塗り薬を処方してたけど……いる？」

真剣なジオルドの目に、ミーシャはいささか気圧されながらも尋ねてみた。

「……頼めるか？　出来れば二～三人分、多めに欲しい」

コクリと頷くジオルドに、スープを飲みながら何気なさを装ってミーシャはそっと聞いてみた。

「ジオルドさんも、なら、後で診察もするけど。水虫にも種類があるので、より適切な薬を処方した方が治りは早いよ？」

ミーシャにとってはよく診る病の一つであったが、なぜだか今までそうであった大人は、みんな恥ずかしそうにしていた。だから嫌がるかなとは思ったけれど、辛い症状を我慢しているとしたら気の毒だしと一応一言付け加えてみたのだ。我慢するか、少しでも早く治して楽になるか。選択肢は多いほうがいいだろう。

「あ、いや。俺じゃないんだ」

しかし、ジオルドはあっさりと首を横に振る。

「そうか。やっぱり症状によっては薬も替えた方がいいんだな。でも、わざわざ診察してもらうのも悪いし、とりあえず一般的なものをもらってもいいか？　渡してみて、それでも改善しないようならまた相談させてくれ」

隠し事をしている様子もなく実に自然なため、どうやら、本当にジオルド本人ではなさそうだと判断して、ミーシャはホッとしたように微笑んだ。

「そう。もし大変そうなら、こちらに連れてきてくれれば、こっそり診察するよ？」

にこにこと親切に申し出るミーシャに、ジオルドは水虫で苦しんでいる友人や部下たちを思い浮かべた。

気の毒に思う気持ちもあるが、実は、ストレスがたまると道づれにしようとするのが非常に面倒くさいのだ。今のところ、ジオルドは逃げ切っているが、寮で集団生活している人間ほど感染者は多い。

（でも、薬師とはいえ、若い女の子に見せるのはハードルが高いだろうなぁ）

騎士というブランドに憧れている女性は多く、イメージの問題でなかなか医師にかかりにくいとこぼしていたのも知っているので、ここについてくる患者《やっ》はいないだろうと、ジオルドは思った。

だが、ミーシャにそれを分かれというのも微妙な話だろう。

「まぁ、声をかけて希望者がいたらな」

どうして、こんな話になったのかと首を傾げながら、ジオルドは分厚く切られたハムにかじりついた。

その後、夕やみに紛れて、ジオルドと共にミーシャを訪ねた者がいたかは秘密である。

が、レッドフォード王国の王城騎士の独身寮で希望が挙がり、玄関の一部と床が改装されたことをここに明記しておく。

「えぇ⁉　こっちの部屋でも靴を脱いでもいいんですか？」

王城の方に用意された部屋で、ミーシャは目を丸くしていた。

「はい。庭の家の方にご招待いただいた時、ミーシャ様がとても快適そうでしたので。やはり、ミーシャ様の居心地がいいのが一番ですから」

にこりと微笑んでティアが、そっとソファーに座るミーシャの足元に布で作られたサンダルを置いた。

「とはいえ、さすがに人目に触れるのも問題があるのでリビングの方ではこちらのサンダルを履いていただきたいです。寝室の方では、裸足でも構いませんので」

「それでもうれしいです！　それに、この室内履きすごく可愛い‼」

薄い緑の柔らかな布に、色とりどりの花が刺繍されているサンダルは見た目にも華やかだ。しかも、布自体は底部分以外は薄く作ってあるので、とても軽くて履いているのを忘れてしまいそうだった。

それなのに絶妙にミーシャの足にフィットしているためか、歩いていてもすっぽ抜けることがない。

「履き心地が良いならよかったです。庭の家の方でお借りしたサンダルを参考にさせていただいたのですが、何しろ大急ぎで作ったので」

うれしそうにソファーの周りを歩き回るミーシャにティアも嬉しそうに笑った。

「え？　ティアさんの手作りなんですか？　すごい！　ありがとうございます」

ミーシャが嬉しそうに跳び上がると、少し恥ずかしそうにティアもチラリとお仕着せの裾をあげて見せてくれた。

「実は私も色違いで同じものを履いているんです。イザベラさんと三人でお揃いに作っちゃいました」

「え？　本当ですか？」

ミーシャが驚いたように部屋の隅でお茶の準備をしていたイザベラの方を向けば、笑いながらイザベラもスカートのすそを少し上げて見せてくれた。それに、ティアがくすくすと笑った。

「お仕着せで見えないので、大丈夫と押し切って巻き添えにしちゃいました。一応、侍女長の許可も得てますから、大丈夫です。実は、寮の自室用も作って履いているのですが、侍女たちの間でも足が楽だし可愛いって流行りだしてるんですよ」

ミーシャが目を丸くすると、イザベラも笑いながら肩をすくめて見せた。

「実は私も自宅で真似してます。玄関で靴を脱いだら部屋の中に泥が持ち込まれないから、子どもを安心して遊ばせられるので」

小さな子供はすぐ床を転がりますから、とすました顔で答えるイザベラは、三歳と五歳の兄弟の母親でもある。子供はすぐ体調を崩すので、衛生面は気になるところだったのだろう。

思わぬところで、土足禁止の文化が受け入れられていることに目を丸くしていたミーシャは、その後、その風習が貴族内（特に騎士の家系と子持ち世帯）で流行り、レッドフォード王国内にゆっくりと広がっていく事を知らない。

あとがき

はじめましての方も、そうでない方も、こんにちわ。夜凪です。

一巻から約三か月。まさか、こんなに早く、またお会いできると思わず、本当にびっくりしました。ありがたい事です。


「いや、堅いから」

は？　どちら様？　ここは、あとがきという名の作者の独壇場ですよ？

「そうだね。本来なら僕が来られる場所じゃないのはちゃんとわかってるけど、特例措置ってことで。大丈夫。ちゃんと担当編集さんから許可は取ってるから」

いや、そこはせめてまずは作者に許可とってもらわないと困るんだけど。

「まぁ、細かい事は気にしたら老けるよ？　ただでさえ、最近いろいろやばいんだからさ。ってことで、突然お邪魔してます。みんなのアイドル、カロルスことキャロ君です。よろしく」

うるさい。人間は年と共に変化していく生き物なんですぅ。この可愛い天使の振りした腹黒小悪魔め！　最初に生み出した時にはこんなんじゃなかったはずなのに、どうしてこうなったのか。

「え？　それを作者が言っちゃう？　まぁ、あえて言うなら、敗因はきちんとキャラメイクをしないで、のりと勢いで生み出しちゃう作者のせい？　だいたい、僕の名前からして、他のキャラと被り感酷いからって途中で変わっているからね」

……うぅ。痛いところを。だって、名前つけるの苦手なんだよ。それに細かく指定して都合よく動かそうとしても動いてくれないじゃない、君たち。大体、なんでこんなところまで出てきちゃったのさ。

「それは、全然話したりないからだよ。僕、書籍版で突然登場したから、このままいくと今後、なかったことにされそうだしさ。それじゃ困るから主張しとこうと思って」

そうきたか。まぁ、さすがに忘れたりしないとは思うけど、次の出番はだいぶ先かなぁ、とは思っているかな。

「やっぱり！　それじゃ困るんだって！　子供が可愛いのは今だけの特権なんだよ？」

うわ。思ったよりひどい理由が来たぞ。そうはいっても、次は『紅眼病』の話でちょっと子供を巻き込めないし、もともと君、お祭り近辺だけ王都に戻ってきてる設定だし。そうじゃなくても、大事な跡継ぎなんだから、即行で避難させられるでしょう？　ふつう。

「それ！　だいたい、それも不満なんだよね。国の立て直しもうまくいっているんだから、そのまま叔父さんが王様続ければいいし、自分の子供つくって継がせなよ。こっちに押し付けようとするの本当に迷惑！　大人の感傷に子供を巻き込まないでほしいよね」

オォ、キャロ君の不満がこんなところで爆発してる。そこら辺は、ちょっと悪かったと思ってるんだよ。だけど話の都合上、いつまでも結婚しない国王様もおかしいし。そもそも前王もしんがりを務めてまで守りたいものが明確にされてないと不自然だしさぁ。ｗｅｂ版では、話がもたつくかな、って書いてなかっただけで、一応作者の脳内設定にはいたんだよ？　子供の存在。

「本当に？　すっごい信ぴょう性ないんだけど。まぁ、それはいいんだよ。覚えてないけど、守ってくれた父様には感謝してるしね。じゃなくて、次巻にも出番ちょうだいってことを訴えに来たの。それこそ跡継ぎだっていうなら、病収束後、最後に挨拶くらいするでしょ？　ぼく、まだミーシャに正体明かしてないんだけど！」

そういえばそうだった。このままじゃ、不思議な男の子、で、終わっちゃうねぇ。

「不思議キャラは正体明かしてこそ意味があるんだよ？　わかってる？　その後、数年後の成長してからの再会にも、意味が違ってくるでしょ！」

いやぁ、いっそ成長してからあの男の子が実は‼　の方がインパクトあるんじゃゃ？

「……え？　それはそれでおいしいかも……って、駄目だよ！　ごまかされないからね！　僕はまだミーシャと遊びたいの！　いいね‼　次巻も絶対出番作ってよね‼」

えぇ～～って、行っちゃったよ。出番、出番ねぇ。まあ、一応考えてはみるけどさぁ。

自分の言いたいことだけ言い捨てて逃げるのなんなの？　いいけどさぁ……。

……さて、気を取り直して。

今回も、緋原様に素晴らしいイラストをつけていただき、心の栄養として最大活用させていただきました。ありがとうございます。小憎らしい小坊主も緋原様にかかると本当に天使のようにかわいかったです。

そして、ここまで読んでくださった読者様。

次回、ミーシャは大きな壁に立ち向かう事になるので、引き続き一緒に応援していただけると幸いです。

ミーシャの物語にお付き合いいただきありがとうございました。

夜凪

次巻予告
コミカライズ
企画進行中！
漫画：藤村あゆみ
2024年発売！

あの病から

みんなを守らなくちゃ!!

隣国で見聞を深めるミーシャに病魔の気配が忍び寄る!

幼くても腕は一流の薬師の少女のロード・ストーリー!

Little witch at the edge of the forest.

森の端っこのちび魔女さん 3

［著］夜凪 YANAGI

［イラスト］緋原ヨウ

ティアムーン帝国物語
シリーズ累計
170万部
突破！
（紙＋電子）
小説
第⑮巻
2023年
12月20日
発売！
TOKYO MX・MBS・BS11にて
放送開始！
※都合により放送日時は変更となる可能性がございます。
帝国物語
餅月望——著
Gilse——イラスト
式HPへ！
原作HP
TVアニメHP

ティアムーン帝国物語
コミックス
第7巻
2023年
10月14日
発売!
漫画：杜乃ミズ
2023年10月7日から
TVアニメ
ティアムーン
断頭台から始まる、
姫の転生逆転ストーリー
詳しくは公

森の端っこのちび魔女さん2

2023年10月1日　第1刷発行

著　者　夜凪

発行者　本田武市

発行所　TOブックス
〒150-0002
東京都渋谷区渋谷三丁目1番1号　PMO渋谷Ⅱ　11階
TEL 0120-933-772（営業フリーダイヤル）
FAX 050-3156-0508

印刷・製本　中央精版印刷株式会社

ISBN978-4-86699-942-5